国家舞台艺术
精品工程
剧作集②

京剧昆剧卷二

中华人民共和国文化部艺术司 编

文化艺术出版社
Culture and Art Publishing House

精品提名剧目·京剧

凤氏彝兰

(根据黄晓萍小说《绝代》改编)

编剧 李 莉 佳 倍

人物

彝 兰（叶子）　　　　　　麦 子
赵明德　　　　　　　　　小 虎
凤世雄　　　　　　　　　英 子
老毕摩　　　　　　　　　众土兵
黑 介　　　　　　　　　众毕惹
三姨太　　　　　　　　　众苏泥
六姨太

―――京剧《凤氏彝兰》 >>>>>

一

〔民国初年。

〔云南高寒山区的彝族村寨：四面峻岭环绕，古今人迹罕至。山外边改朝换代闹得轰轰烈烈，这里依旧是土司爷执掌着奴隶娃子的生死一切。偶尔，也有在改朝换代中被追杀的汉人失败者，逃进这深山彝寨，避祸在彝人中间……

〔大土司凤氏家族的坟山地：远眺烟云迷蒙，山峦如涛；近看坟碑隐约，展延林立。

〔大土司凤世雄正率领三姨太、六姨太和家族众人虔诚地举行着一年一度的祭祖求嗣仪式。

〔众土兵举着黑虎图腾旗肃立两旁。

〔戴着双面面具的众毕惹、众苏泥垂首跪伏在地：面具的一面是威风的虎，一面是可爱的娃娃。

老毕摩　（高声祷告）高高苍天，茫茫大地――

凤世雄　今有敕封世袭土司、凤氏第三十代孙凤世雄，年届半百，未得子嗣。特，虔诚祭祖求嗣！

老毕摩　无所不在的祖灵啊，保佑凤氏家族的子孙，像漫山遍野的鲜花，代代相接，长开不败！（喊唱）依哦――

　　　　（唱）万物谁不死？

　　　　　　生死本一家。

　　　　　　人死变成虎，

　　　　　　虎死变成花。

鲜花到处开哪，

子孙满天涯！

众　合　哦嚯——

〔众毕惹、苏泥们猛地抬起头，露出虎形面具，和着毕摩的歌声唱着摇着踏脚起舞，并不断变换着不同的脸面。

〔舞蹈节奏越来越快，越来越强烈，几近疯狂。

〔突然，一声亮丽的山歌调脆脆地甩过来，令所有的人皆望向歌声传来的方向，静场定格，灯光随之熄灭。

〔一束绚丽的追光，照在高高的崖顶上：年方二八的叶子（即后来的凤氏彝兰）坐在崖石上，边摆弄着手中的花环边高兴地吼唱着山歌调，一双光脚丫自在不停地在崖石边拍打着。

叶　子　（唱）阿依哟喂——

想你想你真想你，

阿妹亲手来绣你。

把你绣在心坎上，

生生死死带着你嘞——

〔追光渐收，面光渐亮：土司府的汉人师爷赵明德，正检查校对着大石碑上刻有的文字。听见歌声，停下手中的活向崖顶望去。崖顶已没了叶子的身影。

〔叶子悄悄来到赵明德的背后，将花环猛地套在他的脖颈间，便又蹦又跳地拍手大笑。

赵明德　（假嗔）小叶子，又调皮了！（欲取下花环）

叶　子　（忙制止）哎……赵师爷，按我们彝家的规矩，姑娘将花环套在你的胸前，就是像喜欢花儿一样喜欢上你啦！

赵明德　（尴尬）这……

叶　子　我知道，你也像喜欢花儿一样喜欢小叶子的，对吗？

赵明德　我……

叶　子　咳，你们汉人就是奇怪，心里想着青山藤，嘴上说的偏是马缨花！

赵明德　小叶子，你不懂我们汉人……

叶　子　我懂我懂！

（唱）刻碑文你住坟山已半载，

　　　　看坟娃有幸伺候大秀才。

　　　　论世理你说得山清水白，

　　　　教汉字你把着我的手儿细细掰。

我懂你嘴上不说心中爱——哎，我教你唱的山歌你学会了没有？（见赵摇头）你呀，真笨！来，再跟着我唱。（哼唱）想你想你真想你哎——

赵明德　（刚张嘴却承受不住小叶子火辣辣的眼神，喃喃着避开）我不会唱，我真的不会唱啊！

叶　子　（唱）偏爱他山样沉稳牛样呆！师爷，你来看！（扯下腰带，露出绣花胸兜）小叶子自己绣的花朵儿，好看吗？

赵明德　（忙转身）没、没看清楚……

叶　子　那我就把它脱下来给你看！

赵明德　（蒙眼惊叫）不、不要脱！（喃喃地）圣人云：非礼勿视，非礼勿视啊……

叶　子　（不顾一切地掰开他双手倚到他胸前）师爷……

赵明德　啊……不！（推开叶子，转身就逃）

叶　子　（一声凄呼）师爷——

〔赵明德猛地站定，但不回头。

叶　子　你是喜爱小叶子的，对吗？

赵明德　是！

叶　子　你不嫌弃小叶子是个看坟娃子，对吗？

赵明德　是！

叶　子　（喊）那你为什么不要小叶子？为什么——

赵明德　（转过身坚决地）小叶子你好好听着：赵明德爱你！赵明德要你！所以，赵明德一定要按汉家礼俗，堂堂正正，明媒正娶！

叶　　子　堂堂正正，明媒正娶！小叶子配吗？小叶子是奴隶娃子，没有权利自己找男人。等到哪一天，土司爷高兴了，就把我指配给另一个奴隶娃子。他，也许是个老头，也许是个废人，也许是一匹马一条狗！

赵明德　不，不会的……

叶　　子　小叶子发过誓：第一次一定要给我最喜爱的男人。师爷，你就要了我吧！（跪）

赵明德　（捡起衣服，轻轻替她披上，怜惜地挽扶）小叶子，你放心！今生今世，我会永远守着你、护着你的，啊！

〔凤世雄在黑总管、三姨太、六姨太及众人的簇拥下怒冲冲上。

赵明德　（忙迎向前）老爷，三奶奶、六奶奶！

黑　　介　（打着尖尖的女腔）哟，赵师爷也在这儿哪！

赵明德　黑总管……

黑　　介　（指着叶子）老爷，刚才就是这娃子吼唱的山歌调。

凤世雄　哼，臭娃子竟敢冲撞本老爷家的祖灵！

黑　　介　来呀，把这臭娃子的脑袋砍下，送去祭祖谢罪！

赵明德　（急阻）老爷！这娃子彝家歌调唱得极佳，原是在下想听，才命她唱的。

凤世雄　哦！能让师爷称赞的歌调一定错不了。黑总管，带她回府，喝酒的时候，给爷唱着助助兴。

黑　　介　是。

三姨太　那，冲撞祖灵的罪过谁来担待呢？

凤世雄　（顺手指着老女奴麦子）就砍她的脑袋吧。

麦　　子　（没有表情地）老奴麦子，叩谢主子爷恩典。

叶　　子　不！老爷，是叶子冲撞了祖灵，就砍叶子的脑袋吧！

三姨太　（使眼色）黑总管还不动手！

黑　　介　（会意地一挥手）砍！

〔土兵们分别架起叶子和麦子。

——京剧《凤氏彝兰》

凤世雄　那好！姓赵的，从今以后，你就住坟山守凤陵，不经传唤不准进府！（对叶子）你也记住了：从今天起，他的小命就在你的手心里了！（上前将叶子的外衣一把扯下，露出胸兜）

赵明德　（脱口喊出）叶子……

〔叶子并不反抗，冲着赵凄然一笑。

〔凤世雄迫不及待趋向前。

叶　子　（制止地）老爷，按彝家的规矩，叶子应该先与老爷对调子。

凤世雄　（兴致勃勃）对对对，对调子，对调子！

叶　子　（缓缓起舞而歌：表面与老爷对歌，实在是与师爷诀别）

　　　　（唱）阿依哟喂——

　　　　　　想你想你真想你，

　　　　　　阿妹亲手来绣你。

　　　　　　把你绣在心坎上，

　　　　　　生生死死带着你嘞——

〔灯光渐暗。

〔凤世雄扑上前一把搂住叶子……起造型光定格。

赵明德　（跌扑着挣扎着冲向台角，捡起被踏损的花环高高举起，发出狼般惨烈的泣吼）啊啊——

〔老毕摩的脸在小小的追光圈中钻出来。

老毕摩　（唱）太阳喷射着，

　　　　　　滚烫的烈火；

　　　　　　月亮深藏着，

　　　　　　冰冷的刀戈。

　　　　（念）火烧刀割花骨朵，烧哟……割哟……嘿嘿！它就痛出了花果果——

〔一声嘹亮的婴儿啼哭声冲破黑暗。

〔叶子怀抱婴儿，从黑暗深处缓缓而来。

〔凤世雄画外音：好一个小叶子，为本老爷生了个大胖儿子。从今天起，你就是本老爷的第九房姨奶奶。赐姓凤氏，改名彝兰。麦子哪！

麦　子　（出现）老奴在！

〔凤世雄画外音：九奶奶凤彝兰就归你伺候了！

麦　子　是。（跪步向台前）老奴叩见九奶奶！

彝　兰　（遥远的并不交流的对话）你是麦子？

麦　子　是。奶奶在坟山上，曾经救过麦子！麦子的命是奶奶给的，奶奶要的时候，尽管拿去！

彝　兰　这土司府的深宅大院闷死人了！我想师爷！我要见师爷！

麦　子　太阳总会落山，老虎终要闭气。奶奶还年轻，奶奶忍着吧！

〔彝兰一声长叹，将孩子紧紧搂入怀中。

〔收光。

二

〔六年后，土司爷一命呜呼。

〔隐约可见一排号手剪影，向天吹响弯弯的牛角号，那是报丧的号声。

〔土司府白纱林立。惨白中，可见来去匆匆的刀光剑影和几组窃窃私语的群体剪影。

〔黑介、三姨太、六姨太各自从白纱缝中探出头来。

黑　介　（从白纱中间高兴地扭出）哈哈！

（念）老爷他一命呜呼，

　　　　府中事一塌糊涂。

六姨太　（念）老三她，阴笃笃要夺土司宝座；

三姨太　（念）老六她，急吼吼想当凤家之主。

黑　介　（念）九奶奶，稳稳地揣着土司大印，

———京剧《凤氏彝兰》

三姨太
六姨太　（念）全仗她，生小虎又怀上了崽接代传宗。

黑　介　（喊）三奶奶……（耳语）

三姨太　哼！我要夺大印斩草除根杀老九！

黑　介　（喊）六奶奶……（耳语）

六姨太　啊！天杀的我先让她进坟墓！（三、六姨太一边咬耳朵）

黑　介　嘿嘿嘿……哈哈哈哈……

　　　　（唱）笑世人披人皮你哄我骗，

　　　　　　　皮囊中全他妈骷髅一团。

　　　　　　　恨自身不男不女遭人践，

　　　　　　　凭什么狗男女皆比我活得欢！

　　　　　　　且看我稍稍儿逗略略儿把玩，

　　　　　　　玩得人狗咬狗我乐在其间！

　　　　（喊）献茶饭、驱鬼邪、招亡魂啦！（收光）

　　　〔长长的应和声"招魂喽——"

　　　〔灯亮。挺着大肚的彝兰正在包扎土司大印，看得出，她有如释重负般的轻快。

彝　兰　（唱）青山藤压山底云锁雾占，

　　　　　　　风砍来雨剁来枝朽叶残。

　　　　　　　三姨欺六姨骂受尽冷眼，

　　　　　　　幸喜得小虎儿膝前承欢。

　　　　　　　终等来老爷死春风回暖，

　　　　　　　心芽儿水灵灵扑生生我就见了蓝天！

　　　　　　　再不用醉生梦死空期盼，

　　　　　　　再不用逢场作戏泪深含。师爷呀！

　　　　　　　一颗心飞到你身旁，

　　　　　　　万丈情从此细细缠。

　　　　　　　刀割割不断，

　　　　　火烧烧不完，

　　　　　土司大印谁稀罕？

　　　　　今日里小叶子我要回坟山！

　　　〔麦子引师爷匆匆上，

赵明德　拜见九奶奶！（直扑在地，强抑着颤抖）

彝　兰　师爷？师爷——（直扑至赵的面前，又陡陡地挺住）

　　　〔悠远的歌声突起：想你想你真想你，阿妹亲手来绣你……

　　　〔歌声中，两人痴痴凝望，深深哽咽，

麦　子　（擦干眼泪，转身离去时故意大咳了一声）嗯哼！

赵明德　（惊觉）叶子，黑总管和三奶奶他们要杀你们母子啊！

彝　兰　啊！

赵明德　麦子上山报信，我才匆匆赶来！

彝　兰　不，不会的。我知道，他们想要土司大印，我给！他们厌烦我原是个看坟娃子，我立刻跟你回坟山！

赵明德　他们要想保住土司大印，就一定要杀掉你，杀掉你的孩子！

彝　兰　那，那该怎么办哪？

赵明德　顺天时掌土司大印，借人势做土司老爷！

彝　兰　做土司老爷？他们会杀了我的！

赵明德　那就先下手……

彝　兰　先下手杀人？不！不！我怎么会杀人……师爷，我们还是交了土司大印，走人吧！

赵明德　叶子！

　　　　（唱）土司大印不能交，

　　　　　　它系着你母子命三条。

　　　　　　掌大印你尚能用权自保，

　　　　　　失权力你就是任人宰割的羊羔。

彝　兰　（唱）谢师爷一番话真诚劝告，

　　　　　　你说过人性本善哪会这样糟。

赵明德　（唱）后悔晚莫如提防早，

　　　　　　　人性恶皆因贪欲高。

彝　兰　（唱）猎人他张弓尚怜幼狼仔，

　　　　　　　何况我身怀凤家小娇娇。

赵明德　（唱）大印全凭子嗣传，

　　　　　　　小娇娇更是祸根苗。

彝　兰　（唱）当土司要杀人我哪能做到？

赵明德　（唱）只怕是你不杀他他杀你死路一条！

彝　兰　（唱）我不愿人杀人凶如豺豹，

赵明德　（唱）怎奈是头顶已悬枪和刀。

彝　兰　（唱）叶子生来不怕死，

　　　　　　　我要用心换心把大印交！（取印要去）

赵明德　叶子！你……你一定要交，我不能强拦。只盼着你好心能得好报！（取出一封信）我这里修下书信一封，若有危难，你立刻带着这封信去黑马口向白垛爷求救。我与他曾有一面之交。他是土匪，只认钱财不认人。只要多许他金子银两，他一定会出手相救！

彝　兰　（感动地接过信）师爷！

赵明德　叶子……

彝　兰　师爷——（扑入赵明德怀中）

　　　　〔六姨太冲上，三姨太及黑介领着众土兵押小虎随后拥上。

六姨太　哈哈，老爷刚死，这不要脸的臭娃子就急着会野男人啦！

黑　介　哟，是赵师爷哪！

小　虎　（急喊）阿妈！阿妈——

　　　　〔被两土兵拽着不能动弹。

彝　兰　小虎？小虎——你们想做什么？

三姨太　把老爷交给你的大印交出来！

彝　兰　交大印不难。不过，你们先要答应放我们回山上去！

六姨太　放你们……

三姨太　（制止住六姨太）只要交了大印，就放人！

〔彝兰欲交……

赵明德　叶子，不能交啊！

六姨太　来呀，把这姓赵的拖出去砍啦！

〔士兵们押住赵。

三姨太　慢着。老爷三天后落葬，正缺个亲近的人陪葬哪！

黑　介　妙呀，把他埋在老爷身边，让老爷看住他。妙，实在是妙！

彝　兰　（急了）三奶奶、黑总管，大印我给，求你们放了师爷吧！

三姨太　（抢过大印）哼！

〔三姨太一挥手，赵明德被拖下。

彝　兰　师爷——（转扑至三姨太脚下，一把抱住恳求）三奶奶，饶了师爷，饶了师爷吧！

三姨太　滚！（一脚踢着叶子腹部）

彝　兰　呵！（痛得跌扑在地）

小　虎　（拼命挣脱了扑向前）阿妈——

六姨太　（拎起小虎）听着，从今天起不许你再叫她阿妈！

小　虎　阿妈，阿妈！（被六姨太狠狠甩了一巴掌，顿时大哭起来）

彝　兰　小虎……

黑　介　少爷，从今以后，三奶奶就是你的亲阿妈。快叫阿妈！

小　虎　（止住哭，大声喊出）我恨你们！等我长大当了土司爷，我就一刀杀了你们！

六姨太　哼，我早就说过，狼崽子大了，养不得啦！

黑　介　没关系，她肚子里还有一个小的哪。

三姨太　麦子哪？

麦　子　（出现）老奴在。

三姨太　看着她，等她生了就把孩子抱过来。

麦　子　老奴明白。（后退着下）

——京剧《凤氏彝兰》

三姨太　黑总管，我记得府里养的那两条大狼狗，从早起就没喂过食了吧？

黑　介　三奶奶你听，它们饿惨了！

〔传来狼狗的吼叫声。

三姨太　（幽幽地）那就写下布告，盖上大印，传达各部落首领：少爷上山玩耍，不小心被狼吃了！

黑　介　来呀，送少爷去狗圈玩耍！

众土兵　呀！（托起小虎）

小　虎　阿妈！

彝　兰　小虎！（摇晃着挣扎起来）

小　虎　阿妈！我怕，我怕呀——

彝　兰　孩子——（从一土兵身上抽出刀来，疯了一般地乱砍）

〔土兵们"哇"地一声扔下小虎，闪避开去。

〔黑介抓住小虎，将他狠狠地向彝兰的刀尖推去。

小　虎　（哭着跌扑向母亲，正正地撞在彝兰疯砍来的刀尖上）阿妈……

〔霎时收光：彝兰握刀刺杀小虎惊呆住，定格。

〔老毕摩凄厉的干嚎声剜人心腑：啊——啊——

〔切光。

〔彝兰内唱：肝胆裂，心肺炸，策马狂奔——

〔彝兰骑马疯驰滚跌而上。

彝　兰　（唱）好麦子，暗相助，逃出府，搬救兵。

匪巢求援飞马疾，

我顾不得阵阵腹痛临盆在即！

痛娇儿竟在阿妈刀下死，

儿啊……

怜师爷将陪葬命在旦夕。

悔不该不听劝一意孤行，

悔不该存良善与虎谋皮。

为什么柔弱羔羊任人宰？

　　　　终明白霸道豺狼谁敢欺！
　　　　火火火，心中火山喷发起，
　　　　烈烈烈，仇恨烈火向天逼，
　　　　恶恶恶，恶从胆边生，
　　　　恨恨恨，恨在胸中激。
　　　　一朝但得刀在手，
　　　　先将对头狠狠劈！
　　　　穿过了羊肠道苔滑林密，
　　　　登上这绝壁崖马怯前蹄。（马嘶，猛加一鞭）
　　啊呀！
　　　　顿觉着腹绞痛儿将落地……
　　呵！（翻滚落马，挣扎呼号，几近昏迷）
　　〔众苏泥匍匐着涌动着出现，她们手中巨大的红纱像浪一样神秘地掩过彝兰，顿时，红纱中央出现一个无有声息的婴儿。

彝　兰　（挣扎着爬向无声的婴儿，一把搂起急呼）女儿，我的女儿！（见女儿没反应，一摸没有鼻息，大恸）女儿——阿妈的小宝贝，你方才出世，怎么就死了呢？不，不！你不会死！阿妈不让你死！阿妈要你活——（将女儿猛地跪举向天，满面是泪，用力喊响"叫魂歌"）（喊唱）
　　　　叫魂啦，魂归来，
众苏泥　（神秘地合）啊来来！
　　　　魂不死，元气在。
众苏泥　（神秘地合）啊来来！
　　　　天不平，当帽戴，
众苏泥　（神秘地合）啊来来！
　　　　地不平，放脚踩。
众苏泥　（神秘地合）啊来来！
　　　　顶天立地活转来——

众苏泥　（合）顶天立地活转来！啊来啊来啊来来！（齐声吼）嘿嘿！

〔众苏泥手中的红纱齐向婴儿拍去，婴儿竟自放声大哭。

〔彝兰紧紧搂住大哭的女儿，悲喜交集。

彝　兰　女儿，我的小宝贝，阿妈凭着你向天起誓！

　　　　（唱）闯匪巢，求救兵，虎口中抢回那一线生机！

〔造型收光。

三

麦　子　（庄重宣告）阴错阳差，天地倒悬！托神灵护佑，仗白垛爷援手，终得虎跃深山，龙腾金沙：第三十一代土司老爷凤氏彝兰继位大典开始啰——

〔沉沉的过山号声响起，继位大典隆重而庄严。

〔凤氏彝兰正中站立；师爷赵明德和新任总管麦子肃立两旁。

麦　子　九山十八寨头人及各部落首领晋见哪——

〔画外回声："拜见土司老爷！"

彝　兰　老爷归天，彝兰受命。为尊承训制，造福于民，今特宣告布知新令！

赵明德　土司老爷令：一、所有农户，免税两年；二、放三千家生娃子为自耕农户；三、兴办义学，凡黎民百姓均可受教。

〔轰然而起的欢呼声："谢土司老爷——"

老毕摩　天灵灵，神灵灵，今有凤氏彝兰土司爷奉天神旨意，为夫落葬。三奶奶、六奶奶一并为故主殉葬。举火喽！

〔霎时，火光夹杂着女人的尖叫声直冲云天。

〔被两土兵挟持着的黑介披头散发，冲着火光的方向大喊。

黑　介　好！烧得好烧得好啊！凤彝兰、九奶奶，过去的看坟娃子、当今的土司老爷，你出来，我有话要说！

麦　子　（提着火把灯出现）黑总管，今天是爷的好日子。爷关照说：让你多活一夜，有话明天再说吧。

黑　介　好日子？不！她不会有好日子过的！每年要向那个土匪白垛爷进贡十万两银子，十万两啊！她把她的一辈子都卖啦！

麦　子　这些事就用不着你操心了。

黑　介　啊，麦子，如今你是府里的总管家了。这真是天作了地、地作了天哪。啊哈哈哈……

麦　子　（对两土兵）把他关到马房去。

　　　　〔引下。

黑　介　我要见凤彝兰！我要见凤彝兰……（喊叫着被拖下）

　　　　〔红灯亮处，红纱层叠；红纱深处，红烛摇曳。

　　　　〔修饰一新的赵明德，欣喜地穿绕层层红纱，迎向那红烛摇曳的深处。

赵明德　（唱）历劫难经忧患俱成以往，

　　　　　　　会情人心急切步履匆忙。

　　　　　　　临门槛悄悄偷眼望——

　　　　　　呀！

　　　　　　　红纱帐隐隐泄春光。

　　　　　　　从未敢直直欣赏，

　　　　　　　今日要细细端详……

　　　　〔彝兰着土司盛装从红纱深处款步而来。

彝　兰　（唱）看坟娃做土司从不敢想，

　　　　　　　庆大典还觉得腿颤心慌。

　　　　　　　未料想挥挥手仇人命丧，

　　　　　　　更喜得眨眨眼我要做新娘。

　　　　　　　一声令众娃子任我使唤，

　　　　　　　红毡毯红烛光、红红火火我要尽享风光。

　　　　　　　盼师爷盼得我脸面儿滚烫……

　　　　　　　猛觉得气息传他就在身旁！

　　　　　　　冲他一微笑——

赵明德　（唱）——秀靥天然；

彝　兰　（唱）送他一飞眸——

赵明德　（唱）——流彩溢芳；

彝　兰　（唱）我昂首踱方步——

赵明德　（唱）——啊呀呀，她也会装模作样！

彝　兰　（唱）出门外迎阿哥把喜果品尝！

　　　　〔赵明德未提防，被彝兰一把抱住。赵还未省悟，彝兰已在他的腮边狠狠地亲了一口。

赵明德　（唱）热辣辣——

彝　兰　（唱）甜滋滋——

赵明德　（唱）晕眩眩——

彝　兰　（唱）喜洋洋——

赵明德
彝　兰　（合唱）千折百磨终成双！

　　　　〔两人情谐意和，相扶相挽，边说着话边走入红纱帐。
　　　　〔随着两人的画外音，衣衫等不断地从帐内扔出来。

彝　兰　阿哥……

赵明德　你叫我什么？

彝　兰　阿哥！

赵明德　阿……什么？

彝　兰　阿——哥！

赵明德　哎——

彝　兰　羞羞羞，要做彝家妹子的阿哥，连山歌都不会唱！

赵明德　小叶子你等着，总有一天、总有一天我会大声地唱给你听！

彝　兰　好，我就等着这一天！

　　　　〔黑介闪进屋来。

黑　介　（一躬到地，大喊）黑介恭喜赵师爷！恭喜九奶奶！

　　　　〔彝兰和赵明德从帐内匆匆而出。

彝　兰　黑介！你，怎么跑出来了？

黑　介　今天，是爷和师爷的大喜日子，我是啃断了绳子，特地赶来祝贺的。

彝　兰　狼给羊羔子拜年，没安好心！

黑　介　狼就要死了。没了狼，羊，也就是狼啦！

彝　兰　那就先宰狼吧！麦子……

黑　介　错啦！爷应该提高嗓门，拉长声调这样喊：来人哪！

　　　　〔麦子应声上，见黑介就跟没看见一样……

黑　介　叫他们把刀啊什么的都准备好了，呆会儿要宰狼！

彝　兰　（气极）你！

黑　介　爷别生气啊。爷马上就可以做狼了，爷应该高兴！爷应该自豪！爷应该放怀大笑……

赵明德　黑介，你到底想干什么？

黑　介　特来求爷赏奴才一条活路！

彝　兰　怎么，你也怕死？

黑　介　不，奴才不怕死。奴才平生有一项嗜好：只要看到别人比我活得更悲惨，我这心里头就比喝醉了米酒还痛快！

彝　兰　这府中，再不会有人比你更悲惨了。

黑　介　有，肯定有！

彝　兰　谁？

黑　介　你！

彝　兰　我？哈哈哈……

黑　介　（笑得比彝兰更响）哈哈哈哈……

彝　兰　（沉下脸）笑什么！

黑　介　我笑爷，为夺土司权力，竟答应每年给土匪白垛爷十万两军饷银。爷以为养兵可以用兵，实在是养虎必定成患！我笑爷和师爷成亲，底下三十七个部落的首领，绝不会答应让一个汉人来做他们主子爷的主子！于是，爷和师爷一定会做成一出悲惨的好戏！

这出好戏奴才不能不看，求爷高抬贵手，让奴才活着看完这出好戏吧！（一扑到地）

彝　兰　好，我就让你活着看一出我们高兴、快活、吉祥的好戏。麦子，让他到灶房去当烧火娃子吧！

麦　子　（冷冷地）回爷，看戏，只要用眼睛就够了。

彝　兰　（按黑介所教的提高嗓门，拉长声调喊）来人哪！（两土兵应声上）拖下去把他的舌头割了！

两土兵　呀！

〔架住黑介拖下。

黑　介　（挣扎着）爷真聪明，一学就像！一学就像啊……

〔稍顷，一声压抑的惨叫声传来。

彝　兰　（松了口气）好了，不会再有人来作对了。阿哥，阿哥！

赵明德　（从沉思中惊觉）呵……

彝　兰　阿哥……

赵明德　（仔细盯了彝兰一眼后避开）他，说得对。你我如果成亲，那几十个部落的彝人首领一定会起兵造反。

彝　兰　造反？那我就派府中的兵马去打他们！

赵明德　出兵打仗，劳民伤财啊！

彝　兰　土司府的领地中，有的是银子和娃子！

赵明德　每年十万两饷银，就占去了土司府一年收成的一半多。如果打仗，农牧必然歉收。到那时，焦头烂额、度日艰难的还是你啊！

彝　兰　这……（高兴地）嗨，有办法啦！（与赵咬耳朵）

赵明德　你！你说什么？

彝　兰　（扑哧一笑）我的阿哥呀！

（唱）彝家人对上歌调就做亲，

　　　成夫妻何必要虚名。

　　　白日堂上我是爷，

　　　到夜晚你就是我床上的主人！

赵明德 （大惊）什么？你要我做那不清不白、伺候女主子的床上人。

彝　兰 我们两个人心甘情愿在一起，怎么会不清不白呢？

赵明德 因为没有名分！所谓：名不正则言不顺，言不顺则事不成！

彝　兰 你怎么越说我越糊涂了！

赵明德 嗨！每天晚上偷偷摸摸去找你，我，我怎么能一辈子做这见不得人的苟且之事呢？

彝　兰 阿哥……

赵明德 万一、万一我们有了孩子，他该叫我什么？叫我师爷？叫我伯伯？他若知道他的父亲竟然是……你、你叫他怎么为人之子？我又怎么为人之父啊？！

彝　兰 你？你！成亲在一起，你怕底下人造反。我说不成亲也要在一起，你又不愿意。你叫我怎么办，怎么办哪？

赵明德 还是我走吧！（拔腿要走）

彝　兰 阿哥！小叶子虽然没有办法给你名分，可小叶子的人、小叶子的心全都是你的啊！为了小叶子，你就留下吧！（跪）

赵明德 小叶子，为了你能够安安稳稳当土司爷，我不能与你成亲。可是，不与你成亲，我又留在这里做什么！我，我！我不能做自己都看不起自己的事！我实在做不到呵！

彝　兰 （缓缓站起，唱）好话已说尽，
　　　　　　　　只觉寒透心。
　　　　　　　　他几番为我肯舍命，
　　　　　　　　为什么，斤斤计较身外名？
　　　　　　　　府衙内，多少大事待治理，
　　　　　　　　我岂能放他离府门。
　　　　　　　　倘若连师爷都不服顺，
　　　　　　　　怎将这九山十八寨整治平？
　　　　　　　　且效那，老土司，我把谱儿摆定，
主子开口谁敢不听！（一字一句）好吧，从今天开始，这土司府

———— 京剧《凤氏彝兰》

衙中，除了主子就是奴才。现在，你的主子爷——她要你留在府中做师爷！

赵明德　叶子！

彝　兰　（强硬地）你应该叫主子爷！

赵明德　你？

彝　兰　赵师爷，你的主子爷她可是真心留你的！她要你帮她管好这份家业！她要你帮她教养好她的女儿英子小姐！

赵明德　我……

彝　兰　好了，你是很看重名分的。眼下，主子奴才的名分已经定了，你，应该满意了吧？

赵明德　（咬牙）满意！

彝　兰　（慵懒地）我累了，想睡了。过来，帮我把衣服脱了。

〔赵明德无奈地上前一把扯下了彝兰的外衣。

彝　兰　（挑逗地）那……抱我上床吧。（见赵不动，提高嗓门威严地）赵师爷，主子爷在跟你说话哪！

赵明德　嘿！（转身就走）

彝　兰　（一声断喝）站住！

〔赵明德愣住……

彝　兰　来人哪！（土兵答应着冲上）听着：在这儿，不服从主子的奴才，只有死路一条！

赵明德　你……好！我、我今天就死在这里吧！（猛地夺过刀横在颈上）

彝　兰　（急喊）赵师爷！你，宁肯死也不愿意和我在一起吗？！

赵明德　奴才怎么配与主子爷在一起！

彝　兰　你说过：今生今世永远守着我、护着我。如今千难万难才刚开始，你就要弃我而去。你还算是个男人吗？

赵明德　这……

彝　兰　早知今日，我、我……我当的什么土司爷呀。走，我们一起回坟山！

麦　子　（突然出现）凤彝兰！

彝　兰　（惊讶于麦子的大胆）麦子？

麦　子　我的爷哪！

　　　　　（唱）你忘了在坟山险挨刀刃？

　　　　　　　　你忘了土司爷强占你身？

　　　　　　　　你忘了小少爷惨死饮恨？

　　　　　　　　你忘了山野中女儿临盆？

　　　　　　　　当土司实非你本愿，

　　　　　　　　只为着万死路上求一生！

　　　　　　　　你不见部落众首领，

　　　　　　　　风吹草动就起兵；

　　　　　　　　三姨六姨娘家人，

　　　　　　　　磨刀霍霍杀机深。

　　　　　　　　眼前是，进一步，人上人，

　　　　　　　　退一步，祸满门。

　　　　　　　　爷呀爷，不为眼前为子孙，

　　　　　　　　做土司？做奴才？当主子？当娃子？你要思一思、

　　　　　　　　想一想、掂一掂、量一量，切莫做了糊涂人！

〔大静场。

赵明德
彝　兰　（同唱）一番话逼现鬼门关，

　　　　　　　　进则生，退则死，命悬刀尖。

彝　兰　（唱）开弓无有回头箭，

　　　　　　　土司大印重过天。

赵明德　（唱）怎忍心，让叶子，独担风险，

　　　　　　　做主子，更需要，计出万全。

　　　　　　　我岂能轻重不辨，

　　　　　　　理应当弃情从权。

———京剧《凤氏彝兰》 >>>>>

速为叶子斩乱麻，

我不向前谁向前！

（扑地直跪）主子爷，今生今世既不能与叶子结为夫妻，奴才甘愿一辈子守在主子爷身边，听候使唤！

彝　兰　你……

赵明德　主子爷只有让奴才堂堂正正做人，九山十八寨的头领们才会敬重奴才，才会心甘情愿地听从奴才发号施令！

彝　兰　这……

赵明德　奴才告辞了！（转身就走）

彝　兰　你给我站住！

赵明德　（缓缓转过身来，深情地望着彝兰，一字一句地）请……主子爷……自重！（掩面奔去）

〔彝兰正要追唤，婴儿哭声乍起。麦子抱着婴儿出现在另一光区。

麦　子　爷，英子小姐饿了，该给她喂奶了！

彝　兰　（呼唤的手缓缓垂落，凄楚地）……好吧，从今以后，你就堂堂正正做奴才，我就安安分分做……主子……（提高嗓门冷酷地）麦总管，去把黑介杀了！告诉他：戏，已经演完了，没什么好看的。他，可以死了！

〔收光。

四

〔十六年时光的过渡在老毕摩的领唱声中开始：嚯嘿嚯嘿哟——，众和声：哟——哟！

〔灯亮：老毕摩正领着众毕惹喊唱山歌调。

老毕摩　（唱）一季花嘞一季草，

哄人哄到颜色衰；

一茬豆嘞一茬荞，

骗已骗到头发白……

〔喊唱声中变光，已是十六年后。

〔众毕惹转过身来，竟变得白发白髯，体态苍老了……

〔突然，一声亮丽的山歌调脆脆地甩过来，令所有的人皆望向歌声传来的方向。

〔英子内唱：阿侬哟唉——内喊声：小姐回府！

〔众侍女排上，老毕惹们躬身退去。

〔年方二八的凤英子，捧着满把的野山花，轻快地唱上。除了服饰之外，脸庞风韵竟与当年的母亲一模一样，只是举手投足间有了一种大家闺秀的优雅与自信。

英　子　（唱）自小儿尊师教恪守母训，

学汉史习诗文绝院闭门。

最难得一年一回踏山去，

采山花献师爷……英子我的知音人！

十多年，他日为阿妈苦操劳，

夜为英子教学问。

琴棋书画他传授，

山外世界他启蒙。

心有委屈向他诉，

吟诗唱和唯有他一人。

与阿妈一天一见不嫌少，

与师爷一刻不见恼断魂！

（喊下）师爷！师爷——

〔阵阵鞭打声及痛楚的呼叫声传来。

〔灯亮处，彝兰怒冲冲地抽着大烟，土兵们肃立两旁，师爷与麦子恭立阶下。

彝　兰　（气急地）打，给我狠狠地打！

（唱）十六载风和雨历经忧患，

———京剧《凤氏彝兰》 〉〉〉〉〉

  芝兰丛除莠草用尽了权谋。

  实可恨娃子们闹事起哄，

  征租税也要我棒打鞭抽。

 〔抽打声、呼叫声再起。

赵明德 （终于忍不住了）爷，让他们不要再打了！（彝兰没有反应，再求）爷，再打下去，怕要出人命了！

彝　兰 （冷冷地）出了人命，就没有人敢抗租不交了。

赵明德 他们不是故意抗租，而是实在交不出啊……

彝　兰 （不耐烦地制止）好啦！

赵明德 爷，万事不能逼人太甚哪！

彝　兰 逼人太甚？（火了）你以为我愿意这样吗？土司府的几百号人马要我养活！白垛爷天天逼着要那十万两饷银！这些家生娃子是我放做自耕农的，他们不思图报，竟敢抗租不交！我，给我打——

赵明德 爷！

彝　兰 退下！

赵明德 （愤然地）爷既然想他们死，干脆，把他们扔进狼圈喂狼算啦！

彝　兰 你！

赵明德 就像当年土司老爷一样……

 〔英子上，麦子欲阻。

彝　兰 住嘴！你竟敢这样对我说话？我看你是忘了自己的身份！

赵明德 （抵触地）在下不敢忘记自己的身份。在下是怕爷忘记了自己过去的身份……

 〔彝兰重重地一巴掌抽去，两人全都愣住了。

 〔彝兰的手颤抖着难以收回，赵明德默默地一步一步退去。

英　子 （不顾麦子的阻拦，冲到母亲面前）你怎么可以打我的师爷！

 〔彝兰呆愣着没有反应……

英　子 （恨恨地）阿妈，师爷总是帮着你护着你，没日没夜地为你操劳。可你竟然还打他！你！你坏！你是个坏人！（喊）坏人坏人——

（重重叠叠的回声）

〔切光，只剩一束追光罩住彝兰。

彝　兰　（喃喃自语）坏人！谁是坏人？不！不！我从来就不是坏人！不错，这十六年来，我打过人、骂过人，还逼杀过人。可那是被逼的……谁？是谁在逼我?! 为什么？为什么在我的身边总有一层看不见的魔力？它让我违背自己的心愿！它让我一天一天变坏！天哪，我一定是中了魔法了啊……

〔麦子端饭菜上。

麦　子　爷，天都黑了，我把饭菜给您端来了。

彝　兰　（恢复常态）……放着吧。（麦子放好饭菜欲退）麦总管，小姐在做什么？

麦　子　在房中编花环。

彝　兰　编花环？

麦　子　爷，小姐已经长大了，不能让她总守着师爷一个男人了。

彝　兰　哦……今天，我打了师爷，你说，打得对吗？

麦　子　老奴不知他在爷的眼中是什么人？若是奴才，该打该杀谁敢说是主子爷的错呢！

彝　兰　可是他……

麦　子　莫非爷还想着他？

彝　兰　起初，是想他。后来，渐渐地就觉着眼前的他已经不是心中的他了。

麦　子　他老了！

彝　兰　不！是他变了……变得越来越像奴才了！

麦　子　那是因为爷越来越像主子了！

彝　兰　这……哦，你去把那些抗租的娃子都放了。

麦　子　那白垛爷的十万两银子？

彝　兰　是灾是祸，走着瞧吧！（麦子欲走）哦，他呢？

麦　子　他一个人在后院喝酒呢。

——京剧《凤氏彝兰》

彝　兰　一个人喝酒？那种寡酒有什么好喝的！
麦　子　喝酒可以忘记愁烦。
彝　兰　忘记愁烦……那，你也给我送一坛酒来吧。
麦　子　是！
　　　　〔灯暗。
　　　　〔一弯明月悄然亮起，照见桌上那只当年小叶子送的、已经枯萎了的花环。
　　　　〔赵明德独自豪饮，已有几分醉意。
赵明德　（猛灌了几大口酒）嘿嘿，呵呵，哈哈哈……凤彝兰……小叶子……你？你！你这一巴掌打得好啊！
　　　　（唱）一巴掌抽碎我痴心梦想，
　　　　　　　酹清酒，祭花环，忆往事，满悲怆，
　　　　　　　花环犹在真情已死我肝肠寸断泪洒胸膛！
　　　　　　　想当年定名分苦酒自酿，
　　　　　　　你登台我捧场各怀悲凉。
　　　　　　　十六年撑危局克己守礼，
　　　　　　　扶助你教英子日夜奔忙。
　　　　　　　总以为两情脉脉长守望，
　　　　　　　才甘愿低眉折腰把奴才当。
　　　　　　　谁料你，主子越做心越冷，
　　　　　　　羊羔竟然变成狼！
　　　　　　　悔不该，助你登位掌大印，
　　　　　　　忍教这，一片真情两茫茫！
　　　　　　　叶子，我的小叶子啊！
　　　　　　　恨不能改沧桑时光倒转，
　　　　　　　我与你守坟山直守到天荒地老、地老天荒！
　　　　（狂饮不止，醉态呼唤）叶子！我的小叶子！你在哪里？你在哪里呀！叶子！叶子！叶子——

〔呼唤声中，彝兰处、英子处灯光同时亮起：彝兰自斟自饮，已有几分醉意；英子则刚刚编就花环；她们好似都听见了赵明德的呼唤声。

彝　兰　嗯？叶子？是谁在叫叶子？

英　子　英子？好像有人在叫英子！

彝　兰　谁叫叶子？这名字怎么这样熟悉又这样陌生……

英　子　是叫英子！这声音是这般熟悉又这般亲切……

彝　兰　对了，我的小名儿就叫叶子。唉，好久没有人叫啦！（继续喝酒）

英　子　师爷！一定是师爷在唤英子！师爷，英子在为您编织花环，英子这就过来，英子要将这花环送给您！（疾行）

赵明德　（唱）长忆坟山小叶子，

彝　兰　（唱）往事如烟早依稀。

英　子　（唱）一把掌，我心更比他心痛；

彝　兰　（唱）常嫌他，冷如木头冰如尸。

英　子　（唱）方惊觉，他心已在我心里；

赵明德　（唱）可知我，梦中与你长相依。

彝　兰　（唱）当年怎会爱上他？（饮酒）

英　子　（唱）从今不叫他受孤凄。

赵明德　（唱）我不知该怎样忘记你……（饮酒）

彝　兰　（唱）猛想起，一束花环套上伊……

〔彝兰沉浸在回忆的想象中；英子悄悄来到赵的身边，将手中的花环猛地套在他的胸前；值此，三人根据剧情的发展相互穿插交错。

赵明德　嗯？（欲取下花环）

英　子　（忙制止）师爷……

彝　兰　……按我们彝家的规矩，姑娘将花环套在你的胸前，就是像喜欢花儿一样喜欢上你啦！

赵明德　（尴尬地）这……

——京剧《凤氏彝兰》 >>>>>

彝　兰　我知道，你也像喜欢花儿一样喜欢小叶子的，对吗？

赵明德　（激动地）叶子！我的小叶子！！（一把将英子搂入怀中；彝兰则一颤，拼命灌酒）

英　子　（兴奋地仰起脸）师爷！

赵明德　叶子……

英　子　（撒娇地点着赵的鼻子）喝醉啦！连我的名字都叫不清了。英子，我叫英子！

赵明德　英子！（酒吓醒了一半，忙跳开）你……

英　子　师爷，你怎么啦？我是英子啊！

赵明德　（结巴着）小、小姐！不知小姐深夜到此，有何吩咐？

英　子　师爷，我……啊，我是来陪您喝酒的！（端杯就饮）

赵明德　小姐你？

英　子　（捧酒调皮吟诵）近来逢酒便高歌，醉舞诗狂渐欲魔。（饮）

赵明德　（接吟）渐欲魔！光阴无限酒消磨。（饮）

彝　兰　（接吟）酒消磨！长夜漫漫人寂寞。（饮）

英　子　（接吟）人寂寞！相思入酒未嫌多。（饮）

赵明德　（接吟）未嫌多！今宵不醉更奈何。（饮）

彝　兰　（接吟）更奈何！往事随酒入心窝……（饮）

〔三人连连饮酒，皆有醉意，唯赵明德醉态更深。

英　子　师、师爷，你、你想听英子唱山歌吗？

赵明德　你、你也会唱？

英　子　彝家女子，天、天生都会唱的。师爷您、您听了！

（唱）阿依哟喂——（彝兰轻声叠唱）阿依哟喂！

〔以下歌词英子与彝兰二重唱，两人边唱边舞，有时交叉着穿行，有时重叠着恰似一人。只是英子的歌舞热烈妩媚，彝兰的歌舞则是沉浸在自己的回忆中，所以显得沉稳而虚惘。

彝　兰
英　子　（唱）想你想你真想你，

　　　　　阿妹亲手来绣你。
　　　　　把你绣在心坎上，
　　　　　生生死死带着你嘞——（歌舞重复，灯光幻彩）
　　　〔赵明德醉眼看去，渐渐地分不清叶子与英子了。他呼唤着叶子扑向彝兰，彝兰恰恰游移开去，他便一把拥住了英子。

赵明德　叶子！我的叶子！！（不顾一切地吻住英子，英子嘟哝着抱住赵，滚在了一起）
　　　〔切光的同时，一束追光罩住彝兰，她猛地一哆嗦。

彝　兰　（恍然大悟般）师爷？师爷……呀！
　　　　（唱）往事越忆越清晰，
　　　　　恰如层层剥笋衣。
　　　　　剥尽笋衣看见芯，
　　　　　却原来，这枯笋心中藏生机。
　　　　我？我找他去！我这就找他去！（边疾行边呼唤）师爷！师爷！师爷——
　　　〔在彝兰的呼唤声中灯光大亮：赵明德挂着残破的花环，斜倚着沉睡未醒。英子衣衫凌乱，枕在赵的腿上，将醒未醒。

彝　兰　（见此情景愣住）这？这……（想冲上去又支撑不住，瘫倒在地，发出声响）
英　子　（惊醒，看到沉睡的赵，甜甜地笑了，摇他）哎，醒醒，你醒醒啊！
赵明德　（懵懂地揽住英子）嗯叶子……
英　子　哎，你总喊叶子叶子的，叶子她是谁啊？
赵明德　（仍未醒透）她就是你啊。
英　子　又胡说了，我明明是英子，我是英子！
赵明德　（大醒，惊惧地）你，你怎么会在这里？
英　子　（含羞低眉地整理衣衫）师爷……
赵明德　（恐怖大喊）不！不——

英　　子　（被赵的恐怖吓住）你！你怎么啦？

赵明德　（步步后退）你不是叶子！你不是叶子！！

英　　子　（步步紧逼）叶子是谁？叶子她到底是谁？！

彝　　兰　（已经缓过神来，挺直身子）我，来告诉你！（目不斜视，大步地从呆愣着的两个人中间跨过，至台前）我，就是叶子！

英　　子　阿妈？

彝　　兰　不错，阿妈就是叶子！

英　　子　你？他？你们……

赵明德　小姐，你听我说……

英　　子　不，我不要听！

赵明德　英子！

英　　子　（嘶喊）我不要听！

赵明德　爷，你快告诉她，我们是清白的，清白的啊！

彝　　兰　（冷冷一笑）好，那我就告诉她：你，生是我的人！死是我的鬼！

英　　子　（绝望）天！（转身跳向荷塘）

赵明德　（一把拖住英子）爷，她是你的亲生女儿啊！

彝　　兰　哈哈哈……亲生女儿和阿妈的情哥哥！哈哈哈……

赵明德　你、你混账！

彝　　兰　我是混账！十六年了，我一直以为我早已经把你忘了。今天，直到今天，我才知道，我是骗子！你也是骗子！骗来骗去骗自己！上当的是她，我的亲生女儿！

赵明德　爷你说错了！十六年了，我一直以为你心里有我，所以才甘愿当奴才。今天，直到今天这一巴掌，我才知道：你是主子爷，你已经是真正的主子爷了啊！早知如此，我宁愿与小叶子终老坟山！

彝　　兰　你？你！你这个畜牲！爱着我为什么又不要我？！

赵明德　爷你又说错了。在下没有爱过你，在下爱的是小叶子！

彝　　兰　姓赵的，你……该死！来人哪！

　　　　　〔两土兵应声上。

彝　兰　把他绑了，沉入荷塘！

英　子　慢！阿妈，女儿听明白了。十六年了，师爷刻骨铭心的是当年的那一份真情。就是和女儿在一起的时候，他口口声声喊的是，"叶子，我的小叶子……"（强忍住哽咽）可是，十六年来，女儿却从没有看见阿妈给过师爷一丝柔情……

彝　兰　你懂什么！

英　子　女儿确实不懂！如果阿妈心中真的有情，怎么会在大庭广众之下，狠狠地抽他一巴掌！

彝　兰　你……

英　子　女儿发过誓：女儿的第一次一定要给最爱的男人。女儿现在最爱师爷！所以，女儿不后悔自己做过的一切！求阿妈饶恕师爷吧！

彝　兰　不！我绝不饶他！

英　子　阿妈！他是你的心上人啊！如果，他能像爱小叶子那样爱英子一天，就一天！英子死而无憾……

赵明德　英子！对不起对不起呵……（跪倒，泣难成声）

英　子　（忙跪）师爷！

彝　兰　你！你们……（咬牙从一土兵处抽过长刀）好，我就成全你们！（举刀）

〔枪炮声突然炸响，一土兵气喘吁吁奔上。

土　兵　老爷！老爷——那土匪白垛爷带着兵马围在府前。他说，如果再不交那十万两军饷银，就让小姐抵债，做他的压寨夫人！

〔枪炮声又响，一土兵搀着老麦子跌跌撞撞喊着奔上。

麦　子　爷——那白垛爷说：如果爷不把小姐送出去，就进来抢人了！

赵明德　三十六计走为上！爷，这后院门可以逃生，放英子走吧！

麦　子　再不走就来不及啦！

彝　兰　这……

赵明德　爷，你忘了当年英子她是怎么生下来的？你忘了小虎儿他是怎么死的？你忘了身为娃子时的屈辱和苦难？你、你、你当真全都忘了吗?! 主子爷! 九奶奶! (一声长唤) 我的小叶子哪——

彝　兰　（蓦地大惊觉，颤抖着）你？你！你好……（强自镇静）你好好给我听着：带上英子，给我一起滚！

英　子　阿妈……

彝　兰　去天涯、去海角！不要再让我看见你们，滚滚滚！

英　子　阿妈！

赵明德　英子，快走！

英　子　师爷你？

赵明德　快走啊！

英　子　师爷不走，我也不走！

〔枪炮声再起，有人喊："土匪进府抢人啦——"顿时，火光亮起，人声和爆炸声响成一片。

彝　兰　（用刀逼住赵）你，和她一起走！

赵明德　爷！

彝　兰　快走！！

赵明德　叶子！！

彝　兰　走走走！！！（一步一步逼）

赵明德　（一步一步退，突然停住大喊）英子，好孩子，快走啊！（猛地握住彝兰手中的刀，用力刺入自己胸膛）走啊……（倒地）

英　子　（惨呼）师爷——

彝　兰　（提刀木愣着）……

麦　子　快！快！（指挥着土兵们将挣扎的英子架出院门）

赵明德　（挣扎着取过带血的花环）小、小叶子……

彝　兰　（突然暴怒）我要你走！你为什么不走？为什么不走？！

赵明德　我一直想帮你：劝你当土司爷；叫你去找白垛爷；却害你受了这么多苦难！我、我是真的想帮你呵，小叶子……（轻轻起唱）

　　　　（唱）想你想你真想你，

　　　　　　阿妹亲手来绣你……

彝　兰　（手中的刀"哐啷"落地，喃喃着望向他）你？
赵明德　（唱）把你绣在心坎上，
　　　　　　　生生死死带着你……
彝　兰　（热泪滚滚，终于喊出）阿哥——（扑上前将他紧紧拥在怀里，赵明德手中的花环悄然落地，死去）阿哥？阿哥！你唱，你唱呀……哦，你是要小叶子和你一起唱对吗？小叶子这就和你一起唱！（泣声而唱）"想你想你真想你……"（边唱边颤颤地取过花环，将它戴在赵的胸前，终于放声大哭）阿哥——
　　〔土司府大火熊熊，砖石纷纷塌落。

五

　　〔老毕摩的画外音："高高苍天，茫茫大地。今有彝家女赵氏叶子，为夫赵明德落葬，并遵循汉家礼俗，归隐山林，不再婚嫁，守制终生！"
　　〔白色的送葬队伍唱起了彝家的哭丧调。
　　〔渐渐地，在舞台的一个角落，可以看见一位孤零零的极其苍老的老太直直地跪在地上：一身白色纱衣，披散着满头白发，呆呆地捧着那只已经枯萎了的花环，好像死了一般。她，就是凤彝兰。
　　〔悠远的歌声传来：啊依哟喂——
　　〔另一光区亮起，当年的场景，当年青春亮丽的小叶子正摆弄着花环唱着。
彝　兰　（唱）想你想你真想你，
　　　　　　　阿妹亲手来绣你。
　　　　　　　把你绣在心坎上，
　　　　　　　生生死死带着你……
　　〔彝兰似听见了什么，突然精神地站起来，冲到台前，喃喃道：

———京剧《凤氏彝兰》〉〉〉〉〉

彝　兰　阿哥！（随即大喊）阿哥——

〔长长的回音突然中断。霎时，整个舞台一片空旷，死寂死寂地许久没有一点声音。

〔彝兰萎顿了。她颤颤地抱着花环，摸索着哼唱着孤独地走去，一直走向世界的尽头。

彝　兰　（唱）想你想你真想你，

阿妹亲手来绣你。

把你绣在心坎上，

生生死死带着你……

〔白茫茫的天地之间，留下了这段没有音乐、没有润腔、直直的涩涩的、发自生命最本原处的歌声。

〔剧终。

精品提名剧目·京剧

图兰朵公主

编剧 孔 远 吴 江

人物

图兰朵　燕蓟王公主。十七岁。青衣。

卡拉夫　阿尔汗王子。二十岁。生。

铁木尔　阿尔汗王。四十五岁。净。

陆　玲（乳母）　公主母亲。四十岁。老旦。

燕蓟王　中国皇帝。六十多岁。净。

李公公　宫廷太监。六十多岁。丑。

王公公　宫廷太监。十五六岁。丑。

钱公公　宫廷太监。三十多岁。丑。

众王子、众朝臣、御林军、宫女若干

　　故事发生的时间朝代不必细考，地点就在人们所熟悉的中国帝都皇宫的内外。

——京剧《图兰朵公主》 〉〉〉〉〉

第一场

〔大幕徐徐拉开,巍峨的紫禁城宫,森严肃穆。

〔合唱:有一个古老的传说,

　　　智慧的双眼把古怪的谜语猜破;

　　　铁犁把处女的心田耕耘,

　　　真诚的爱谱写成希望的歌。

〔李、王、钱三位内廷太监上场,金鼓声大作。

三公公　(唱)京城处处乱纷纷,

　　　　来了列国的求婚人。

　　　　十八国的王子储君。

　　　　没有一个能让图兰公主称芳心。

　　　　各国的求婚人赖在京城不肯走,

　　　　加上他们的护卫、亲兵,

　　　　得有十万多人!

　　　　都说是非要做图兰公主的驸马,

　　　　等陛下百年之后好当这紫禁城的继承人!

〔内白:陛下驾到!

〔牡丹幕拉开,金殿燕蓟王坐殿。

燕蓟王　九门提督,晓谕列国王子,他们俱都不称公主芳心,倘若赖在京城将作乱,斩尽杀绝!

一朝臣　使不得,万岁若为此事杀了列国王子贵胄,只恐十万兵马大闹京城,于一统江山不利!

燕蓟王　难道就任他们在京城胡作非为不成？

众朝臣　事在燃眉。只有委屈图兰公主下嫁其中一位王子，才可将此事了断！

燕蓟王　好恼！

　　　　（唱）尔等平素争富贵，

　　　　　　　忠君报国信口吹。

　　　　　　　事到临头无一计，

　　　　　　　要朕舍女解国危。

　　　　　　　纨绔儿求婚为朕社稷，

　　　　　　　闹京城争驸马藐视天威。

众朝臣　（跪求）陛下，为京城免受列国王子争婚之乱，百姓免遭涂炭之苦，还是下嫁公主，以江山社稷为重吧！（纷纷跪求）

燕蓟王　何人再提公主下嫁之事定斩不赦。

众朝臣　陛下三思！

李公公　启奏万岁，图兰公主求见。

燕蓟王　内侍、文武百官列队相迎。

李公公　文武百官列队相迎啊！

　　　　〔图兰朵内唱：鸟惊飞打破了深宫寂静。

　　　　〔众宫女提炉掌扇簇拥图兰朵公主出现在大殿前。众朝臣凝眸仰望，众宫女列队鱼贯而上，燕蓟王迎接爱女。图兰朵俯视群臣，面露轻蔑之色。

图兰朵　（接唱）求婚人虽贵胄哪见真情？

　　　　　　　视阶下峨冠紫衣须眉形影，

　　　　　　　风云起全不见雄椎英魂。

　　　　　　　青史中写满了英雄名姓，

　　　　　　　尘世上难寻觅侠骨豪情。

　　　　　　　紫禁城锁不住儿女的心性，

　　　　　　　且看我一开言石破天惊。

———京剧《图兰朵公主》 >>>>>

　　　　　参见父王。
燕蓟王　　平身！十八国王子难道就无一人能称我儿心愿么？
图兰朵　　列国王子求娶图兰，为谋父皇江山社稷，势利之徒浊气熏人！
燕蓟王　　只是他们赖在京城不走，令人烦恼！
图兰朵　　父皇啊！
　　　　　（唱）父皇不必劳心神，
　　　　　　　　图兰我早有那成竹在胸。
　　　　　　　　将相是安乐乡中的须眉脂粉，
　　　　　　　　求婚人图谋江山觊觎心明。
　　　　　　　　众王子行无赖色厉内荏，
　　　　　　　　儿举手银样蜡枪现真形。
　　　　　　　　父王即刻传诏命，
　　　　　　　　晓谕各国求婚人。
　　　　　　　　谜语三篇把终身定——
燕蓟王　　猜谜招驸马？
众朝臣　　猜谜招驸马？
图兰朵　　（接唱）猜中谜底就成亲。
　　　　　　　　　若是谜语猜不准——
燕蓟王　　（接唱）刀斧唬散众猢狲；
　　　　　　　　　生死文书先约定，
　　　　　　　　　输者人头挂午门！
众朝臣　　陛下圣明！（众臣弹汗）
　　　　　〔切光。
李公公　　公主有旨，列国王子进宫猜谜语招驸马啊！
　　　　　〔热闹的音乐声中，列国王子争先恐后地拥来。
李公公　　我说列国王子，猜谜语招驸马，愿意的先请进殿签生死文书吧！
　　　　　〔众王子面面相觑，其中三位王子随公公进入，众王子遥遥观望。
　　　　　〔李公公内白：猜错了！斩了！

〔众王子闻言大惊。御林军捧二王子头盔过场,一王子失魂落魄上。众王子纷纷逃下。三公公上。

李公公　哪位王子还愿试上一试?

钱公公　您甭找了,他们早就都逃出皇城了!

王公公　列国王子倒是走了,可是咱这燕蓟王国的男人从今往后可就抬不起头了!

钱公公　你这话是怎么说的?

王公公　这个意思你还不明白?国难当头男人们拿不出退敌之策,就会把女人往外送。那男人还算男人吗?

李公公　唉,这种事也非始于今天,女人在这皇宫大内哪个不是满腔幽怨哪!你们听,公主的乳娘常唱的《陆玲歌》不就是女人心中的期盼吗!

〔《陆玲歌》声起,收光。幕启。

第二场

〔琴声悠扬。乳娘唱《陆玲歌》。
〔图兰朵华美的寝宫。
〔图兰朵倚着卧榻假寐。
〔乳母在图兰朵身边吟唱。

乳　母　(唱)天上的双星,
　　　　　　　心心相印。
　　　　　　　离别时脸上的泪水
　　　　　　　流进相吻的唇。
　　　　　　　河汉迢迢隔不住,
　　　　　　　陆玲与阿哥相爱心。
　　　　　　　金风玉露相逢时,
　　　　　　　交与阿哥思恋的魂。

　　　　　　天上的双星，

　　　　　　心心相印。

图兰朵　　乳娘，这歌声我听了十七年，怎么就不曾遇着你歌声中的真情啊？

乳　娘　　公主，这《陆玲歌》乃是草原上的一支情歌。这其中还有一段辛酸的故事。

图兰朵　　什么辛酸的故事？乳娘说与我听。

乳　娘　　在那骏马如云、牛羊遍地的草原上，有一个牧民之女，她在一次大汗王的宴会之上唱起了这支《陆玲歌》——（音乐声起）谁知老汗王在她唱罢之后就将她封为陆玲公主！

图兰朵　　怎么？将她封为陆玲公主？后来呢？

乳　娘　　三日之后老汗王就将她远嫁中原，送与一个大国国君做了王妃！

图兰朵　　却是为何？

乳　娘　　唉！只为年轻英俊的大汗王子在听歌之时对那姑娘深情一笑！

图兰朵　　大汗王子一笑，为何要远嫁那个姑娘？

乳　娘　　王家礼数尊卑不易，老汗王见太子对那牧民之女动了爱怜之心！

图兰朵　　那牧民之女做了王妃之后怎么样啊？

乳　娘　　那君王先前还是百般宠爱，后来听说她乃是牧民之女冒充汗王公主，不顾她刚刚生下小公主，就将她贬入冷宫，终生为奴！

图兰朵　　怎么，不顾她刚刚生下一女，就将她贬入冷宫终身为奴？唉！自古深宫红颜冢，哪见王侯偕老情！

　　　　　（唱）《陆玲歌》情醇意浓梦般美，

　　　　　　　　十七年歌与事何故相违？

　　　　　　　　皇宫苑如古井幽幽死水，

　　　　　　　　春风吹涨春溪春心如雷？

　　　　　　　　知音难觅忧怨化成女儿泪，

　　　　　　　　盼有人叩响我女儿心扉。

乳　娘　　还是弹起这消愁解闷的琵琶，或许真情的男儿就会随着琴音而来？

〔图兰朵情怀难解，乳娘捧上琵琶，图兰朵动情地弹奏起来。

〔这琴音动人心魄，摄人神魂；这琴音在舞台回响，实际上是在全城人心中回响；这琴声忧怨深长，愤世嫉俗，传达出人性被压抑的呼喊和寻觅知音的企望。

〔月光下站立着一个青年，他凝神静听着这美妙的奇异的琴声。

卡拉夫　（唱）夜风送天外乐响我耳畔，

　　　　　　　明月下驻足听魂入琴弦。

　　　　　　　大弦嘈嘈似呼唤，

　　　　　　　呼唤那阳刚男儿返人间，

　　　　　　　小弦切切诉期盼，

　　　　　　　盼有人耕耘她希望的心田。

　　　　　　　猜谜语赴汤蹈火自情愿，

　　　　　　　怀爱心定能解开公主的疑团。

〔铁木尔上场。

铁木尔　卡拉夫——

卡拉夫　父汗——（急掩卡口）

铁木尔　王儿，围城的兵马已然撤去，你我避难之人，早早离开这是非之地！

卡拉夫　阿爸，听阿妈说，父汗年轻时曾经爱恋过一个牧民之女。后来老汗王把她封为陆玲公主，远嫁燕蓟。今日来到京城就该打听她的消息。

铁木尔　（唱）魂牵梦绕歌一曲，

　　　　　　　多少年苦寻觅全无消息。

卡拉夫　为何又要匆匆离去？

铁木尔　（唱）为陆玲两国交恶结下怨怼——

卡拉夫　阿爸，儿有意去猜图兰朵公主那三篇谜语。

铁木尔　王儿，你莫非疯了？

———京剧《图兰朵公主》 >>>>>

（唱）你不见宫墙上高挂首级，

　　　那谜语比钢刀还要锋利。

卡拉夫　父汉！请你放心，铁木尔家族的血管里流淌的都是智慧，饮着呼伦贝尔河水长大的我，从一落生就不缺少真诚和勇气。我有一种预感，那图兰朵公主她在等待着我去猜她心中的谜语！

铁木尔　王儿啊！

（唱）避难人就应当远避是非。

〔卡拉夫跑下。

铁木尔　王儿——

〔铁木尔追下。

〔黄钟大吕打破宁寂的夜空。

第三场

〔紫禁宫内三位内侍掌灯上。

李公公　（唱）半夜三更睡稳，

　　　　　娶亲花轿进了门，

　　　　　才揭盖头把新娘吻——

　　　　　钟声惊醒美梦人。

　　　　　景阳钟响情事紧，

　　　　　不知何人闯宫门。

　　　　　天堂有路，

　　　　　天堂有路你不走，

　　　　　偏偏来到这地府门。

　　　　　谜语三篇难鬼神，

　　　　　何况你是外乡人。

　　　　　休为一时，

　　　　　休为一时逞血性，

413

误了青春。

〔纱幕内场光透视出太和殿内景，雕栏高台上设燕蓟王宝座，座后有屏风。纱幕启时燕蓟王已坐于宝座之上。御林军和太监侍立两侧。众朝臣分列两旁。

李公公　启禀陛下，一个外乡人击响了景阳钟！

一朝臣　一个外乡百姓，竟敢来击景阳钟，乃是扰乱朝纲，理当斩首示众。

众朝臣　斩首示众！

燕蓟王　依卿所奏，推出斩了！

〔图兰朵内白：且慢！儿臣愿见这外乡之人！

燕蓟王　一个外乡之人见他做甚？

〔图兰朵内白：外乡人冒死前来猜谜，倒也有些男儿胆量。儿偏要见他一见！

燕蓟王　好！传外乡人上殿！

李公公　陛下有旨，外乡人上殿哪！

〔卡拉夫内白：遵旨！上。

卡拉夫　（唱）健步走入紫禁城，
　　　　　　　身披朝阳越重门。
　　　　　　　玉石阶上移身影，
　　　　　　　要融冰雪迎阳春！
　　　　　外乡人叩见陛下。

燕蓟王　外乡人！你可知三篇谜语猜不准——

卡拉夫　情愿人头挂午门！

燕蓟王　难道青春不惜命？

卡拉夫　男儿不做后悔人。

燕蓟王　说出你的名和姓。

卡拉夫　这个——外乡之人隐名姓，以免遗笑后来人。

〔图兰朵走出。

————京剧《图兰朵公主》 >>>>>

图兰朵　外乡人。

卡拉夫　公主——

　　　　〔二人对视。

图兰朵　（唱）人世间竟有这样神秀骨俊？

卡拉夫　（唱）人世间竟有这样神秀骨俊？

图兰朵　（唱）这颗心怦然跳动血涌周身。

卡拉夫　（唱）这颗心怦然跳动血涌周身。

图兰朵　（唱）但愿他非是绣花枕，

　　　　　　　又怕他闯进女儿心，

　　　　　　　心忧他谜语猜不准，

　　　　　　　最惧他无情乔伪人。

　　　　　　　图兰我此时乱方寸——

卡拉夫　公主！

　　　　（唱）谜面说与外乡人。

图兰朵　外乡人！

　　　　（唱）刀剑与它血缘近，

　　　　　　　它和刀剑不同心。

　　　　　　　刀剑杀人成癖性，

　　　　　　　它除不平五谷生。

　　　　　　　征服天下富百姓，

　　　　　　　战火一燃它养精神。

卡拉夫　（唱）刀剑与它血缘近，

　　　　　　　都是火融铁铸身。

　　　　　　　造福天下自伤损，

　　　　　　　低头行去五谷生。

　　　　公主，这第一个谜语就是"铁犁"！

　　　　〔钱公公打开谜底画轴，现出"铁犁"二字。

众朝臣　猜对了，猜对了！

〔卡拉夫谦逊低头。

图兰朵　外乡人！

（唱）孪生姊妹明又亮，

　　　喜怒哀乐七色光。

　　　双双镶入小画框，

　　　天地万物尽收藏。

卡拉夫（唱）孪生姊妹心灵窗，

　　　七情放出七色光。

　　　悲痛时双溪苦水流，

　　　若无姊妹暗夜长。

　　　公主，您的第二个谜语，就是人的"眼睛"！

〔图兰朵惊诧，王公公打开第二幅谜底画轴，现出"眼睛"二字。

众朝臣　又猜对了！

〔朝堂上一片轻松的笑语。图兰公主脸色开始低沉。

图兰朵　外乡人不要得意忒早！

（唱）朝阳灿烂霞光放，

　　　召唤人去蹈火赴汤。

　　　落魄失意它医心疮，

　　　穷达贫富它俱帮忙。

　　　弱者靠它胆气壮，

　　　不幸时有它能挺起胸膛。

　　　夜梦彩凤把仙歌唱，

　　　晨引彷徨向曙光。

卡拉夫（凝神苦思，在金殿前踱步。图兰朵得意。众朝臣开始议论。卡拉夫抬头看见图兰公主，惊喜点头）哦哦，

（唱）人人盼来人人想，

　　　美好的憧憬引人发狂。

　　　有它时热血奔涌滚又烫，

———京剧《图兰朵公主》 〉〉〉〉〉

无有它魂灵无家乡。

它催着有志人奋发向上,

它就是图兰公主骄傲的凤凰。

这第三个谜语就是图兰公主殿下!

〔图兰朵闻言大惊,李公公展开第三个谜底画轴呈现"希望"二字。众朝臣泄气地"错了,错了"!

李公公　拿下。

众朝臣　杀了他!杀了他!

〔图兰急拉父阻止。

燕蓟王　放了下来!我把你们这些不学无术之辈。公主之母并非华夏之女。图兰就是她生母家乡语"希望"之意啊!

众朝臣　啊?哦——(纷纷跪地)陛下,外乡人并非王族贵戚怎能招为皇家驸马!望陛下三思!

燕蓟王　赏赐外乡人黄金百两。送他出宫去吧。

图兰朵　外乡人走不得!

燕蓟王　怎么走不得?

图兰朵　让赢了儿臣之人走出宫门,倘被百姓们知晓,王家的威严扫地,金枝玉叶的脸面何存哪?

燕蓟王　依你之见?

图兰朵　依我之见么我要与他比武!我若赢他,将他斩首。我若是输了么——

燕蓟王　怎么样啊?高声些!

图兰朵　父王那我就招他——(羞跑下)

〔灯光变化,场上只余燕蓟王一人。

燕蓟王　(被爱女的行为撩拨起沉积在心底惆怅的苦涩)

(唱)看得出琉璃花蕾今欲绽,

外乡人拨响图兰爱的心弦。

想起她生身母我怒火复燃,

　　　　梧桐树岂容得野藤攀缠。
　　　　外乡人虽是英才一穷汉，
　　　　纵有情贵贱也难成姻缘。
　　　　王侯女嫁娶事休言爱恋，
　　　　招驸马干系着社稷江山。

〔李公公暗上。

〔燕蓟王抑郁下场。

〔李、钱、王三位登场。

钱公公　您说，眼瞧着公主选中了心中的如意郎君，陛下他应该高兴才对呀！怎么还是这么愁云满面的呀？

王公公　不是你该操心的事儿，你呀就少操点心吧！

李公公　你们懂什么！称王也好，当官也罢，男人也好，女人也罢，说起这男女婚姻之事，就有无穷的烦恼，还是咱们当太监的好，吃不少，喝不少，一人有饭天下饱。身不动，膀不摇，百官给咱递红包。上没老，下没小，没有妻儿把债讨。不害相思病，不怕情敌闹；不生红杏出墙的气，用不着拈酸吃醋把牙酸倒。世上的男女痴，痴情痴爱痴烦恼。恩爱不过几夜晚，生出愁，生出怨，生出苦，生出劳。没瞧见，一夜夫妻百日吵，地久天长谁见了？青梅竹马是小孩子玩儿闹，比翼双飞的全是鸟！

钱公公
王公公　噢！（恍然大悟）

〔锣鼓响，图兰朵与卡拉夫披挂登场比武，两支银枪上下翻飞，恰似两条蛟龙在相戏，在起舞。忽然图兰朵失手前栽，卡拉夫忙递出枪相扶。图兰朵被这外乡青年的真诚所动，心中又一次涌动起爱的热浪。他和她用戈矛传递着心中的情意。图兰朵忘记了公主的骄矜，露出了少女的顽皮和天真，开始了比武中的恶作剧。卡拉夫宽容地笑看着心爱的女孩子。燕蓟王上场。

燕蓟王　好好好！我儿赢了，我儿赢了。

图兰朵　父皇，外乡人枪法厉害，儿臣赢他不得！

卡拉夫　（一惊）公主武艺高强，外乡人不敌，情愿受罚。

燕蓟王　你二人，一个甘心认输，一个又说未赢，叫孤怎样决断哪？

图兰朵　父王……（娇羞假嗔）比武之前先有约定——

燕蓟王　他乃一介布衣，岂能配得我的皇儿！

卡拉夫　陛下。外乡人乃是四海流浪的穷汉，本无高攀金枝玉叶的奢念。今日得会公主金面，已是三生有幸。恳求陛下恩准外乡人敬公主美酒一盏！

图兰朵　父王，儿臣愿饮！

燕蓟王　好，御酒伺候！

卡拉夫　请公主赏饮！

〔图兰朵激动，饮酒。

卡拉夫　外乡人告辞了！（三看）

图兰朵　外乡人，你……你叫什么名字？

卡拉夫　公主既问外乡人名姓，就请公主也猜上一猜！明早日出之前公主若能猜出，外乡人听凭公主发落！

燕蓟王　若是猜不出来呢？

卡拉夫　就请陛下恩准外乡人带公主出宫，结成夫妻，在山水之间比翼双飞！

〔图兰朵惊喜。

燕蓟王　好个如意的算盘。内侍传旨：今夜全城无论官民不得入睡，有人知晓进宫猜谜的外乡人名姓，速来告禀！外乡人，你要小心了！你要仔细了！

众朝臣　这个谜语不好猜！

〔纱幕落下。内景光压。又是灰色的城墙。

第四场

〔钱、王二公公捧旨，李公公掌灯上。

李公公　陛下传诏命，全城仔细听：从今晚月升，到明早天明，酒馆收幌子，茶楼早下灯，饭庄都歇业，歌台舞榭娱乐全停，不准出声。全城之人，无论当官、务农、经商、做工，还是念书的童生，全都不得上炕，不得吹灯；不得闲聊胡扯，不得论爱谈情；不得牌九聚赌，不得打盹瞌睡，眨眼做梦。谁人知道进宫猜谜的外乡人名姓，就来击响景阳钟。陛下要重赏告发之人，褒奖他的忠诚！

〔三公公下。铁木尔上。眺望宫门。

铁木尔　（唱）宫墙上悬人头还睁泪眼，
　　　　　　沐晨风顶烈日，
　　　　　　眺望宫门悬心吊胆，
　　　　　　只等到日落西山。
　　　　　　怨王儿痴心不听劝，
　　　　　　猜谜语何异赴刀尖。
　　　　　　我一日整水米未吞咽，
　　　　　　只急得年迈人老泪潸潸。

〔卡拉夫上场。

卡拉夫　阿爸。

铁木尔　王儿，你你你叫父王急坏了！

卡拉夫　阿爸！
　　　　（唱）紫禁城太和殿一日尽览，
　　　　　　猜谜语一开言惊煞百官。
　　　　　　公主她赏饮儿御酒一盏，
　　　　　　月中娥百花仙比她羞惭。

铁木尔　（唱）莫不是那公主将儿爱恋，

——京剧《图兰朵公主》 >>>>>

     欲招你赘东床缔结姻缘？

     汗王子配公主骏马绣鞍，

     落魄的亡国汗我拜谢苍天。

卡拉夫 （唱）儿与公主虽然相恋，

     却不愿紫禁城内缔结姻缘。

铁木尔 （唱）招驸马入宫门平步霄汉，

     显身手展宏图执掌兵权。

     有一朝父子们铁马长剑，

     复亡国报仇恨儿继位称汗。

卡拉夫 （唱）兴灭国原本是儿心志愿，

     听一曲公主琵琶醒悟幡然。

铁木尔 （唱）知音正好结亲眷，

     双剑同心报仇冤。

卡拉夫 （唱）贵贱难做相知伴，

     除非是布衣女婵娟。

铁木尔 （唱）布衣女子千百万，

     凤凰一舞霞满天。

卡拉夫 （唱）凤凰虽把高枝占，

     玉宇琼楼不胜寒。

铁木尔 （唱）世人谁不高处看，

卡拉夫 （唱）真情挚爱苦也甜。

铁木尔 （唱）平步青云时运转，

卡拉夫 （唱）愿扶铁犁不羡权。

铁木尔 （唱）无权复国成梦幻，

卡拉夫 （唱）富贵真情两无缘。

     愿与她布衣夫妻山高水远——（下场）

   〔铁木尔欲追卡拉夫，三公公迎上拦住。

李公公　将这老汉请进宫去！

〔铁木尔不知所措，挣扎着被三公公架住。

铁木尔　（唱）借招赘复汗位重整河山。

〔众百姓在舞台不同方位手举灯笼，在《茉莉花》的主旋乐曲中仰望着满天星斗造型。

〔合唱：今夜京城星不闪，

　　　　一轮皓月低悬。

　　　　酒肆茶楼人烟断，

　　　　歌楼舞榭停管弦，

　　　　歇了戏班。

　　　　外乡人名姓，

　　　　公主的姻缘。

　　　　难料的悬念，

　　　　京城人挂念。

　　　　今夜谁能眠？

　　　　今夜无人眠！

〔卡拉夫在舞台一角仰望星空，图兰朵出现在紫禁城角楼上，两个空间遥相呼应，两颗相爱的心在乐曲中共鸣。

图兰朵　（唱）今夜京城星不闪，

　　　　　　　一轮皓月城头悬。

卡拉夫　（唱）今夜京城星不闪，

　　　　　　　一轮皓月城头悬。

卡拉夫　（唱）卡拉夫的名姓，

图兰朵　（唱）外乡人的姓名——

卡拉夫　（唱）青春的相思希望的恋，

图兰朵　（唱）青春的相思希望的恋，

卡拉夫　（唱）明日可能成姻缘？

图兰朵　（唱）明日可能成姻缘？

　　　　　　　难料的悬念，

——京剧《图兰朵公主》》》》》

卡拉夫　（唱）难料的悬念，

图兰朵　（唱）今宵长夜怎能眠？

卡拉夫　（唱）今宵长夜谁能眠？

图兰朵
卡拉夫　（合唱）今夜谁能眠？

　　　　　　　今夜无人眠！

第五场

〔《今夜无人眠》音乐延续着。

〔图兰朵在房中坐卧不宁，心事重重。时而陷入沉思，面露羞涩；时而又烦乱不安。

〔乳母在一旁静静地观察着图兰朵。

乳　母　听宫女们回禀，金殿上来了个男儿十分英俊，开口猜出三篇谜语，长枪诉出一腔钟情。难道是月老牵来红绳，意中的阿哥走进宫门？

图兰朵　乳娘，我也说不清楚。只觉得他和世上所有的男人都不一样！

〔图兰朵转身想，乳母微笑着退下。

图兰朵　（唱）听乳娘一番话热血如沸，

　　　　　　　心鹿跳气喘急双颊霞飞。

　　　　　　　从来是心如古井波澜不起，

　　　　　　　今日却如春潮涛涌决堤。

　　　　　　　他那双明眸中全不见贵胄的俗气，

　　　　　　　眉宇间藏聪慧志逼虹霓。

　　　　　　　谈吐雅全无有功利痕迹，

　　　　　　　一盏酒推开我紧锁心扉。

　　　　　　　众王子若比他木朽瓦砾，

　　　　　　　外乡人真是我的一个心谜。

〔图兰伸臂懒腰，倚斜榻而睡。光在音乐中变幻，场上时空渐入梦境。卡拉夫披一件红色长披风，英姿飒爽地站在斜榻前。图兰朵惊喜地从斜榻上坐起来。四目对视，心潮涌动。图兰朵又倚榻而卧。图兰朵双眸凝视着面前的卡拉夫又喜又羞。二人追逐舞蹈，似紫燕飞旋，像蜂蝶相戏。卡拉夫拥抱住图兰朵，她把头依在他的肩上，她终于找到了自己精神的家园，灵魂的寄托。卡拉夫把她抱起，走向斜榻。众花仙拥上，翩翩起舞，一个个粉红色的花蕾层层绽放；象征着青春的沸腾，爱潮的澎湃，热血的奔涌，情感的交融。那红色的披风被花仙们捧在头顶，像一面镜，像一条河，像一股浪，像一团火。在红红的火焰的燃烧中，他和她紧紧地拥抱在一处，花仙们散开，他和她舞起红色的披风，象征着两颗发光的心在碰撞，两片缠绕的魂在颤动，两人充满激情的灵与肉在狂野地交融。抖动的红披风渐渐地沉静，众花仙围绕着双双偎依着坐在斜榻上的一对情侣。舒展牡丹的雍容，沐浴爱的轻风，魂交后的缠绵，退潮时的宁静。

〔钟声响起，李公公急急跑进寝宫，乳母也闻声而来。

李公公　禀公主，奴婢在宫门之外拿住一个与外乡人同行的老汉，他定然知晓外乡人的名姓！

〔切光，在激烈而带有悬念的音乐声中换景。

第六场

〔景同四场，仍旧为紫禁城太和殿内。燕蓟王坐于宝座之上。铁木尔立于御阶前。

燕蓟王　这一老汉，只要你说出外乡人名姓，朕有千金重赏！
铁木尔　陛下言而无信。
燕蓟王　何以见得？
铁木尔　外乡人猜中三篇谜语，就该招为驸马！
燕蓟王　外乡人若是凤子龙孙、贵胄苗裔，朕岂能食言？

———京剧《图兰朵公主》 〉〉〉〉〉

铁木尔　他正是一个大国的王太子殿下！

燕蓟王　噢！是哪国的王太子殿下？

铁木尔　殿下十七年前为着一个女子与那国交恶。只恐殿下如今依然怀恨在心！

燕蓟王　莫非就是阿尔汗国的王太子殿下？你是怎么知道的？

铁木尔　阿尔汗国内乱，铁木尔达汗命老奴保护卡拉夫殿下远避国难，携带大汉佩刀，往列国借兵复国！（呈佩刀，公主上，立于燕蓟王侧）若是王太子能和公主结成姻缘，陛下出兵相助平定国乱，铁木尔大汗就将王位禅让太子！那时阿尔汗国那无边无际的草原牧场，就都属于卡拉夫殿下——陛下您的驸马了！

燕蓟王　好好好！快请卡拉夫殿下！

〔卡拉夫上场，图兰朵走下高台。

图兰朵　卡拉夫王子殿下！

铁木尔　不知公主如何猜出我的姓名和身份？

图兰朵　告密之人就在面前。

卡拉夫　阿爸你——

铁木尔　（急拦）王子殿下我是您的老奴哇！

卡拉夫　阿爸你为何告儿臣啊？

图兰朵　哈哈哈……（嘲笑）卡拉夫殿下你该称他父汗才对呀！

燕蓟王　哦，原来你就是铁木尔大汗？亲家公快快请起！

铁木尔　亡命之汗全仗陛下天恩荫庇！

燕蓟王　佩刀大汗收好！

图兰朵　如此说来殿下进宫猜谜原是为着借兵复国？

卡拉夫　公主——

图兰朵　呵呵呵……（冷笑）

　　　　（唱）如今已然明真相，

　　　　　　　王太子就不必作势装腔。

　　　　　　　猜谜语摇唇鼓舌作戏情场，

　　　　　　　为的是借兵复国继位称王。
卡拉夫　（唱）听公主一番话羞愧难当，
　　　　　　　真情人反做了奸巧魍魉。
　　　　　　　这一年避国难千里流浪，
　　　　　　　方识透挚爱情地久天长。
图兰朵　（唱）说什么真情挚爱全是谎，
　　　　　　　你只恋权与势哪羡鸳鸯？
　　　　　　　一盏酒将我的心诱情诓，
　　　　　　　害得我花蕾未放遇严霜，
　　　　　　　蕊寒香冷枝折红落痴梦一场。
燕蓟王　（唱）你为何与昨日情怀异样？
　　　　　　　朕为儿选定了大汗太子如意东床。
图兰朵　（唱）父王你选的是草原牧场，
　　　　　　　王太子爱的是燕蓟之邦。
铁木尔　（唱）求公主不要把我儿冤枉，
　　　　　　　借招赘复汗位我一人主张。
图兰朵　（唱）你父子花言巧语莫再言讲，
　　　　　　　痴梦醒依旧是孤寂凄凉。（痛苦）
卡拉夫　（唱）觅知音猜谜语把真情寻访，
　　　　　　　到如今卡拉夫心愿已偿。
　　　　　　　公主若是不肯信，
　　　　　　　情愿剖开磊落胸膛，
　　　　　　　人活一生来世上，
　　　　　　　得一个神交情侣魂醉魄香。
铁木尔　王儿不可，王儿不可！（二人夺佩刀）
　　　　（唱）到如今我与那父汗一样，
　　　　　　　爱儿心却误儿悔恨非常。
　　　　　　　昔日那《陆玲歌》今又翻唱，

———京剧《图兰朵公主》 〉〉〉〉〉

    我害得有情人难以成双。
    此时间泪满面我跪倒在尘埃上，
    铁木尔愿用血洗儿冤枉！

图兰朵 大汗——
    〔图兰朵拦阻铁木尔。乳娘突然闯上。

乳 娘 殿下不可！

燕蓟王 陆玲大胆！

铁木尔 陆玲？

图兰朵 乳娘，此事你你——不要多言！

乳 娘 殿下！

图兰朵 乳娘，你就是——

乳 娘 我就是《陆玲歌》中的牧民之女，铁木尔大汗就是在听歌之时对我深情一笑的大汗王子，你父王就是那个不顾刚刚生下小公主，将我贬入冷宫终身为奴的君王。你就是——

燕蓟王 御林军，将这贱人金瓜击顶！
    〔拂袖下。御林军转围向陆玲，图兰朵、铁木尔、卡拉夫上前保护。

乳 娘 呵呵呵……
    （唱）这一声金瓜击顶忒迟晚，

卡拉夫 （唱）父辈用鲜血写出爱情诗篇。

图兰朵 （唱）爱无涯情无有生死界限，

卡拉夫 （唱）殉情人为世间把爱的神火点燃。

图兰朵 （唱）富贵绵绵，

卡拉夫 （唱）继位称汗。

图兰朵 （唱）怎比得，

卡拉夫 （唱）怎比得，

图兰朵 （唱）挚爱真情永相伴，

卡拉夫 （唱）真情挚爱月常圆。

图兰朵　（唱）生得比目死无憾，
卡拉夫　（唱）天荒地老心依然。
图兰朵
卡拉夫　（同唱）情侣携手出宫苑，

　　　　　　情侣携手出宫苑，

　　　　　　云开雾散霞满天。

　　　　　　云开雾散霞满天。

〔合唱声起：有一个古老的传说，

　　　　　智慧的双眼把古怪的谜语猜破。

　　　　　铁犁把处女的心田耕耘，

　　　　　真诚的爱谱写成希望的歌。

〔在合唱中图兰朵和卡拉夫走向灿烂的明天。大幕落下。

〔剧终。

精品提名剧目·京剧

狸猫换太子

(上集)

编剧　黎中城　刘梦德　程惟湘　董绍瑜

人物

陈　琳	寇　珠
李　妃	刘　妃（刘后）
赵　恒	郭　槐
赵德芳	赵　祯
秦　凤	宁总管
寇　准	陶三春
王延龄	焦延贵
郭　安	二仙师
众御林军	众太监
	众宫女

―――京剧《狸猫换太子（上集）》 〉〉〉〉〉

第一场

〔北宋，大中祥符年间。

〔汴梁，皇城。

〔旁白：北宋大中祥符年间，真宗皇帝赵恒，内不修宫教，外不理朝政，整日深居道观，炼丹求仙。他年过半百，尚无子嗣，忽闻东宫李妃、西宫刘妃俱怀身孕，龙心大悦，颁下一道圣旨。谁知立即牵动两宫，引发了一桩旷世奇闻。

〔太监内白：万岁回宫，宣李、刘二妃殿前见驾！

〔幕启：皇宫正殿前。

〔众御林军、众太监、众宫女上。李妃、刘妃从两边上。

〔陈琳捧圣旨上。

陈　琳　（念）金阙传丹诏，

　　　　　　　春光满玉堂。

〔赵恒着道服上。二仙师捧漆盘，随上。

众　　　（跪拜）万岁，万岁，万万岁！

赵　恒　平身。朕在金丹阁内炼就两枚金珠，上镌御书，赐与二位妃子。

〔二仙师跪捧漆盘。李妃、刘妃分别接过金珠。

赵　恒　陈琳替朕宣诏。

陈　琳　遵旨。圣旨下，李、刘二妃跪听宣读！诏曰：朕春秋已高，尚乏子嗣，且喜东宫李妃、西宫刘妃俱怀六甲，今各赐金珠一枚，以为信物，哪宫先生龙儿，即立为皇后！钦此。

李　妃
刘　妃　万万岁！

赵　恒　二位妃子！

　　　　（唱）朕躬年将知天命，

　　　　　　　乏嗣尚未立储君。

　　　　　　　愿两宫早日传喜讯，

　　　　　　　降下龙鳞慰圣心。

李　妃　（唱）盼的是降下龙儿接宋后。

刘　妃　（唱）急的是东宫比我早临盆。

陈　琳　（唱）金口玉言重九鼎，

　　　　　　　怕的是后宫从此不太平。

　　　〔暗转。

　　　〔刘妃怀抱狸猫和郭安在幕外紧张地等候圣旨。

　　　〔郭槐幕后："万岁有旨：东宫李妃临产在先。恩准西宫刘妃请求，全权料理东宫产房收生事宜！"

　　　〔刘妃将狸猫交给郭安，郭安拎狸猫下。

刘　妃　（唱）一道御诏赐良机，

　　　　　　　助我走活这盘棋。

　　　　　　　谋后位哪顾得国祚天意，

　　　　　　　将狸猫换太子制胜出奇。

　　　　　　　自古来无毒焉能成大器……

　　　〔郭槐提妆盒，郭安捧漆盆上。

郭　槐　娘娘，我已将狸猫剥去皮尾，待等东宫真的产下男孩，我们就……（做交换手势）

刘　妃　（接唱）翻云覆雨在今夕。

　　　〔婴儿啼哭。

　　　〔郭安提妆盒冲入产房，片刻复上。

郭　安　李娘娘果然生了个男孩！（启盒盖）

──京剧《狸猫换太子（上集）》 〉〉〉〉〉

〔婴啼。郭安急捂婴儿。哭声顿止。

刘　妃　（惊惧）快去禀报皇上：李娘娘生了个妖孽！

郭　槐　是！

〔郭槐捧漆盒下。

刘　妃　传寇珠晋见！

郭　安　寇珠晋见哪！（入产房）

〔寇珠内白：领旨！上。

寇　珠　（唱）晨星寥落宫宇寂，
　　　　　　　玉堂传召声声急。
　　　　　　　踏碎庭花匆匆去……
　　　　　　　不知何事唤小妮？

刘　妃　寇珠！

寇　珠　娘娘，您怎么了？

刘　妃　寇珠，李娘娘产下妖孽，宫中定有妖气弥漫。我也身怀有孕，恐遭不祥。这妆盒之中装有污秽之物，命你将它送到御园，丢入御河，为后宫驱邪除祟！

寇　珠　是！

〔郭槐内白：圣旨下！东宫李妃产生妖孽，着即贬入冷宫，终老百年！

〔李妃内白：天哪！

刘　妃　寇珠啊！这妆盒之物，一避三光照，二忌有人瞧，一路之上不准任何人擅自开启。如若不然，定要大祸临头。事不宜迟，快去！快去！

寇　珠　遵命！

〔暗转。

第二场

〔御花园,金水桥畔。

寇　珠　（唱）领懿旨接妆盒急出宫外!

穿小径踏藓苔,敛迹潜踪行步儿快,

为娘娘驱邪除灾。

〔寇珠瞻前顾后,疾速行走,来到河边,举盒欲丢,忽然婴孩啼哭,寇珠大惊。

寇　珠　不对呀,刘娘娘明明告诉我,盒中盛的是污秽之物,怎么会……（欲开盒）不行!刘娘娘再三嘱咐不准开盒,我岂可违背懿旨?

〔婴儿不停啼哭。寇珠犹豫再三,终于忍耐不住,打开盒盖。

寇　珠　（大惊,唱）开妆盒惊魂飞天外!

原来是嗷嗷待哺的小婴孩。

只见他污血凝身方始剪脐带,

却生成眉清目秀朱唇粉腮。

泪眼盈盈凄凉态,

似盼着寇珠救他脱祸灾。

我怎能忍心将他害?

违抗懿旨也不该!

神慌意乱心急坏……

〔寇珠左右为难,焦急万状,忽有所见。

寇　珠　（接唱）猛然见桥那边有人赶来!

〔寇珠急收妆盒,躲到假山石后。

〔陈琳提妆盒匆匆上。

陈　琳　（唱）闻啼声寻踪御水河边,

四顾茫茫人迹杳然。

假山石后身影闪……

谁？

〔寇珠自石后走出，禁不住瑟瑟发抖。

陈　琳　（唱）小寇珠她为何神色不安？

　　　　　寇珠，大清早的，你来御园干什么？

寇　珠　我……我给娘娘采花来了。公公，您呢？

陈　琳　奉了万岁旨意，采撷鲜桃给八贤王上寿啊。

〔婴儿啼哭。

陈　琳　啊？哪里来的婴儿哭声？

寇　珠　这、这……

陈　琳　这是怎么回事？

寇　珠　陈公公，您……（欲言又止）别问了！

〔婴啼不止。陈琳放下妆盒，循声走到桥边，取出寇珠藏起的妆盒，急打开盒盖，发现婴孩。

陈　琳　寇珠！

　　　　（唱）怪不得你方才惊慌万状，

　　　　　　　却原来妆盒里面有埋藏。

　　　　　　　这婴孩的来历你要一一细讲，

　　　　　　　倘若是留半句我要启奏娘娘！

寇　珠　（惊慌）公公，您千万不能上奏哇！

陈　琳　那你说！

寇　珠　我不敢说！

陈　琳　你讲！

寇　珠　我不能讲！公公，您就饶了我吧！（跪地）

陈　琳　（思索，有所察觉）难道此事与两宫有关？寇珠，想这宫廷之中明争暗斗历来有之，风风雨雨险恶异常！你我为奴婢者忠心奉主理所应当。可是也要分清善恶，明辨是非，千万不可泯灭女儿天性，助恶欺良！寇珠哇！你进宫以来，一向率真诚实，从不说谎。今日如不说出原委，难免卷入漩涡，闯下大祸一场！只要你讲出实情，道出真相，纵然是天塌地陷，千难万险，有我陈琳替你承当！

寇　珠　陈公公！这只妆盒乃是刘娘娘交付于我，她命我丢入御河之中。

陈　琳　寇珠，刘娘娘何时将妆盒交付于你？

寇　珠　李娘娘产下妖魔之后。

陈　琳　她说盒中装有何物？

寇　珠　乃是污秽之物。

陈　琳　何处交到你手？

寇　珠　东宫产房之外。

陈　琳　婴孩从何而来？

寇　珠　我不知究竟。

陈　琳　除了东宫临产分娩，并无哪院降生婴孩！

寇　珠　是啊。

陈　琳　（倒吸一口冷气）这件事已然一清二楚！这这这，分明是李娘娘降生的婴儿！他他他……他就是当今的太子啊！

寇　珠　（目瞪口呆）他是太子？

陈　琳　（怒气迸发）可是太子身遭磨难，险些命丧御河之中！

　　　　（唱）西宫夺后施伎俩，

　　　　　　害苦了东宫李娘娘。

　　　　　　这初生的婴孩有什么罪？

　　　　　　他竟被赤身露体妆盒藏，险些命丧御河水中央。

　　　　　　你也是十月怀胎，人生父母养，

　　　　　　万不能为虎作伥丧了天良！

寇　珠　（唱）寇珠未把天良丧，

　　　　　　女儿家岂能有这毒辣心肠？

　　　　　　我不知底细不明真相，

　　　　　　更不敢违背西宫刘娘娘。

陈　琳　（唱）遵懿旨又岂能害死无辜小生命，

就不怕天理难容罪昭彰？

寇　珠　（唱）陈公公一番开导我的心明亮，

　　　　　　　救太子恳求公公设良方。

陈　琳　（唱）违主命势难免大祸从天降。

寇　珠　（唱）只要能救婴儿刀斧加身也无妨。

陈　琳　（唱）只恐你口舌不稳坏大事！

寇　珠　（唱）我愿盟誓对上苍！

　　　　〔陈琳、寇珠一同对天盟誓。

陈　琳　（思索，目光落到装鲜桃的妆盒上）

　　　　（唱）一见妆盒地上放，

　　　　　　　眼前顿觉亮堂堂。

　　　　　　　趁着奉旨把寿上，

　　　　　　　妆盒之内婴孩藏。

　　　　　　　南清宫位高权也大，

　　　　　　　救太子全靠那八贤王。

　　　　〔婴啼。

寇　珠　婴儿啼哭，如何是好？

陈　琳　想是婴儿腹中饥饿，何不将鲜桃挤出汁水，哺喂太子。

　　　　〔陈琳、寇珠四顾，一起重新安排妆盒，作别分手。

　　　　〔寇珠捧盒奔向河边。陈琳悄声蹑步，朝宫外走去。

　　　　〔景转西宫外。

第三场

　　　　〔郭槐上。

郭　槐　陈公公！

陈　琳　是郭槐？（回身）哦，郭公公。

郭　槐　您好早哇。

陈　琳　您也不晚哪。

郭　槐　您这么急匆匆的，到哪儿去呀？

陈　琳　奉了万岁旨意采撷鲜桃，到南清宫去给八贤王上寿。

郭　槐　哦，今天是八贤王四十整寿，这个差使可风光体面哪。这满树的枣儿就红了您一个啦！

陈　琳　哎哟，郭公公，您这话说到哪儿去了。咱们当差的，把皇上、娘娘伺候好了，他们高了兴了，就算上上大吉了。咱们都是奴才，有什么风光体面的？

郭　槐　哎，不不不，奴才跟奴才可不一样。您就好比那碧螺春，我就是那个茶叶末，都是茶，这味儿不一样。

陈　琳　郭公公真会说笑话。时候不早，我要告辞了。

郭　槐　请吧，您哪。

〔陈琳欲走。

郭　槐　（发现妆盒，猛然一惊，疑窦顿生）陈公公请转！

陈　琳　郭公公，您还有什么事？

郭　槐　您这妆盒里装的是寿礼吧？

陈　琳　是呀。

郭　槐　什么寿礼呀？

陈　琳　御园采撷的鲜桃。

郭　槐　御园？

陈　琳　您没事儿，我走了。

郭　槐　（眼珠一转，伸手拦阻）刘娘娘对万岁爷送给八贤王的寿礼十分关怀，刚才说了，她要亲自过问。

陈　琳　这……

郭　槐　陈公公，娘娘懿旨咱们可不能怠慢呀。请吧您哪。

陈　琳　哦，请。

　　　　（唱）怀抱着妆盒心胆战，

　　　　　　　进宫苑好似进了鬼门关。

〔郭槐示意陈琳稍候。

〔景转换毕：西宫内殿。刘妃端坐绣榻上。

〔郭槐趋前与刘妃耳语，二人暗暗商议。

陈　琳　（唱）怕的是刘娘娘看出破绽……

郭　槐　娘娘有旨，陈琳晋见哪！

陈　琳　领旨！

　　　　（唱）娘娘千岁驾可安？

〔陈琳放盒于地，跪拜。

刘　妃　平身。

陈　琳　谢娘娘。

刘　妃　陈公公，大清早的，就为皇上准备寿礼，你辛苦了。

陈　琳　为皇上、娘娘当差，理当尽心竭力。

刘　妃　皇上日夜炼丹，无暇顾及这些凡俗琐事。我身为皇妃，理当为皇上操一份心，你说对不对呀？

陈　琳　是，娘娘。

刘　妃　好。方才在御花园，都采了些什么桃哇？

陈　琳　玉浆桃、水蜜桃，还有万寿蟠桃。

刘　妃　放在哪儿啦？

陈　琳　妆盒之内。

刘　妃　这可是皇上送的寿礼，你仔细挑选过了？

陈　琳　回禀娘娘，奴婢为万岁爷当差多年，别无所长，只会细心承值。娘娘，您还信不过奴婢我吗？

刘　妃　嗨，你当差我是再放心也没有了。不过这是皇上给八贤王的寿礼，稍有疏失，让人家挑眼事小，丢了皇上的体面事大！所以这妆盒里的桃子，我要一一地验看。

陈　琳　（一惊）这！

郭　槐　陈公公，娘娘要验看寿礼，您就别愣着啦。

陈　琳　娘娘要开盒验桃，奴婢理当遵命。不过可有一节，妆盒上贴有万岁爷的御封，奴婢不敢擅自开启呀！

刘　妃　哦，这是拿皇上来说事呀？看来你忘了我是什么人了。我要是愣把它给揭下来，谁还敢拦着？

陈　琳　奴婢不敢。

郭　槐　有娘娘做主，您就把它打开吧。

陈　琳　娘娘做主？

郭　槐　娘娘做主。

陈　琳　那，请娘娘启封。

〔陈琳捧上妆盒，刘妃揭开御封。

刘　妃　你把妆盒打开！

陈　琳　遵旨！

（唱）刘娘娘借验桃把底来探，

　　　若开盒岂不要泄露机关？

　　　战兢兢掀盒盖娘娘验看……

〔陈琳掀开盒盖。

〔刘妃、郭槐盯住妆盒。

刘　妃　这是什么桃？

陈　琳　（焦急万状，脱口而出）水蜜桃！

刘　妃　水蜜桃？

郭　槐　陈公公，这明明是玉浆桃，您怎么说是水蜜桃？

陈　琳　我当是娘娘问都有些什么桃呢！

郭　槐　娘娘问的是这一层是什么桃？

陈　琳　这是玉浆桃。

郭　槐　那水蜜桃在第二层啦？

刘　妃　那么我再看第二层。

陈　琳　是！（开启第二层，唱）

　　　这才是水蜜桃香沁齿颊蜜样甜。

郭　槐　嘿，这桃子看看都让人嘴馋。

刘　妃　挑得还真不错。

郭　槐　请娘娘您尝尝吧。（欲取桃）

刘　妃　这是送给八贤王的寿礼，咱们能尝吗？

陈　琳　（借题发挥）哦，娘娘要吃水蜜桃？那好办。今年的御园，承皇上的龙恩，托娘娘的洪福，是风调雨顺，硕果累累。放眼望去，到处都是肥腴饱满的鲜桃。等奴婢拜寿回来，给娘娘采上几大妆盒。娘娘吃了，口中甜蜜，心里高兴，过几天养下个太子，也是活泼泼、水灵灵，皇上不定怎么欢喜疼爱呢！

刘　妃　（心花怒放，疑意顿消）哈哈哈……陈琳，你可真会说话呀！好了，时候不早了，你快到南清宫给八贤王上寿去吧！

陈　琳　遵旨。（欲上前提妆盒）

郭　槐　慢着！娘娘，您还没看第三层呢。

刘　妃　怎么，还有第三层？

郭　槐　这种妆盒都有第三层！

刘　妃　那么陈琳，我再看这第三层！

〔寇珠暗上，见状止步，藏身柱后。

陈　琳　（唱）刘娘娘释疑心，这郭槐耍奸险，

　　　　　　　第三层好比是勾命的判官。

　　　　　　　到如今进退两难危在一旦！

〔陈琳心急如焚，强作镇定，慢慢腾腾地向妆盒走去。

郭　槐　陈公公，娘娘可是等着呢！

陈　琳　哦，哦，好。

〔陈琳打开妆盒的第一层。

郭　槐　您能不能快点儿呀？

陈　琳　好，就好。

〔陈琳打开妆盒的第二层。

郭　槐　你倒是快着点儿啊！

〔陈琳无可奈何，只得伸手去开第三层。

〔寇珠突然冲出。

寇　珠　娘娘！奴婢怀抱妆盒去到金水桥边……

刘　妃　（一惊，急忙制止）住口！（转而掩饰地）陈琳哪，天不早了，你快到南清宫上寿去吧。

陈　琳　遵旨！

〔陈琳忙捧起妆盒，转身向外走去。

刘　妃　（突然）回来！

〔陈琳惊止。

刘　妃　（递还封条，和蔼地）待会儿见了八贤王别忘了替我问好哇。

陈　琳　遵旨。

刘　妃　去吧。

〔刘妃回身急与寇珠、郭槐下。

〔陈琳双腿一软，险些跌倒。

〔切光。

第四场

〔南清宫，仪门前。

〔幕启：堂皇的影壁上悬灯结彩，旁有石桌石凳，宫内鼓乐齐鸣，太监、宫女川流不息。

宁总管　（念）喜盈门，南清宫里喜盈门，

　　　　　　　八贤王，不惑之年庆寿辰。

　　　　　　　请帖发了无其数，

　　　　　　　贵宾来了几百人，几百人。

〔陶三春、寇准、焦廷贵、王延龄等来宾入府。

陶三春　小宁子辛苦了！

宁总管　陶奶奶您也来了。

陶三春　今儿个是八贤王的四十整寿，我怎么能不来呢？再说呀，狄娘娘

———京剧《狸猫换太子（上集）》 >>>>>

身怀有孕，到底什么时候生呀？

宁总管　御医说，不是今儿个就是明儿个。

陶三春　要是今儿个，可就是双喜临门了。

宁总管　可不是吗，陶奶奶您里边请。（接念）

狄娘娘，身有孕，

御医推测今明两天要临盆。

双喜临门倒是好，

可累得我腰酸背疼两腿麻木头发晕，头发晕。

怎么不见万岁爷的寿礼？

〔陈琳抱妆盒匆匆走上。

陈　琳　（唱）到王府大门不走我从偏门而进，

又恐惊动众公卿。

宁总管　（回身发现）哟，这不是陈公公吗？我这儿给您请安了。

陈　琳　罢了，罢了。宁总管，快把贤爷请出来，我有要事禀报。

宁总管　贤爷早就吩咐啦，万岁差人前来上寿，必须大开仪门，鼓乐齐奏，香案接旨！

陈　琳　（急忙制止）慢着慢着……这些礼仪一概免了。

宁总管　免了？

陈　琳　对！你得把贤爷悄悄地请到这儿来，千万不要惊动别人。

宁总管　悄悄地？（为难地）这个……

陈　琳　宁总管足智多谋，准有办法。

宁总管　（眼珠一转）哎，狄娘娘就要临盆。我见了贤爷，只要说上一句：狄娘娘有请。就是有天大的事情，他都得放下。

陈　琳　就这么办。

宁总管　您稍候，我去通报。

〔宁总管下。

〔盒内婴儿啼哭。

陈　琳　（忙抚妆盒）太子，不要哭，等贤爷来了，再哭不迟！

443

〔宁总管与赵德芳急上。

陈　琳　陈琳奉旨前来拜寿！

赵德芳　多谢兄皇。

〔妆盒内婴啼。

赵德芳　妆盒之内为何有婴儿哭声？

陈　琳　千岁，这不是寻常的婴孩！

赵德芳　他是何人？

陈　琳　他就是当今的太子！

〔曲牌。陈琳身段，诉说前情。

赵德芳　（怒上心头）好奸妃！

（唱）气破心肝牙咬碎！

〔婴啼。

赵德芳　快将太子送入内宫。

〔宁总管抱起妆盒下。

赵德芳　（唱）手指西宫骂奸妃？

　　　　　　不择手段夺后位，

　　　　　　欺君害命乱宫闱。

　　　　　　我本堂堂八千岁，

　　　　　　匡扶社稷舍我有谁？

　　　　　　吩咐内侍把马备，

　　　　　　怒气冲冲闯宫院我要打奸妃！

陈　琳　千岁，暂息雷霆之怒，听我一言告禀。

　　　　（唱）千岁爷请息怒稳稳落座，

　　　　　　细听陈琳来劝说。

　　　　　　此一番进宫去万万不可，

　　　　　　要知道刘娘娘翻手为云覆手为雨惑君媚主见风使舵，

　　　　　　她会在枕旁挑唆。

　　　　　　到那时小太子又罹灾祸，

	就是你千岁爷也是徒然莫奈何。
	收养在南清宫内最稳妥，
	经三年历五载再与万岁细诉说。
	这本是前贤韬晦之策，
	望贤爷三思你就作定夺。
赵德芳	（唱）陈琳忠言多直率，
	收留太子理应该。
	怕的是瞒不过宫廷内外……
	〔宁总管上。
宁总管	给贤爷贺喜。狄娘娘平安分娩！
赵德芳	是男是女？
宁总管	一位小王爷。
陈　琳	哈哈哈……有了！
	（唱）抚养幼主好安排。
	小王爷与太子同吃一母奶，
	恭贺贤爷得了双胞胎！
赵德芳	双胞胎？
陈　琳	双胞胎！
赵德芳 陈　琳	啊？哈哈哈哈……
宁总管	（向两侧高声报喜）报喜喽！报喜喽……
	〔寇准、陶三春、王延龄、焦廷贵及太监、宫女拥上。
	〔二宫女抱二婴儿上。
众	恭贺贤王！
陶三春	恭贺贤王，喜上加喜，得了双胞胎！
赵德芳	哈哈哈哈……
众	哈哈哈哈……
	〔收光。幕闭。

第五场

〔七年后。汴梁,皇城。

〔旁白:光阴荏苒,倏忽七年。刘妃生一太子,立为皇后。不料年前太子夭亡,皇帝悲痛万分,得知八贤王之子赵祯天资睿智,便召进大内,封为守缺太子。这位太子不是别人,就是当年李妃所生的婴孩。

〔幕启:皇宫,殿外。寇珠携赵祯上。

赵　祯　寇珠,这皇宫内院比南清宫可是又宽又大呀!

寇　珠　是啊,这么大的皇宫内院,往后都要归太子掌管了。

赵　祯　寇珠,那你快带我游宫去吧。

众　　　奴婢等陪同。

赵　祯　你们都退下吧。

寇　珠　太子,您随我来!
　　　　（唱）手挽着太子手宫中行走,
　　　　　　　雏燕儿展翅高飞喜同游。
　　　　　　　太子啊——
　　　　　　　你看那金銮殿高九丈九,
　　　　　　　皇王爷治国安邦在里头。
　　　　　　　昭阳宫住的刘皇后,
　　　　　　　翰林院网罗天下老学究。
　　　　　　　东华门本是文官走,
　　　　　　　西华门武将必经由。
　　　　　　　皇宫处处皆锦绣,
　　　　　　　尽是人间第一流。

赵　祯　咦?寇珠,皇宫内院怎么会有这么一座破烂房子?我去看看。

寇　珠　（拉住赵祯）太子,这是冷宫禁地,谁也不准擅自入内。

———京剧《狸猫换太子（上集）》 〉〉〉〉〉

赵　祯　咦？我是太子，怎么就不能进去？

寇　珠　这……这是宫里的规矩。

赵　祯　什么规矩？你别唬我！（欲进）

寇　珠　（阻拦）太子，不能去！不能去呀！

赵　祯　哼！（跺脚）我偏去！（一溜烟跑入冷宫）

　　　　〔太子乘机溜进冷宫，寇珠大惊。

寇　珠　（大惊）太子！太子……

　　　　〔秦凤抱食盒上，见状大喝。

秦　凤　什么人擅闯冷宫？哦，是寇承御呀。

寇　珠　你是谁？

秦　凤　我是冷宫总管秦凤。寇承御到此何事？

寇　珠　我带太子游宫，一时错走道路，误入冷宫禁地。

秦　凤　太子？太子在哪儿？

寇　珠　已然闯进冷宫！

秦　凤　（大惊）哎哟，可了不得了！赶快劝他老人家起驾吧！

寇　珠　快走！（急进冷宫，下）

秦　凤　寇宫人，寇宫人……（急忙追赶，绊了一跤，食盒打翻在地，急忙收拾，一瘸一拐地追下）

　　　　〔在哀怨伤感的音乐中，景转幽暗败落的冷宫。

　　　　〔李妃鬓发掺白，容颜憔悴，靠在床边昏睡，形如泥塑木雕。

　　　　〔赵祯蹑手蹑脚地上。

赵　祯　（轻声地）有人吗？里面有人吗？（蓦见李妃，吓了一跳，躲到床侧，而后又慢慢出来，细细打量，流露同情之色）

寇　珠　（边喊边上）太子！太子！

赵　祯　寇珠，她是谁？一声不吭的。

寇　珠　（忙看，脱口而出）娘娘？

秦　凤　（喊着跑上）太子驾到！太子驾到！

　　　　〔李妃惊醒，不知究竟地看着眼前诸人。

秦　凤　冷宫总管秦凤参见太子千岁，千千岁！

赵　祯　平身。哎，你来干吗？

秦　凤　娘娘几天没好好进食，我给她送膳来了。

赵　祯　哦，那就快请娘娘用膳。

秦　凤　是。请娘娘用膳。

　　　　〔秦凤打开食盒。

赵　祯　（过去一看，惊讶）啊？就是两个馍，还这么脏！

秦　凤　是刚才掉在地上……

赵　祯　好哇！弄脏的东西还给娘娘吃？快换去。

秦　凤　是。

赵　祯　要换好吃的东西。

秦　凤　启禀太子，冷宫只有这样的膳食。

赵　祯　我不管，快换去！

　　　　〔寇珠示意秦凤速去。

秦　凤　好，我去，我去。（下）

赵　祯　哈哈哈……真好玩儿。哎，说了半天，这位娘娘到底是谁呀？

寇　珠　她是……李娘娘。

赵　祯　李娘娘？

寇　珠　（点头）一位再好不过的娘娘。太子，我们回去吧。（欲走）

李　妃　（闻言陡然一震，抬头辨认）且慢！

　　　　〔寇珠回身叩拜。

寇　珠　奴婢寇珠叩见娘娘。

李　妃　你是……

寇　珠　您不认识我了，我是西宫的寇珠哇！

李　妃　（记起）你是寇宫人！

寇　珠　娘娘，咱们七年没见了。

李　妃　寇宫人哪！

　　　　（唱）七年来冷狱森森受折磨，

———京剧《狸猫换太子（上集）》 >>>>>

　　　　　　　满腔的疑云迷雾谁点拨？

　　　　　　　今日里天遣宫人来助我，

　　　　　　　还望你指点迷津莫推托。

寇　珠　（唱）宫廷内风风雨雨多险恶，

　　　　　　　纵然是皇亲贵胄莫奈何。

　　　　　　　寇珠我无知无能更无力，

　　　　　　　只是个身贱位卑的小宫娥。

李　妃　（唱）当年临产在凤阁，

　　　　　　　往事历历记心窝。

　　　　　　　婴啼一声耳边过，

　　　　　　　却为何平地起风波？

寇　珠　（唱）风波陡起有因果，

　　　　　　　我未曾目睹难诉说。

李　妃　（唱）我生的可是皇家后？

寇　珠　（唱）望娘娘自揣自问自斟酌。

李　妃　（唱）我自信一身清白本无过。

寇　珠　（唱）自有苍天辨清浊！

　　　　〔李妃闻言怔住，思索。

赵　祯　（不耐烦地）什么"清"呀、"浊"呀！我一句也听不懂。

寇　珠　我和娘娘说的都是大人的话，难怪太子不懂。

赵　祯　大人的话我就不懂了？

寇　珠　您还小哇。

赵　祯　小小小！我都七岁了！

李　妃　你七岁了？就是庚戌年生的？

赵　祯　对对对，我娘跟我说，正是庚戌年七月初九降生。我娘生的不是我一个，她生的是双胞胎。我弟弟跟我娘甭提多像啦，可我跟我娘一点儿也不像！他们长的是长乎脸，我长的是圆乎脸。（发现）娘娘，您也是圆乎脸，我跟您倒是挺像的！寇珠，你看呢？

寇　珠　像！简直一模一样！

赵　祯　娘娘，我跟您一模一样啊！

李　妃　我那娇儿他在哪里？我那娇儿……（转对寇珠）

（唱）你……快把那真情来讲！

寇　珠　娘娘，我……我……（摇手难言，无奈之下，仆然跪地）

李　妃　（大恸，唱）天苍苍，地茫茫，娇儿你今在何方？

思娇儿流干眼中泪，

思娇儿两鬓添秋霜，

思娇儿凄风苦雨心愁碎，

思娇儿残月孤灯待天光。

盼娇儿有朝来探望，

盼娇儿亲亲热热依偎在身旁叫一声亲娘。

不料想苦苦期盼成空想，

心已碎，徒悲伤，冤难伸，倍凄凉，痛断了肝肠！

我的儿啊！（一阵晕眩）

赵　祯　娘娘！（急上前扶住摇摇欲坠的李妃）您别难过，我回去一定奏明父皇，帮您找回儿子！

李　妃　太子啊……（情难自抑，抱住赵祯痛哭）

寇　珠　（见状深深感动，唱）他母子相依傍亲昵万状，

忍不住喜又悲五内感伤。

喜的是太子偎伏娘身上，

悲的是李娘娘面对亲子却在想儿郎。

可怜她万念俱灰生存无望，

再不把真情讲，岂不是冷眼观望，袖手一旁，铁石心肠！

〔寇珠欲言又止，思索。

寇　珠　太子，您这儿来。

赵　祯　干吗？

寇　珠　冷宫不能久留。临别之前，您给娘娘行个大礼吧！

——京剧《狸猫换太子（上集）》 〉〉〉〉〉

赵　祯　好，我给娘娘行个磕头大礼。

寇　珠　对，就像对您母后一样。

赵　祯　娘娘在上，小王大礼叩拜！

〔赵祯恭恭敬敬地向李妃磕头。李妃惶恐不安。

寇　珠　娘娘啊！

（唱）有千言和万语难以明讲，

　　　　这一拜报春晖慰你愁肠。

〔李妃若有醒悟，激动地扶起赵祯，抚摸其面颊。

赵　祯　娘娘我还会再来看您的。

寇　珠　娘娘您多多保重！

〔李妃挽扶寇珠起身。

〔三人依依不舍地分手。寇珠携赵祯离去。

〔李妃怅然眺望……

〔秦凤捧食盒上。

秦　凤　（念）七年多平静，无人进冷宫。

　　　　　　　太子突然到，是件大事情。

　　　　　　　身在宫廷内，当差须谨慎。

　　　　　　　防止出差错，禀告郭公公。

　　　　冷宫总管秦凤有要事禀告郭公公。

〔郭槐内白：进来。

〔灯暗。

第六场

〔紧接前场。昭阳宫。

〔刘后正在盘问赵祯。

刘　后　皇儿，游宫累了吧？

赵　祯　一点儿也不累。

刘　后　听说你刚才去了冷宫，怎么没告诉我呀？

赵　祯　冷宫乃是禁地，儿臣不敢禀知母后。

刘　后　其实呢，你是太子，百无禁忌。我只是担心冷宫那地方，又黑又脏，怕把你吓着。

赵　祯　母后，冷宫是我自己要去的，您可别怪寇珠哇！

刘　后　（点头）只要你以后不去，我就不责怪她。

赵　祯　母后，您真好。刚才寇珠还担心您怪罪，让我别告诉您。

刘　后　哦？寇珠不让你告诉我？到了冷宫，你们都看见了什么？

赵　祯　见到了李娘娘。对了，母后，您看我长得像谁？

　　　〔刘后端详，摇头。

赵　祯　我长得像李娘娘！

　　　〔刘后一惊……

赵　祯　您不信？寇珠也说像像像，简直一模一样！您说好玩儿吧？

刘　后　（打断）好，好……你也累了，下去歇着吧。

赵　祯　是。

　　　〔赵祯下。刘后思索。

郭　槐　娘娘，寇珠素来行事谨慎，今儿怎么一反常态呢？

刘　后　她说太子跟李娘娘长得一模一样。

郭　槐　（思索）难道说现在的太子，会是当年的婴孩？

刘　后　可寇珠从未离开内廷，她怎能把婴孩送出宫外！

郭　槐　这……会不会里外串通，瞒天过海？

刘　后　你是说……

郭　槐　陈琳！您想啊，当年寇珠怀抱妆盒来到御花园，恰好陈琳也打从御花园而来。咱们验看寿礼的时候，那第三层……咱可没验哪！莫不是陈琳借着给八贤王上寿，偷偷地把婴孩送出了宫门。

刘　后　真是人心难测！（极度惊恐）倘若真是如此，机密泄露，万岁震怒，那可就要——

　　　（唱）大祸临头！

郭　　槐　娘娘，不怕一万，只怕万一。

刘　　后　那你说怎么办？（郭槐耳语几句）好，就这么办。

（接唱）怒火盈胸气难收。

　　　这才是人心难猜透，

　　　不除隐患誓不休！

传寇珠！

郭　　槐　（向内）娘娘有旨，寇珠晋见。

〔寇珠上。

寇　　珠　奴婢寇珠，参见娘娘。

刘　　后　寇珠，娘娘待你如何？

寇　　珠　恩重如山。

刘　　后　你既知恩重如山，为何背主行事？

寇　　珠　娘娘，奴婢侍奉娘娘已有十载，只知尽心竭力，不敢背主行事呀！

刘　　后　你为何带着太子去了冷宫？回宫之后，为何不向我禀报？在冷宫之内，你都说了些什么？

寇　　珠　娘娘，今天游宫，太子出于好奇，进了寒宫冷院。奴婢未能阻止，又怕娘娘怪罪，故而不敢禀报。

刘　　后　你还敢顶嘴？告诉我，这些年你背着我都干了些什么？

寇　　珠　奴婢什么也没干！

刘　　后　奴才！大胆！

（唱）表面恭谨面堆笑，

　　　暗地心藏一把刀。

　　　背主行事多多少？

　　　一百皮鞭逼供招。

郭槐，给我打。

郭　　槐　是！

〔郭槐将寇珠推下丹墀。

郭　槐　寇珠。你要是不说，我可就要用刑啦。

寇　珠　奴婢没有可招的了。

郭　槐　孩子们，打！

〔二太监上，鞭打寇珠，寇珠晕倒。

二太监　寇珠晕刑。

〔二太监拖寇珠下。

刘　后　看来该让那个陈琳出场了。

郭　槐　娘娘有旨，陈琳晋见！

〔陈琳内白：领旨。

陈　琳　（上唱）景阳宫里秋光好，

　　　　　　　金风送爽御香飘。

　　　　　　　小太子册封储君福星照，

　　　　　　　也不枉抱妆盒费尽辛劳。

　　　　　奴婢陈琳见驾，娘娘千岁。

刘　后　平身。

陈　琳　千千岁。娘娘突然宣召奴婢，不知有何吩咐？

刘　后　有件事非得你办不可。

陈　琳　奴婢愿效犬马之劳。

刘　后　那好。有一个奴才竟敢背主欺天，你说该怎么处置？

陈　琳　哪个奴才如此大胆？

刘　后　这个奴才你熟识得很。

陈　琳　他是谁啊？

刘　后　你自个儿去看哪。

〔二太监拖寇珠上。二太监下。

陈　琳　（细看，一惊）寇珠？

刘　后　怎么，你没想到吧？

陈　琳　奴婢确实没有想到哇。寇珠素来忠心耿耿，您对她也是十分地宠爱。不知今天为何对她用此重刑？

―――京剧《狸猫换太子（上集）》 〉〉〉〉〉

刘　后　哼，她表面恭谨，两面三刀，竟敢背着我做了她不该做的事情。

寇　珠　陈公公，今天游宫，太子执意要进冷宫看看，这才见到了李娘娘。可我一没说什么，二没做什么呀。

郭　槐　寇珠！刚才问了你半天，你是滴水不漏，这会儿陈公公一来，你的话可就多了？陈公公，您的面子不小啊！

刘　后　看来把你找来，是找对人了。

陈　琳　娘娘您太抬举我陈琳了，不就是这件事么？奴婢去问问。（走近寇珠）寇珠，太子要进冷宫，你当然拦挡不住。可你回宫以后，应当向娘娘禀报才是。

寇　珠　奴婢已经知罪了！

陈　琳　好。娘娘，寇珠触犯宫规，一是怕娘娘责怪，二是怕得罪太子，所以不敢向您禀报。如今她已然知罪，您哪，打也打了，罚也罚了，就消消气吧。寇珠，下次不可！下次不可呀！

刘　后　嚯！照你这么一说，事情就这么了啦？

陈　琳　大人不计小人过，您胸襟广阔能容人嘛。

刘　后　哼，我就是太宽容了，所以才有人胆敢背主欺天！今天我定要她说出，这些年来都干了些什么！

陈　琳　娘娘既然吩咐，奴婢遵命就是。寇珠哇，娘娘的话你都听见了，你还不给我快说。

寇　珠　奴婢实在没有其他过犯。

陈　琳　娘娘……您看……

刘　后　这么一说，你确实问不出什么了？

陈　琳　是啊，再问也没有用。

刘　后　照你这么个问法她能招吗？

陈　琳　您要奴婢怎样问法？

郭　槐　陈公公，您大概忘了宫规了吧？

刘　后　陈琳！哀家赐你御棍一根，给我狠狠地拷打寇珠。打一棍问一声，问一声打一棍。定要叫她招出实情！

455

郭　槐　陈公公，你接旨吧！（扔棍给陈琳）
陈　琳　（唱）惊碎心肝接懿诏！
刘　后　陈琳，你就给我狠狠地打！
陈　琳　（唱）命我拷寇逼供招。

　　　　　　　我若是不忍重刑拷，

　　　　　　　岂不中了计笼牢。

　　　　　　　我若是遵旨重刑拷，

　　　　　　　怎忍看小寇珠伤痕累累再受煎熬。

　　　　　　　我重举御棍轻轻落！

　　　　〔陈琳轻打寇珠。

郭　槐　陈公公，您这是在演戏吧？
刘　后　陈琳，你手执御棍重起轻落，难道我是让你来哄孩子吗？
陈　琳　不是啊，娘娘。现在我若重重拷打寇珠，等明儿娘娘心也软了，
　　　　气也消了，怪我把寇珠打重了，奴婢可是吃罪不起呀！
刘　后　告诉你，谁叫我难受一时，我叫他难受一世！你给我狠狠地打！
陈　琳　遵旨！

　　　　（唱）陈琳心中似火烧。

　　　　　　　此时为把太子保，

　　　　　　　痛叫寇珠受煎熬。

　　　　　　　无情的御棍打下了！

　　　　〔陈琳挥御棍连连拷打寇珠。

郭　槐　寇珠，陈公公往死里打你，你还不招吗？
寇　珠　呀！

　　　　（唱）见公公举御棍面苦心焦。

　　　　　　　那郭槐在一旁高声喝叫，

　　　　　　　刘娘娘稳坐中央细观瞧。

　　　　　　　看起来这是一条阴毒计，

　　　　　　　欲使这同忧相煎逼供招。

———— 京剧《狸猫换太子（上集）》

　　　　　　无奈何故出危言行计巧！

　　　　　　我招！陈琳，背主行事不单是我一人，还有你！（指陈琳）

刘　　妃　把陈琳给我绑了！

郭　　槐　是！

寇　　珠　慢着！背主行事，还有人在！

刘　　妃　寇珠，你给我讲！

寇　　珠　（指郭槐）有你！（指陈琳）有你！（指刘后）还有你！

陈　　琳　娘娘啊！

　　　　　　（唱）你看她受刑不过乱承招！

　　　　　　娘娘，寇珠打不得了。

刘　　妃　怎么打不得了？

陈　　琳　怕她再冒犯娘娘。

刘　　妃　你倒想得周到！

陈　　琳　奴婢确是为娘娘着想。

刘　　妃　难道就轻饶于她？

陈　　琳　往后还可训教。

刘　　妃　（一阵冷笑）哼哼哼……只怕没什么往后啦！陈琳！

　　　　　　（唱）小贱婢若逞强牙关紧咬，

　　　　　　　　　你与我打死丹墀决不轻饶！

陈　　琳　（唱）刘娘娘出严命凶兆已料，

寇　　珠　（唱）看起来今日里一命难逃！

　　　　　　〔光渐变。背景隐去。

寇　　珠　（念）寇珠进宫十载，深知主命难违。

　　　　　　　　　主子要奴去死，岂能逃脱淫威。

　　　　　　　　　恰似路边小草，任凭雪打霜摧。

　　　　　　（唱）纤纤小草，弱似鸿毛。

　　　　　　　　　遭逢雷暴，玉殒香消。

　　　　　　　　　魂其不死，随风而飘。

洒落山野，再成新苗。

待来日，离离青翠含露笑，

看世间，清浊分明天日昭昭。

〔一柱红光，由顶直下。寇珠触柱，惨烈倒地。

陈　琳　寇珠——（仆然跪倒，抚尸大恸）（唱曲牌）

一缕忠魂冲云霄，

我悲痛欲绝泪洒锦袍！

（哭）寇珠哇……

〔收光。

第七场

〔深夜。冷宫。

〔李妃凭栏眺望。

〔秦凤带陈琳急上。

陈　琳　宫外伺候，不准擅入。

秦　凤　是。（下）

陈　琳　（仆然跪拜）陈琳叩见娘娘！

李　妃　陈公公？你……终于来了。莫非是……

陈　琳　啊呀娘娘啊！寇宫人不幸丧命！刘皇后诬告娘娘诅咒圣君。万岁大怒，发下白绫一道，赐娘娘自缢而死！

李　妃　奸人陷害，难逃一死，只是死我也要死得明白！

陈　琳　嗨！娘娘遭难，冤比海深，恕臣七载，未诉真情，提起此事……

（唱）我的心中愤恨，

七年前娘娘你降生男婴。

刘娘娘谋后位毒计来定，

施伎俩换太子她就诳称娘娘产下妖精。

她又命寇宫人溺死幼主杀生害命，

　　　　　小寇珠实不忍无计行，在那金水桥头难坏这年少女儿心。
　　　　　陈琳我在御园问明究竟，
　　　　　我二人同气相求同声相应，将太子送出宫门。
　　　　　八贤爷抚养太子七年整，
　　　　　感天地，泣鬼神，这新立的储君，他本是娘娘亲生。
　　　　　子归宗娘娘却又遭不幸，
　　　　　我陈琳呼天不应，欲救不能，锥心泣血，我悲愤难平。
　　　　　娘娘啊！

李　妃　天哪！
　　　　（唱）那奸妃这般狠毒世间少，
　　　　　负屈含冤我恨怎消？
　　　　　难道说母子再难相见了？
　　　　　难道我灾祸难避在劫难逃？

陈　琳　逃？有了。娘娘，这里有腰牌一面，我保定娘娘逃出宫去！
李　妃　就依公公。
　　　　〔秦凤突然冲上。
秦　凤　慢着，你们不能走！
陈　琳　秦凤，你！
秦　凤　（诚恳地）陈公公，奴婢罪不容诛。刚才闻听娘娘冤情，才知宫中竟有这等狠毒之人！我秦凤虽是病残之身，若有用我之处，也要相助一臂之力！（仆然跪倒）
陈　琳　难得你深明大义。
秦　凤　可是宫禁森严，只怕逃不出去呀！
陈　琳　事到如今，只有委屈娘娘扮成太监模样，混出宫门。
　　　　〔秦凤脱衣，递与李妃。
陈　琳　（嘱咐秦凤）娘娘走后，你放火焚宫，瞒人耳目。（转向李妃）事不宜迟，娘娘快走！（回身）多加小心！
　　　　〔陈琳带李妃急下。

秦　凤　待我放火焚宫！（放起大火）我也得快走！（一转念）不行！倘若宫人检点火场，不见娘娘尸骸，岂不坏了大事？我不如投火一死，以赎前愆！

〔秦凤自投火海。

〔火势大作，墙倒屋倾，终成一片火海。

〔收光。

第八场

〔昭阳宫外。

〔郭槐、郭安从两边上。

郭　安　启禀公公，检点火场，找到尸骸一具。可仵作查实，乃是一个男身。

郭　槐　李妃呢？

郭　安　她跑啦！

郭　槐　她一个妇道人家，怎么能独自逃出宫门呢？

郭　安　听守门禁军说，天亮之前，都总管陈琳曾将一名小太监模样的人送出宫去。（递腰牌）这就是出门时所用腰牌。

郭　槐　（接过细看）果然是都总管所用之物。马上禀报万岁！

郭　安　是！

〔切光。

〔内郭槐声：御林军！万岁有旨，将陈琳押出午门斩首！

〔赵德芳内唱：怒气冲冲闯丹阁！

〔光复明。赵德芳急步匆匆闯来。几个小太监前堵后追。

小太监　（追至前面，跪地拦阻）千岁留步哇……

赵德芳　（唱）恳求兄皇辨清浊。

　　　　　　赦免陈琳急如火……

小太监　（拜求）千岁，皇上正在炼丹，我等不敢惊扰哇！

———京剧《狸猫换太子（上集）》 〉〉〉〉〉

赵德芳　怎么，万岁还在炼丹？

小太监　正在阁内炼丹。

赵德芳　尔等不敢惊扰？

小太监　就算长八个脑袋也不敢哪！

二太监　（连连叩拜）我们不敢……

赵德芳　闪开一旁，待我撞钟！

小太监　（三拦）千岁不可！千岁不可……

赵德芳　（三闯）闪开了！

　　　　（唱）哪管他天塌地陷起风波！（甩开小太监，撞钟）

　　　　〔内赵恒喝：哪个大胆，在外撞钟？

小太监　八贤王有要事求见。

　　　　〔景转丹阁。玉篆灵符，丹炉高矗。赵恒兀坐中央。

赵德芳　赵德芳拜见兄皇。

赵　恒　朕在炼丹，你为何擅闯丹阁？

赵德芳　乞请万岁颁下诏书，午门之外赦回陈琳！（跪下）

赵　恒　（惊诧）赵德芳，你敢是醉了？

赵德芳　为臣不曾醉。

赵　恒　你病了？

赵德芳　也不曾病。

赵　恒　不病不醉，因何为了一个小小的奴才，这样大惊小怪，你成何体统？

　　　　〔赵恒一把将赵德芳拉起。

赵德芳　啊呀兄皇啊！陈琳他虽然是个小小的奴才，却为皇家立过大功！

赵　恒　何以见得？

赵德芳　他……

赵　恒　怎么样？

赵德芳　他救过当今太子！

赵　恒　呜呼呀……（奚落地）怪不得，怪不得，原来他救过你的儿子！

461

赵德芳　哎呀万岁呀！当今太子，并非为臣亲生之子……

赵　恒　（抢白）嘿嘿！他不是你亲生之子，难道是朕亲生之子不成？

赵德芳　着着着！当今太子正是万岁亲生之子！

赵　恒　（大笑）哈哈哈……信口开河，你出言荒唐！

赵德芳　句句是真，并无虚谎！

赵　恒　何人为凭？

赵德芳　陈琳为凭！

赵　恒　何人作证？

赵德芳　陈琳作证！求万岁赦回陈琳，问个明白。万岁，此事非同小可，关系大宋江山宗庙社稷！

赵　恒　好，好，朕要杀陈琳，也要叫你口服心服！来呀！

〔众内应：有！

赵　恒　将陈琳押回，朕要亲自审问！

〔众内应：啊！

〔御林军两边过场，如临大敌，气氛紧张。

〔陈琳内唱：鳌鱼破网出险境……

〔陈琳身穿大红罪衣，油面甩发，疾步急上。抬脚欲进，眼望阁门一片杀气，不觉胆寒止步。

陈　琳　（唱）金丹阁外列禁军。

　　　　　　　杀气腾腾刀斧影，

　　　　　　　难测难料君王心。

　　　　　　　咬紧牙关宫门进……

〔赵德芳走到宫门前，与陈琳照面。

陈　琳　贤爷。

赵德芳　陈琳！今日万岁亲审，关系社稷江山。你要将那以往之事，一桩一件，如实奏明。是生是死，你你你就在此一举！

陈　琳　陈琳知道了！

　　　　（唱）七年块垒一旦倾！（进宫，跪拜）

赵　　恒　（怒喝）陈琳！你可知罪？

陈　　琳　奴婢知罪。

赵　　恒　罪犯哪条？

陈　　琳　罔上欺君。

赵　　恒　你是怎样的罔上欺君？

陈　　琳　有事不报，有恶不举，致使奸佞得逞，贤良受害。

赵　　恒　你何事不报？何恶不举？谁是奸佞？哪个受害？你与朕从实地招来！

赵德芳　请万岁屏退左右。

赵　　恒　两厢退下。

〔众御林军退下。

赵　　恒　陈琳，你从实招来！

陈　　琳　遵旨！

　　　　（唱）冤沉海底七年整，

　　　　　　　说来草木也伤心。

　　　　　　　李娘娘生下了活泼泼的婴孩小小生命，

　　　　　　　他……他就是帝胄皇裔，大宋的储君！

赵　　恒　住口！罪妃李氏产下妖魔，怎说生下大宋储君？分明胡言乱语，信口雌黄，就该掌嘴！

赵德芳　且慢！万岁，若用此刑，叫陈琳怎样再奏？怎样再讲？

赵　　恒　怎么？他还有下情面奏？还要胡言乱语？

陈　　琳　万岁！是非不清，曲直不明，奴婢不敢不奏！不敢不讲！

赵　　恒　难道你就不怕打？

陈　　琳　（横下一条心）打死也要讲！

赵　　恒　好哇！陈琳，你若讲得不差，朕便饶你一命；若有半点儿差错，休怪王法无情！

陈　　琳　容奏！

　　　　（唱）庚戌年七月初九降下龙种，

　　　　　　贼奸人偷梁换柱蒙蔽圣听。

　　　　　　小寇珠与陈琳心生哀悯，

　　　　　　冒凶险暗将婴孩送出了宫门。

赵　恒　哦！（微微颤抖）既知他是龙种，就该如实奏明。擅将婴儿送出
　　　　宫廷，你、你、你该当何罪？

赵德芳　万岁，宫廷之中，既然有人能瞒天过海，用妖物换了太子，若是
　　　　不将太子送出宫门，只怕性命休矣！

赵　恒　宫廷之外，榛莽之地，叫这婴儿何处隐藏？何处安身？

陈　琳　万岁呀！

　　　　（唱）小太子南清宫里暂安顿，

　　　　　　八贤爷七载收养茹苦含辛。

赵德芳　（唱）到如今长成了聪颖灵慧一贤俊，

　　　　　　天眷佑他归宗承嗣重返龙廷。

赵　恒　（唱）生龙儿立储君是皇家根本，

　　　　　　谁胆敢违天命恣意妄行？

　　　　　　施伎俩换太子害人害命，

　　　　　　那罪魁和元凶他是何人？

陈　琳　（唱）提起了主使人他名和姓，

　　　　　　陈琳我心胆战忐忑不宁。

　　　　　　求圣君先恕臣出言不敬，

　　　　　　臣方敢吐实言我把那罪魁元凶一一道来奏明真情。

赵　恒　（唱）对君王理应当万事告禀，

　　　　　　说什么宽恕你不敬罪名。

　　　　　　若再敢言语支吾吞吞吐吐迟疑不定，

　　　　　　先问个罔上的罪名处以严刑！

赵德芳　（唱）万岁爷既要你实言告禀，

　　　　　　你就该和盘托出奏明圣听。

　　　　　　怕什么以下犯上出言不敬，

御阶前坐的是有道明君。

陈　琳　万岁！

　　　　（唱）三宫内六院中执掌权柄，

　　　　　　　才能够翻手为雨覆手为云。

　　　　　　　施伎俩换太子害人害命，

　　　　　　　刘皇后就是那主使之人！

赵　恒　啊？！（全身震颤，回身一把抓住陈琳手臂）陈琳！你你你……你一番话语，分明有诈！

陈　琳　怎见得有诈？

赵　恒　为保婴儿，一时不奏，尚能宽宥。这悠悠七载，隐瞒不报，其罪难饶！倘若真有这样大事，你等怎敢不言不语不禀不报，岂非有诈？

陈　琳　万岁……

赵　恒　（不容分辩）寡人明察秋毫，怎会轻信你的谎言。你快快认错伏罪，寡人既往不咎。倘若知错不改……孤就要问你一个隐瞒真情七年不报的欺君大罪！

陈　琳　万岁呀！奴婢一片忠心，天日可表，所言之事，件件是真！

赵德芳　兄皇明鉴！

赵　恒　怎么？你……还不改口？

陈　琳　就是将奴婢千刀万剐，也无可更改！

赵　恒　（唱）一番话实叫人难以置信，

　　　　　　　这奇冤出宫廷骇人听闻。

　　　　　　　我欲信他的言实实不敢信，

　　　　　　　待不信我心中偏偏多疑心，偏偏多疑心。

　　　　叫人来——

众太监　有！

赵　恒　烧红了——

　　　　（唱）九转铜鼎，

施严刑查明它是假是真！

〔阶上铜鼎被烧得通红。

赵　　恒　　陈琳哪，陈琳！今日之言，空口无凭。你来来来！这有烧红铜鼎一座，你若敢用双手将它抱定，朕便信你所言是真。

赵德芳　　兄皇！人非铁石，岂能以血肉之躯，受此炮烙之刑？

赵　　恒　　社稷安危，岂同儿戏！若非如此，叫朕怎信？

陈　　琳　　（浑身颤抖，激动难按）天哪，天！陈琳一生忠诚不渝。犯颜直谏，为的是大宋江山，伸张正气。不想未得君王信赖，反要以炮烙之刑一试真伪……也罢！今日别无选择，只有遵从圣命了！

（唱）君王不纳诤言告，

　　　忠直反将横祸招。

　　　我若改口把身保，

　　　天理人情两丢抛。

　　　罢罢罢！

　　　拚将一死心迹表，

　　　扑铜鼎成仁取义在今朝！

〔陈琳紧咬牙关向铜鼎扑去。冒起一股青烟……

赵　　恒　　（急喊）搭了下来！

〔太监急拉开陈琳。

赵德芳　　（痛心地）陈公公——

赵　　恒　　（唱）瞬息之中真伪鉴，

　　　朕愧对社稷愧对天！

（痛心疾首）陈琳，朕错怪你了！（朝内侍）取笔过来！

〔赵恒接过朱笔，在陈琳背上挥毫疾书狂草"赦"字。

〔陈琳拜伏在地。赵德芳示意太监扶起陈琳。

赵　　恒　　（雷霆震怒）反了哇！反了！（激动过度，胸口一阵绞痛，忙用手紧捂）……御弟听旨！

赵德芳　　万岁！

——京剧《狸猫换太子（上集）》 〉〉〉〉〉

赵　　恒　宣满朝文武、皇亲贵胄、皇后太子，速进金丹阁，听候宣诏！朕今日要当着众卿，赦李妃！斩妖后！认太子！平冤案！匡正天下，重整朝纲！

赵德芳　兄皇圣明！

陈　　琳　万岁圣明！

〔赵恒浑身战栗，步上台阶，怒目坐于御座之上。

赵德芳　万岁有旨：皇后太子、皇亲贵胄、满朝文武即刻进金丹阁，听候宣诏！

〔众内应：领旨——

〔文臣武官、贵胄皇亲、赵祯、刘后急上。

〔刘后与陈琳照面。陈琳转过身去。刘后见其背上"赦"字，不由倒吸一口冷气。

众　　（跪拜）臣等见驾，吾皇万岁！

〔赵恒端坐龙椅，双眼圆睁，木然不应。

众　　（再拜）臣等见驾，吾皇万岁！

〔赵恒依然不动。

〔众惊愕抬头望赵恒。

刘　　后　（忐忑地走到赵恒身边，伸手去扶）万岁……

〔赵恒僵直的脑袋颓然垂下。

太　　监　（惊叫）万岁驾崩啦——

众　　（齐哭）万岁——

陈　　琳
赵德芳　（同惊呼）天哪——

〔音乐，摧心捣肠。

〔幕闭。

精品提名剧目·京剧

狸猫换太子

(下集)

编剧　黎中城　刘梦德　程惟湘　董绍瑜

人物

包　拯	李　妃
刘　妃（刘太后）	陈　琳
寇　玉	赵德芳
郭　槐	赵　祯
范仲华	包　兴
宁总管	郭　安
王　朝	马　汉
张　龙	赵　虎
众衙役	众朝臣
众太监	众宫女

———京剧《狸猫换太子（下集）》》》》》

第一场

〔北宋，明道元年，元宵之夜。

〔汴京，皇城外。

〔旁白：北宋真宗皇帝猝然病逝，狸猫一案冤沉海底。尽管赵祯冲龄继位，陈琳性命侥幸保住，但因八贤王气极病倒，朝中大权依然落到刘后手中。直至十一年后，少帝年满十八，方始临朝亲政。是日正值元宵，宣德楼前大放花灯。不料，这桩震撼朝野的宫闱旧案，陡然又掀起惊波骇浪……

〔幕启：鼓乐动地，画角喧天。宣德楼前，火树银花，旌旗林立。俯瞰御街，流光溢彩，灯海灿烂。雉堞前，御林军手执金瓜伫立守望。众朝臣按班列队恭迎圣驾。

〔内白：万岁、太后驾到！

〔众太监引冕旒衮服的赵祯上。宫女们簇拥珠光宝气服饰华贵的刘太后上。

众朝臣　臣等恭迎圣驾，吾皇万岁，太后千岁！

赵　祯　（谦和地）众卿平身。

　　　　（唱）十里御街铺锦绣，

　　　　　　灯海辉映宣德楼。

　　　　　　千郡黎庶齐叩首，

　　　　　　万邦来使拜冕旒。

　　　　　　母子共饮太平酒，

愿大宋社稷江山万代千秋。

刘太后　皇儿！

　　　　（唱）祯儿临朝权易手，

　　　　　　　我安心颐养百事休。

众朝臣　（拜迎）有请万岁、太后与民同庆，共赏花灯！

　　　　〔赵祯搀扶刘太后上楼。与众朝臣观灯。

　　　　〔突然传来一声凄惨的呼号：赵祯！我儿——

　　　　〔瞬息之间，场景骤变。

　　　　〔一缕冷光，映出暗角处一个衣衫褴褛、鬓发苍然、双目失明、手拄竹杖的李妃。

李　妃　（凄厉呼喊）儿啊——

　　　　〔呼声回旋天际，久久不息。

　　　　〔切光。

　　　　〔一片杂乱的背景声：抓住她……抓住她……

第二场

　　　　〔翌日。

　　　　〔内呼：升堂——虎威阵阵。

　　　　〔幕启：开封府大堂。上悬"清正廉明"匾；中设海天捧日屏；旁立"肃静""回避"牌。屏风前，置公案，肃穆庄严。

　　　　〔众衙役、众校尉、王朝、马汉、包兴上，排列两厢。

　　　　〔包拯上。

包　拯　（唱）昨夜晚宣德楼骤掀波浪，

　　　　　　　瞎眼妇一声唤惊震汴梁。

　　　　　　　归政日竟出此奇情怪状，

　　　　　　　揆案由度常理甚是荒唐。

　　　　　　　且吩咐将人犯带到大堂上！

众　　　啊！

〔包拯归座。

〔张龙、赵虎分从两边急上。

张　龙　（同禀）启大人！
赵　虎

张　龙　仁寿宫郭总管奉太后之旨，

赵　虎　南清宫宁总管奉八贤王之命，

张　龙　（同）前来求见！
赵　虎

包　拯　（诧异）包某与内廷素无来往，此时正要审案，岂能会客？

张　龙　郭总管言道：奉命过府，正为瞎婆一案。

赵　虎　巧嘞！宁总管也说：奉命过府，是为瞎婆而来。

包　拯　呀！

　　　　（唱）为审案两宫到更添迷惘。

　　　　众人暂且退下，打开仪门，有请！

张　龙　（同）是！（向外）打开仪门，有请啊！
赵　虎

〔郭槐、宁总管各怀心事分从两边上。二人意外照面，皆感惊愕。

众校尉、众衙役、张龙、赵虎退下。

郭　槐　哟，宁总管？

宁总管　哟，郭总管？

郭　槐　（同）您也来了？（尴尬地）可不是吗……
宁总管

包　拯　二位公公。

郭　槐　（见礼）包大人！您好哇？
宁总管

包　拯　（拱手）请。

〔三人分宾主落座。包兴、王朝、马汉侍立一边。

包　拯　二位公公同来此处，定有要事相告。

郭　　槐　　呃，这……我二人同来，纯属巧合！此有薄礼一份，请大人笑纳。

宁总管　　我这儿也有薄礼一份，请大人笑纳。

〔包兴接过礼单，呈与包拯。

包　　拯　　（看礼单）呜呼呀，赠礼如此丰厚，包拯无功，怎能收受？

郭　　槐　　嗨，您若收受，自然有功啊！

包　　拯　　但不知功在哪里？

郭　　槐　　（抢先）包大人，它是这么回事：昨晚宣德楼前，一个瞎婆斗胆胡言，亵渎圣君。太后大怒，言道皇上亲政不过一日，就有人胆敢犯上，如不严加惩处，何以维护皇家尊严？故而命咱家前来，将那人犯带回后宫，她老人家要亲自审问！

包　　拯　　宁公公，你呢？

宁总管　　嗨，谁都知道咱八贤王本是当今皇上的亲生老爸。昨晚御街之上，冷不丁儿冒出个瞎婆，把皇上叫成她的儿子。贤爷乃是久病之身，受得了这份刺激吗？为此，命我前来，把瞎婆带回南清宫，贤爷要亲自问话！

郭　　槐　　八贤王虽是皇上的亲爹，可他这么些年来，久病缠身，闭门谢客，不问政事。这会儿有必要亲自提审肇事人犯吗？

宁总管　　总管之言有理。可是，恕我斗胆，皇太后虽贵为国母，毕竟已然政归皇帝。区区一个瞎眼疯婆，何必劳动她老人家烦心操劳呢？

郭　　槐
宁总管　　（同转向包拯）事关重大，请包大人权衡轻重，将人犯交与咱家！交与咱家……

包　　拯　　二位公公稍安勿躁。此案关系皇家，包拯焉敢懈怠？倘若未经审问，擅自做主，将瞎婆送往他处，岂非犯了渎职之过？

郭　　槐　　皇上之旨当然要遵，可太后之意也不能轻慢哪。莫非包大人……嫌这礼单太薄？

包　　拯　　（微愠）二位公公，抬头观看！这大堂之上，悬挂着钦赐御匾，

|||||京剧《狸猫换太子（下集）》〉〉〉〉〉

    上书"清正廉明"四字。包某怎敢有负圣命？烦劳二位公公回禀太后、贤王，恕包拯不能从命。包兴！

包　　兴　在。

包　　拯　礼单退还。奉茶送客！

宁总管　（对郭槐）郭公公，包大人就这么个脾性，咱俩走吧。

郭　　槐　（转向包拯，冷笑地）哼哼哼……包大人铁面无私，佩服佩服。可咱家走之前还想提您个醒儿。尽管如今归政皇帝，可太后终究还是太后！

宁总管　郭总管，请吧。

    〔宁总管、郭槐分下。

包　　拯　啊？

    （唱）一名人犯两宫要，

      各不相让气焰高。

      此一案非同等闲有蹊跷，

      它令那深宫内院皇亲贵胄意动心摇。

      瞎眼婆决非是寻常妇道，

      断此案我万不可大意分毫。

    〔堂鼓响。内喊：冤枉——一阵嘈杂之声。

    〔范仲华闯上。马汉紧紧追上。王朝向前拦截。

    〔范仲华避开追堵，钻进大堂，撩起衣服后摆，匍匐在地。

范仲华　（高声地）请大人打屁股！

包　　兴　嘿！闯进堂来，二话不说，求人打他屁股，真是稀罕事！

范仲华　这位爷，衙门里不是都有这规矩吗？擅自击鼓告状，要打四十大板。一样要打，何必磨蹭？求大人快快打完，也好安心听我告状啊！

王　　朝　起来！

范仲华　是，起来。（站起）

马　　汉　跪下！

范仲华　是，跪下。（又跪下）

包　拯　这一汉子告的什么状？

范仲华　告的是替母伸冤大状。

包　拯　你母现在何处？

范仲华　押在府衙之内。

包　拯　莫非就是瞎婆？

范仲华　那个就是我妈！

包　拯　她乃朝廷罪犯。你为她击鼓喊冤，可知刑法无情？

范仲华　大人有所不知。我妈昨晚在御街看灯，一时神情恍惚，瞎喊了一声没根没由的胡话，被抓到开封府衙。我想搭救我妈，又没别的办法，只好击动堂鼓喊冤叫屈。这么一来，少不得挨上四十大板落得个屁股疼。可要是不救我妈，看着她老人家坐班房受苦罪我又实在是心里疼。是让屁股疼还是让心里疼？想来想去想得我脑袋疼。最后一咬牙，舌头疼；一跺脚，脚跟疼。我情愿脑袋疼、舌头疼、脚跟疼、屁股疼，也不愿看我妈受罪心里疼。哎哟我的青天老大人呀！

包　拯　听你之言，倒是一个孝子。免去四十大板，起来讲话。

范仲华　（高兴地一骨碌爬起来）谢大人！嘿嘿……这就是当孝子的好处哇！

包　拯　你叫何名字？

范仲华　小人范仲华。

包　拯　多大年纪？

范仲华　回禀大人，我没准岁数。

包　拯　人生天地之间，怎么不知年岁？

范仲华　小人从小没爹没娘，没人告诉过我活了几岁。

包　拯　方才言道，瞎婆乃是你母，怎说无爹无娘？

范仲华　哎哟，我忘了说了，那婆婆不是我亲妈，她是我十年前碰到的瞎眼贫妇。我见她孤寡无助，就把她认作义母。呃……只不过

———京剧《狸猫换太子（下集）》 〉〉〉〉〉

		她……是个老年痴呆，整个儿的疯头疯脑，稀里糊涂。您就放了她吧！
包	拯	若是疯癫，自当放回。少时审问，便知真假。王朝！
王	朝	在！
包	拯	将瞎婆带上堂来。
王	朝	带瞎婆！

〔内喊：带瞎婆！

〔一衙役牵竹杖引李妃，缓缓而上。

范仲华	（上前接过竹杖）妈呀！
李　妃	仲华？你怎么也来了？
范仲华	我救您来啦！
李　妃	（摇头）我儿岂能救得了为娘？
范仲华	救得了，救得了！（压低声音）可您一定得按照我说的做。
李　妃	哦哦……怎样做才好？
范仲华	（机密地）头一样，要记住：您患了老年痴呆。昨晚上宣德楼前走火入魔，喊错了儿子。其实您要叫的不是皇帝，是我。
李　妃	昨晚为娘叫的，确是……
范仲华	哎哟，我的老祖宗！进了官府衙门，说话不能太老实……也不能太不老实。您瞧哎，大堂上摆着的拶子板子水火棍儿、镣铐皮鞭老虎凳儿，哪样不是给那些太老实和太不老实的人准备的？您可千万小心哪！
李　妃	（晕眩）哦哟……
范仲华	（急扶）瞧，我妈又犯病了不是？
包　兴	大人，瞎婆犯病，不能跪拜。
包　拯	免去跪拜，设一矮座。
包　兴	是。（招呼衙役设矮凳）瞎婆婆，我家大人可怜你有病，给你设一矮座。你好好坐下，小心答话吧！
李　妃	谢大人。（坐下）

包　拯　那一妇人，什么姓氏？家住哪里？

李　妃　贫妇姓李，久居汴梁荒郊之外。

包　拯　家中还有何人？

李　妃　只有一个养子。

范仲华　（插嘴）就是我。

包　兴　（斥）不许多口！

包　拯　因何双目失明？

李　妃　泪水哭坏双眼。

包　拯　元宵佳节，到宣德楼前做甚？

李　妃　前去观灯。

包　拯　既然双目失明，何言观灯？

李　妃　幼主亲政，大放花灯。贫妇心中喜悦，赶到宣德楼前，听一听万众欢呼之声，感受一番举国同庆之乐，以了心头夙愿。

包　拯　乘兴而来，情有可原。（语气一转）却为何出言不逊，亵渎圣君？

李　妃　这……回禀大人，贫妇素有疯癫之病，激奋之时，便按捺不住，胡言乱语……

包　拯　当真如此？

李　妃　贫妇不敢隐瞒。

范仲华　（忍不住插话）小人可以作证！

包　兴　（制止）你怎么又来了？

包　拯　（脸色一沉）哼，尔等言错语差！

李　妃　怎见得？

包　拯　你坐在一旁，听我道来。（条条驳斥）方才言道，你有疯癫之病，答话之中，却言语清晰，举止稳重，此乃一错。你自称贫妇，久居荒野，偏能知晓朝廷大事，此乃二错。你泪水哭坏双眼，定有满腹苦情，怎会有那闲情逸趣，远道进京，观赏花灯？此乃三错。似你这样言不由衷，就虚避实，遮遮掩掩，以假乱真。你把我开封府看成什么地方？你将俺包拯当作甚等样人？

李　　妃　（惊愕地）怎么？堂上坐的，乃是包拯包大人？

范仲华　妈呀，可不是那个清如水明如镜的包青天嘛！

李　　妃　（转忧为喜）好哇！

　　　　　（唱）那包拯耿直无私声名显，
　　　　　　　　平冤案辨清浊当在今天。
　　　　　　　　忙向前吐实情以诚来见……
　　　　　　　　又怕他力不从心难斗巨奸。

包　　拯　瞎婆！

　　　　　（唱）我看你眉宇中愁云片片，
　　　　　　　　分明有千重怨恨郁结心间。
　　　　　　　　若能够说缘由坦直来见，
　　　　　　　　俺包拯定与你排解忧烦。

李　　妃　（突然）包卿！

包　　拯　（猛然一怔）啊！

李　　妃　（放声）冤枉啊——

包　　拯　（克制地）瞎婆，有何冤枉，一一诉来！两厢退下。

〔王朝、马汉、张龙、赵虎及衙役退下。包兴示意范仲华退下。

李　　妃　（唱）提起了伤心事珠泪如麻，
　　　　　　　　长天阔沧海深怎比我冤深无底恨无涯！

包　　拯　慢慢讲来。

李　　妃　（唱）想当年在深宫陪皇伴驾，
　　　　　　　　封宸妃宠椒房恩赏有加。
　　　　　　　　谁料想遭横祸霜欺雪打，
　　　　　　　　逃出了皇宫院魂断京华。

包　　拯　身为宸妃，有何凭证？

李　　妃　（取出金珠）先皇所赐金珠为证。

包　　拯　（接珠细看）"钦赐玉宸宫李"，哦！

　　　　　（唱）黄金珠镌御书清晰不假，

　　　　　　　却怎能判定她所言不差？

　　　　　　　李宸妃白绫赐死罪孽大，

　　　　　　　她也曾画影图形受缉拿。

　　　　　　　十余年旧案未销又犯王法，

　　　　　　　按律规送内廷二罪并罚。

李　　妃　（惊讶）怎么？你……你要将我送回宫廷，交与那刘氏奸妃？

包　　拯　（惊讶）啊？你怎敢辱骂当今太后？

李　　妃　（仇恨迸发）她，为夺后位，谎报圣君，将我置于死地！她暗设毒计，瞒天过海，用妖物换走我亲身养下的太子！我怎能不恨？怎能不怨？怎能不骂？

　　　　　（唱）休道我出言不逊有虚诈，

　　　　　　　十八年的血海深冤出在皇家。

　　　　　　　你可知当今的万岁爷他是我亲身养下！亲身养下！

包　　拯　（大惊失色）哦！

　　　　　（唱）听此言冷汗涔涔似觉地颤天塌！

　　　　　　　一时间难分辨是真是假，

　　　　　　　你可有知情的人证到公衙？

李　　妃　（唱）内廷中老陈琳救过太子驾，

　　　　　　　八贤王密藏婴儿无人觉察。

　　　　　　　若能够到公堂对簿答话，

　　　　　　　那铁板的干证就是他！

包　　拯　（唱）八贤王擎天玉柱位高势大，

　　　　　　　为什么十八年隐忍不发？

　　　　　　　此一案扑朔迷离实堪惊讶，

　　　　　　　稍不慎一步行错步步差。

　　　　　　　老人家在衙中暂且住下……

　　　　　　　来人！

　　　　〔包兴、王朝、马汉上。

包　兴　大人。

包　拯　延请良医，与老人家调治双眼。

包　兴　遵命！

包　拯　王朝、马汉！

王　朝
马　汉　在！

包　拯　（唱）辨真伪循踪迹再把那陈琳访查。

〔李妃感激不已，欲拜谢包拯。包拯双手将她扶住。

〔收光。

第三场

〔仁寿宫，过道。

〔郭槐、郭安从两边上。

郭　安　启禀总管，奉太后之命，到下三所去找陈琳。不想，开封府王朝、马汉也到了那儿！

郭　槐　（一惊）什么？陈琳让他们带走了？

郭　安　哪能呢？奴婢抢先一步，把他带到这儿来啦！

郭　槐　好！按太后吩咐行事！（下）

郭　安　太后有旨，陈琳进见哪！（下）

〔景转仁寿宫。凤翔宫幔，金烁殿柱；锦铺绣榻，香溢兽炉。

〔陈琳内唱：十一年伤心事不堪回首。

〔陈琳蹒跚走上。他两鬓斑白，容颜憔悴，多年苦役的折磨与心灵的摧残，使他格外苍老。他怯生生地环顾四周，不禁喟然长叹。

陈　琳　（唱）困樊笼服刑役苦难未休。

　　　　　　　强吞咽酸楚泪三缄其口，

　　　　　　　深藏起一腔愤懑满怀怨尤。

　　　　　绝境中滴血修书密折写就,
　　　　　隐秘事一桩桩一件件,桩桩件件、件件桩桩笔底尽收。
　　　　　纵然是此身难逃奸贼手,
　　　　　也要叫真相大白沉冤洗雪夙愿得以酬,大义传千秋!
　　　　　被传唤进深宫吉凶难猜透,
　　　　　须慎言应对那噬人的魔头。
　　　〔内声:太后驾到! 郭槐引刘太后上。
陈　琳　(跪拜)奴婢陈琳见驾,太后千岁千千岁!
刘太后　平身。
陈　琳　谢太后。(起立)
刘太后　陈琳,咱们有多少日子没见啦?
陈　琳　回太后的话,奴婢只知尽心服役,不计时日,故而算不清有多少日子。
刘太后　哦?这么多年在下三所做苦工,你就没有一点儿抱怨之心?
陈　琳　蒙太后恩赦,陈琳才留下一条性命。奴婢感恩不尽,岂敢抱怨半分!
刘太后　这倒真是难得呀。没想到你是这样的忠心本分。
郭　槐　(不阴不阳地)只怕他忠的不是太后娘娘吧。
刘太后　哦?那是谁呀?
郭　槐　是那个身犯死罪的李娘娘!
陈　琳　(忙跪)启奏太后:李氏罪妃十余年前失踪不见,怕是早已死于非命,哪里还谈得上对她忠与不忠啊!
刘太后　(阴笑)哼哼……起来,起来说话。我问你,要是如今那个李娘娘……还活在人世呢?
陈　琳　这是没有的事,太后别跟奴婢说笑话了。
刘太后　(脸色一变)这不是笑话!告诉你:今儿个,李氏罪妃不单活在人世,而且元宵之夜在宣德楼前,高喊皇上为儿子,已被包拯押进了开封府!

——京剧《狸猫换太子（下集）》 〉〉〉〉〉

〔陈琳喜出望外，露出破绽……

刘太后　你总算盼到这一天了吧？

陈　琳　（忙掩饰）太后……奴婢十一年来，如行尸走肉，早已什么都不牵，什么都不挂了。

郭　槐　可这回，你又该活过来啦！你的忠心，总算有地方施展啦！

刘太后　是啊。十一年了，不容易呀！你也该有个结果啦。

陈　琳　太后啊，娘娘！奴婢打从幼年进得大内，就知宫廷之中，万般当以主子之命行事。祈请娘娘容情见谅啊！（再次跪下）

刘太后　（凝视陈琳，半晌，脸上又现出阴冷的笑容）起来，起来说话。哀家相信你说话算话，相信你忠心不二，起来。

陈　琳　谢娘娘。（谨慎站起，垂首而立）

刘太后　元宵晚上，哀家受了惊吓，又着了风寒。太医开了一剂汤药，说是保我药到病除。郭槐，替哀家尝药的奴才，找来了没有？

郭　槐　尝药的奴才，已然找来。

刘太后　是谁呀？

郭　槐　他就是……（突然地）陈琳！

陈　琳　（一震）这！

刘太后　（笑）嘀嘀嘀……我刚说过，陈琳的忠心，我信得过。那就把药给他！

〔小太监端盘上，盘中放置一黄一黑两个药碗。

郭　槐　是！（接端过黄碗，递与陈琳）陈公公，替太后尝药吧！

陈　琳　哦！

　　　　（唱）药中有诈显易见，
　　　　　　分明是杀人灭口送我陈琳赴黄泉。
　　　　　　我情急无奈强争辩……（转对郭槐）
　　　　　　一事不明请教台前。

郭　槐　哦？陈公公要请教我？

陈　琳　郭总管。我想，忠臣义仆替主尝药，乃古往今来之美谈。太后对

483

郭总管，素来宠信无比，封赏有加。如今太后凤体欠安，您理该效仿前贤，亲口尝药，方不愧堂堂七尺之躯，拳拳忠义之心哪！

郭　槐　（凝视陈琳）照你这么说，这药该我来尝喽？

陈　琳　这样一个尽忠的良机，陈琳不敢与总管争夺。

郭　槐　我要是不想尝试？

陈　琳　您岂能断然拒绝？

郭　槐　若是拒绝又怎么样？

陈　琳　您总不会让太后难堪！

郭　槐　好，为了太后凤体康复，我郭槐在所不辞。（接过黄碗，试饮一口，哈了哈气，手指黑碗）我早就知道你会来这一套。

陈　琳　如此，请太后好生将养，奴婢告退。

郭　槐　等一等，这药还有那第二服，这回该轮到陈公公你了！

郭　安　（逼迫）请！

郭　槐
郭　安　（同逼）请！

陈　琳　唉！

　　　　（唱）只想抽身避劫难，
　　　　　　　谁料恶魔更凶残。
　　　　　　　取我性命在今晚，
　　　　　　　焉肯待到五更天。
　　　　　　　临死前禁不住高声骂喊！

　　　　（戟指刘太后、郭槐）奸妃！狗奸贼！

　　　　（唱）到九泉我也要雪恨伸冤！

刘太后　（咬牙切齿地）好哇！你这个下贱的奴才，总算说出实话啦！告诉你：那李妃要想平冤，不能没有你这个知情的活口。你要是不在了，她无凭无据，其奈我何？到头来，什么都改不了，什么都变不了。我，依然还是稳坐龙楼的当今太后！

陈　琳　哼哼，恐怕世间，忠义之人尚未死绝，正直之士还没杀尽！

———京剧《狸猫换太子（下集）》 〉〉〉〉

刘太后　你是说八贤王是不是？他要是有能耐有胆量翻这个案，干吗十一年来闭门不出？

陈　琳　这……

刘太后　沉默不语？

〔陈琳语塞，浑身哆嗦……

刘太后　连看都不敢来看你。

郭　槐　哼！先皇晏驾之后，军国大权都捏在太后手里。别说八贤王了，就是皇上，不也得处处顺着太后吗？

陈　琳　你们这是欺君罔上。

郭　槐　（向郭安）动手！

陈　琳　慢！你们杀我不得！

郭　槐　为何杀你不得？

陈　琳　我有先皇遗诏！（解衣，露出背部御书"赦"字）

郭　槐　这……（犹豫）太后……

刘太后　就因为这个，我才让你多活了十一年。今天，只不过是给你一个替主尝药的机会。结果如何，全看你自己的造化了。哈哈哈……

郭　槐　哈哈哈……

陈　琳　（恨极，冷笑）哈哈哈……哼哼哼……

刘太后　（怒喝）住口！你这下贱的奴才！

陈　琳　（声泪俱下）我虽是奴才，在宫中低人三分。可比起你们来，我知廉耻，明是非，通人情，有人性！别以为你们位高权重，可以为所欲为。等着吧！皇天后土不会饶恕你们的恶行！

　　　　（唱曲牌）转眼间哗啦啦，
　　　　　　　　天倾斜地崩塌！

〔郭槐取药碗。郭安等扑向陈琳，强拉硬扯。陈琳挣扎反抗，身段造型。

陈　琳　（唱曲牌）啊呀呀——
　　　　　　悲悲悲，悲忠良屈杀，

　　　　　　忧忧忧，忧公理践踏；

　　　　　　恨恨恨，恨恶人张狂，

　　　　　　痛痛痛，痛无辜遭伐。

　　　　　　盼苍天降下千钧铡，

　　　　　　灭尽那世间厉鬼与凶煞，

　　　　　　令尘寰白璧无瑕！

　　　　〔郭槐、郭安强将汤药灌入陈琳口中。

　　　　〔陈琳毒性发作，双目怒睁，屹立良久，仰面倒地死去。

刘太后　　郭安！

郭　安　　有。

刘太后　　此事当报南清宫八贤王知晓，就说陈琳替主尝药不幸身亡。

郭　安　　是。

刘太后　　郭槐！

郭　槐　　在。

刘太后　　命你为内廷钦差，去往开封府，督办审理案犯事宜。着令包拯，从速结案，若敢违旨，严惩不贷！

郭　槐　　遵懿旨！

　　　　〔收光。

第四场

　　　　〔官道。

　　　　〔赵德芳内唱：一代忠良死得惨！

　　　　〔赵德芳、宁总管骑马急上。

赵德芳　　（唱）心中陡掀百丈澜。

　　　　　　　访包拯飞马如风犹嫌慢……

　　　　〔赵德芳挥鞭疾驰。

宁总管　　贤爷，小心！

赵德芳　（唱）赵德芳岂能再作壁上观！

〔赵德芳急下。宁总管挥鞭追下。

〔景转开封府衙，客厅。窗明几净，陈设简朴。

〔包拯听罢王朝禀报，怒不可遏，愤然击桌。

包　拯　好恼！

（唱）大宋朝果出了惊世巨案！

深宫内逞淫威势焰熏天。

杀陈琳灭活口图穷匕见，

滔天罪恰正好一目了然。

循律法平冤案我刻不容缓……

王　朝　大人，陈琳已死，无人作证！若断此案，凶多吉少！

包　拯　唉！

（唱）无干证难断案我步履维艰。

〔包兴急上。

包　兴　启禀大人，八贤王来访！

包　拯　哦？快快有请！

〔赵德芳已急步闯入。宁总管跟上。

赵德芳　包大人，本王不请自来了。

包　拯　贤王驾到，包拯大礼恭迎。（欲拜）

赵德芳　不消！

〔宁总管示意包兴、王朝与他一起回避。三人退下。

包　拯　贤王怒气冲冲，想必是为瞎婆一案而来？

赵德芳　正是为瞎婆一案而来。我且问你，此案可已查清？

包　拯　尚未查清。

赵德芳　可曾断明？

包　拯　尚未断明。

赵德芳　你可知晓，证人陈琳已然被害？

包　拯　方闻噩耗，激愤难平！

赵德芳　激愤难平，似你这样不慌不忙，慢条斯理，只怕知情人将被杀绝，蒙冤者出头无日矣！

包　拯　此案祸首，非同常人，她身在皇城，势焰熏天。包拯欲破此案，只恐有心而无力。

赵德芳　大人素有忠良之誉、贤臣之名，焉能望畏途而却步，遇危难而退避？你、你……岂不是空坐开封府！枉称"包青天"！

包　拯　贤王之言，莫非责怪包拯无能？

赵德芳　非是我怪你无能，实是你当为而不为！

包　拯　当为而不为者，并非包拯。

赵德芳　啊？他是哪个？

包　拯　就是贤王！

赵德芳　此话怎讲？

包　拯　贤王容禀：此案事关社稷，内及宫廷，盘根错节，扑朔迷离。知情人多遭残害，蒙冤者翻案无日。贤王身为贵胄，皇家至亲，宗庙之事，尽在胸臆。对那案发始末、瞎婆来历、宫廷争斗、后果前因，当是一清二楚，了若指掌。然，十余年来，却是沉默不言，缄口不语，闭门不出，销声匿迹。如此行事，岂非当断而不断，当为而不为？

赵德芳　这、这、这……

包　拯　贤爷呀，贤爷！

　　　　（唱）贤王爷位高声名重，
　　　　　　理应当挺身效周公。
　　　　　　缘何蛰居十一载，
　　　　　　浅水滩头困蛟龙？

赵德芳　（如箭穿心）十一年沧桑，十一年风雨，好不痛煞人也！

　　　　（唱）十一年隐忍韬晦实无奈，
　　　　　　满腔的悲情愁绪心底埋。
　　　　　　并非是瞽目不识好和歹，

为保全幼主稳坐帝王台。

刘太后垂帘摄政做主宰,

陷困境我忧思成疾藏深宅。

藏深宅,苦等待,藏深宅,苦等待,

等待那春雷乍响时运来。

到如今这腥风血雨汇成海,

赵德芳心震颤,痛伤怀,忧难解,恨难挨,

恰似烈火逢干柴,我、我、我今日岂能再忍耐,再忍耐……

决然挺身对狼豺,

清算积年冤孽债,

要叫那阴霾尽扫天日开!

包　　拯　好哇!

（唱）磨难受尽肝胆在,

久病缠身意不衰。

贤王请上受一拜……（深深拜揖）

赵德芳　不敢,不敢!

包　　拯　（唱）此一拜拜的是道义归来!

赵德芳　请问大人,李氏娘娘现在何处?

包　　拯　现在后衙。

赵德芳　可怜她受尽磨难,双眼哭瞎。

包　　拯　贤爷宽心,包拯请来良医,已然治好了她的双眼。

赵德芳　怎么?她已然双目复明了?（动情地）好!好!快快请出,容我拜见。

包　　拯　王朝、马汉,有请李娘娘!

〔音乐。范仲华搀扶李妃缓缓走上。

〔赵德芳与李妃相互对视,细加辨认。

赵德芳　皇嫂!

李　妃　贤王!

赵德芳　这十几年的沉冤，屈煞你了！（落泪）

李　妃　御弟呀……（哽咽）

包　拯　包拯参见娘娘！

赵德芳　赵德芳拜见皇嫂！

〔包拯、赵德芳整冠理衣，率众大礼参拜。

李　妃　二卿平身……（掩泣）

〔包兴上。

包　兴　启禀大人，门外有一陌生女子，来回转悠，形迹可疑。我把她带进府内问话，她说受人之托，有要事求见大人。

包　拯　小小女子有何要事？

包　兴　她没肯细讲，只说与宣德楼一案有关。

包　拯　事有蹊跷。唤她进来，我与贤爷、娘娘一同问话。

包　兴　是。（下）

〔包拯示意众人回避。赵德芳、李妃、包拯归位。
〔包兴带寇玉上。她芳龄二十四，冷艳清丽，淡妆素衣，雪白的孝巾裹住满头乌发，平添三分神秘色彩。

寇　玉　（念）十年不干伤心泪，
　　　　　　　天地有穷怨无穷。（低头跪下）

包　兴　这一女子，上面坐的就是包大人，有话快说吧！

寇　玉　小女子有机密大事要向包大人单独告禀。

包　拯　堂上坐的，并无闲人，你只管讲来。

寇　玉　（迟疑地）这……（一转念）既然大人不便，小女子暂且告退。
　　　　（起身向门外走去）

李　妃　且慢！（疑惑地）这一女子，你……你近前来！

〔寇玉抬头。李妃颤颤巍巍，近前细辨其容貌。

李　妃　（不禁大惊）寇珠？！

众　　　（举座皆惊）啊？

李　妃　（唱）蓦见芳容心欲碎，

　　　　　　分明是寇珠魂魄归……（晕眩）
赵德芳　皇嫂保重。
包　拯　娘娘珍重。
寇　玉　皇嫂？娘娘？莫非您是……玉宸宫李娘娘？
包　兴　正是玉宸宫李娘娘。
寇　玉　（悲从中来）李娘娘——（仆然跪倒）
　　　　〔李妃将她搂进怀中，相拥啜泣。
李　妃　（唱）轻抚云鬓悲又愧，
　　　　　　回首往事肝肠摧。寇珠哇！
寇　玉　娘娘暂免悲泪，小女子并非寇珠哇！
李　妃　啊？你是何人？
包　拯　因何到此？慢慢讲来。
寇　玉　大人，娘娘啊！
　　　　（唱）我本是寇珠姐姐的小胞妹，
　　　　　　颜相仿貌酷似长幼相伴在深闺。
　　　　　　入宫门她离乡别井十余岁，
　　　　　　传噩耗方信香魂永难归。
　　　　　　爹和娘含恨终天双双去，
　　　　　　抛下了小寇玉我是孤苦伶仃凄凄惨惨独守在寒扉。
　　　　　　陈公公生怜悯他与我结义父女来称谓，
　　　　　　又将我接进京来寄养在姑表家中长相随。
　　　　　　遭劫难被幽禁他不畏不馁，
　　　　　　感恩德我常涉险送酒送饭入宫闱。
　　　　　　他暗中写血书藏匿锦囊内，
　　　　　　交付我深埋宅院待机而为。
　　　　　　今日里冒死献书把英灵告慰，
　　　　　　望娘娘度艰危，包大人振虎威，
　　　　　　　洗沉冤惩奸贼，

无愧那王法森森众目睽睽。

〔寇玉自衣襟内取出锦囊，高举头顶，献与赵德芳。

赵德芳　（接过，取出囊中血书，凝目辨读）"为举告刘妃郭槐谋夺后位祸乱宫廷事……陈琳泣血上奏！"

〔赵德芳将血书交与李妃。

李　妃　（泪水纵横）陈琳啊陈琳……（大恸）

包　拯　（接过血书，念）陈琳血书为铁证，

　　　　昭雪平冤惩元凶。

赵　虎　（急上）启禀大人：内廷钦差、仁寿宫总管郭槐前来传旨！

包　拯　怎么？郭槐前来传旨？

赵　虎　正是。

包　拯　他来得好。包兴，大摆酒宴我要与郭总管开怀痛饮。

赵德芳　大人之意……

包　拯　有道是：寻常之路寻常过，非常之道非常行。包兴！

包　兴　在！

包　拯　香案接旨，盛宴款待，我要与郭总管开怀痛饮！

　　　　〔收光。

第五场

〔包拯内白：公公，请！请！请哪！

〔郭槐内白：叨扰啦！哈哈哈哈……

〔灯亮。二幕外：开封府衙，过道。

〔王朝、马汉、张龙、赵虎分从两边迎面急上。耳语，招手。

〔众衙役各持拘魂牌、索命牌等砌末，分从两边疾步而上。

〔王朝等分别向衙役密授机宜。众倏然而下。

〔幕启：开封府后厅。厅内灯火熠熠。厅外夜色浓重。透过窗棂与侧门，可见遮星蔽月的乌云和异形怪状的树影。

———— 京剧《狸猫换太子（下集）》 〉〉〉〉〉

〔包兴搀扶半醺状态的郭槐上。

包　兴　郭公公，您走好。

郭　槐　（打着饱嗝）呃，好酒……

　　　　（念）包黑子接懿旨乱了手脚，

　　　　　　　颜恭谨语温和盛宴相邀。

　　　　　　　料定他难结案计穷谋少，

　　　　　　　也只得顺水推舟俯首求饶。

〔包兴扶郭槐坐下。

包　兴　郭公公，您坐稳喽……在这儿歇会儿，小的去去就来。（转身要走）

郭　槐　回来！（气恼地）本总管是来宣读懿旨、查验断案的，怎么把我撂在这冷板凳儿上，呃，不管啦？

包　兴　哪能啊？方才包大人盛宴款待，这会儿请您后堂歇息。怎么怠慢您了呢？

郭　槐　包拯到哪儿去了？

包　兴　他……（欲说又止）

郭　槐　他在哪儿？

〔包兴谨慎地张望四周。

郭　槐　怎么了？

包　兴　嘘！（故弄玄虚）别让他们听见。要听见了，全去找包大人喊冤，大人怎么应付得过来？

郭　槐　喊冤？他们找包大人喊冤？他们是谁呀？

包　兴　谁？这小的就不好说了。

郭　槐　怎么不好说？

包　兴　（低声地）他们哪，都是些个孤魂怨鬼！

郭　槐　（一惊）啊？……不许胡说！

包　兴　瞧。

〔窗外，四衙役手持灵符、香炷、宝剑的影子过场。

493

〔郭槐奇怪地窥视，不明究竟。

郭　槐　开封府里，怎么神神道道的？

包　兴　（做惊讶状）怎么？您老不知道？

郭　槐　知道什么？

包　兴　我的总管大老爷哪！

　　　　（半念半唱）包大人，重任当，

　　　　　　　　　　夜管阴来日管阳。

　　　　　　　　白日里管的是大宋天下八十三州黎民百姓诉讼状，

　　　　　　　　到夜晚还得管幽冥地界孤魂怨鬼新老悬案一桩桩。

郭　槐　（不信地）真有这样的事？

　　　　〔忽然，四面隐隐传来呻吟哭泣之声。

郭　槐　（色厉内荏）什么声音？

包　兴　（恐惧状）这就是鬼哭神嚎！

郭　槐　（不禁心寒）这厅堂里应该多点些灯火才是啊！呃。

包　兴　（暗喜）到时候了。（转身，大声地）包大人开堂审案，我得去伺候着。（溜下）

郭　槐　别走，别走……我不怕，我不怕。

　　　　〔阵阵阴风从厅外卷来，霎时灯火闪烁，先后熄灭。只剩下一盏孤零零的油灯在阴风中摇曳。孤魂怨鬼"啾啾"哭声，由远及近，越来越响。郭槐不禁浑身寒栗，毛骨悚然，大惊失色。

　　　　〔忽然，又传出阵阵婴儿哭声和陈琳的笑声。

郭　槐　（骇极）来人哪——

　　　　〔一声女子的凄厉喊叫：郭槐！你还我命来呀——

　　　　〔墙角喷出薄薄的烟雾。烟雾中，寇玉飘然而上。她一身官装，头披黑纱，俨然十多年前寇珠模样。

郭　槐　（猛然与寇玉照面，惊吓不已）你是什么人？

寇　玉　（峻厉地）奸贼，你不认识我了吗？

郭　槐　（战战兢兢，细细辨认，大惊大骇）啊！寇珠？！

——————京剧《狸猫换太子（下集）》 〉〉〉〉〉

寇　玉　（无限愤慨）郭槐！我寇珠被你所害，死得好冤，死得好惨哪！
　　　　（唱）万丈怒火平地起，
　　　　　　　切齿横眉向仇敌。
　　　　　　　寇珠此生恨难洗，
　　　　　　　屈死孤魂带血啼。
　　　　　　　而今阴曹告下你，
　　　　　　　对簿公堂当在即。
　　　　　　　纵然你猖狂人间无所忌，
　　　　　　　到地府也难逃斧剁刀劈！
　　　　〔寇玉长袖挥舞，拘拿郭槐。郭槐大骇，夺路奔逃。寇玉紧追不舍。郭槐狼狈不堪。二人圆场，蹉步，跌扑，翻滚……
　　　　〔二鬼役打扮的衙役从空翻下，用铁链锁住郭槐。

郭　槐　（惨号）啊——
　　　　〔暗转。阴沉的喊声：升堂——
　　　　〔沉重的鼓声三响。

众　　　（低沉的堂威）哦哦哦——
　　　　〔灯光闪烁。眼前呈现一派阴曹地府的奇异景象。
　　　　〔判官、无常、鬼役堂前伺候。各种刑具陈列大堂。
　　　　〔包拯身穿白色蟒袍，头披黑纱，手持诉状，威严兀坐。
　　　　〔郭槐缓缓苏醒，撑起身子，惊顾四周。

郭　槐　（望堂上匾额）"幽冥地府"……啊?!（浑身瘫软）包包包大人……

包　拯　郭槐！有一冤鬼在阴曹地府，把你告下了！

郭　槐　咱家素来忠厚老实，怎么会有人告我呀？

包　拯　十八年前，玉宸宫中，你做下什么伤天害理之事？还不从实招来！

郭　槐　这十八年……那玉宸宫……啊呀……我实在记不起来啦。

判　官　众鬼役！磨利了板斧！烧滚了油锅！将郭槐送往酆都城与众饿鬼

充饥！哇呀呀呀……

〔众"鬼役"扑向郭槐，翻蹿腾跃，狰狞可怖。

郭　　槐　（瘫倒在地，磕头如捣蒜）包大人，饶命……饶命啊……

包　　拯　查验生死簿，看那郭槐阳寿可尽？

判　　官　（翻看手中簿册）启禀大人，郭槐阳寿七十三岁。只因犯下弥天大罪，折了阳寿二十年！

包　　拯　听了！（念【二三锣】）善恶昭昭鬼神鉴，

　　　　　　　　冤冤相报理当然。

　　　　　　　　若想再活二十载，

　　　　　　　　招供认罪大堂前。

众　　鬼　（直逼郭槐）快招！快招！快快招来呀——

郭　　槐　（惊恐万状）二十年哪……我要活！

　　　　　（唱）杀人害命狸猫案，

　　　　　　　　桩桩件件无虚言。

　　　　　　　　刘后与我同谋算，

　　　　　　　　偷天换日十八年。

包　　拯　十八年前你是怎样陷害李氏娘娘？

郭　　槐　诬她生下妖孽。

包　　拯　妖孽乃是何物？

郭　　槐　乃是剥了皮的狸猫！

包　　拯　怎么讲？

郭　　槐　乃是剥皮的狸猫哇——

包　　拯　当堂打下手模足印！

〔判官笔录口供，令郭槐打手模足印。

包　　拯　郭槐！你抬头观看！

〔刹那间，灯光大亮。包拯揭去头上黑纱。判官摘掉面具，竟是包兴。鬼役一起摘下面具，脱去伪装，露出开封府众校尉、衙役的庐山真面。

——京剧《狸猫换太子（下集）》 〉〉〉〉〉

郭　　槐　这是怎么回事？

包　　拯　郭槐！供状在此，你还有何言答对？

郭　　槐　（一如困兽，绝望嘶叫）包黑子，你这是刑讯逼供啊！别得意太早了，太后终究还是太后！

包　　兴　把他押下去！

郭　　槐　（挣扎，叫嚷）你们干吗？你们干吗……

〔衙役抓郭槐下。

〔内声：圣旨下——

包　　拯　接旨！

〔御林军引郭安捧旨急上。

郭　　安　（宣读）皇上有旨："开封府尹包拯审案不力，因循误事，着令立时三刻将人犯送进宫内，请皇太后亲自量刑发落！"

包　　拯　这……

郭　　安　（威胁）包大人你不至于抗旨不遵吧？

包　　拯　接旨。公公，待包拯上殿面君，再送不迟。

郭　　安　你敢违抗君命吗？

〔李妃内声：住口！包卿何曾抗旨？哀家是当去矣！

〔音乐。李妃稳步上。

李　　妃　（念）青天湛湛未可欺，

　　　　　　　骨肉相聚终有期。

　　　　　　　若得一解心头结，

　　　　　　　何惧生死在旦夕。

郭　　安　走！

包　　拯　娘娘！

〔御林军押李妃下，郭安随下。

〔内声：妈呀——范仲华、寇玉奔上。

范仲华　包大人！这、这不是眼睁睁地看着我妈往火坑里跳吗？

寇　　玉　包大人，难道这大宋朝就没有天理公道了吗？

范仲华　（含泪激忿地）早知道这样，真不如带我妈回到破瓦寒窑。那破瓦再旧，寒窑再冷，也比皇宫内苑多几分人情温暖。我范仲华就是沿街乞讨，四乡要饭，也会伺候她老人家一辈子呀！（号啕大哭）

包　拯　（深受刺激）呀！

　　　　（唱）娘娘大义实可贵，
　　　　　　　仲华真情感心扉。
　　　　　　　面对着滔天祸我有进无退，
　　　　　　　包龙图断不能屈从淫威！

〔暗转。汴梁街道。马嘶声声。

〔包兴快马疾驰。

包　兴　（念【扑灯蛾】）飞马快如风，疾驰南清宫。
　　　　　　　密报八贤王，合力惩元凶！

〔收光。

第六场

〔仁寿宫。

〔刘太后来回踱步，心神不定，焦虑不安。

〔郭安匆匆上。

郭　安　太后，李氏罪妃带进宫来了。

刘太后　郭槐呢？

郭　安　说是酒醉不醒，还在府衙蒙头大睡。

刘太后　你相信这是真的？

郭　安　（嗫嚅地）奴婢不信，可包黑子不好惹……

刘太后　哼，不管怎样说，李氏罪妃到了哀家手里。他包黑子再厉害，也无计奈何了。

郭　安　奴婢这就去把她处置了！（做杀人手势）

刘太后　糊涂！当着众人把她押出开封府，堂而皇之把她带进仁寿宫，能这样不明不白地处置了吗？别说包拯不是个省油的灯，皇上也不再是可以任意摆布的孩子了。再说郭槐究竟怎么了，谁心里也没底儿。一步不慎，万劫不复，再不敢走错一步啦！

郭　安　奴婢愚钝，请太后明示。

刘太后　先自稳住阵脚。

郭　安　那这会儿……

刘太后　以礼相待，说我有请！

郭　安　是。（下）

〔众宫女上，列队跪迎。

〔李妃上。众宫女悄然退下。

〔刘太后、李妃默然站立，四目相视，而后缓缓"推磨"，良久无言。

刘太后　（终于打破僵局，居高临下地）回到皇城，重游故地，想必颇多感慨。

李　妃　（冷冷一笑，柔中带刚地）物是人非，光阴不再，实实可叹可感。

刘太后　十一年东躲西藏，总不是滋味儿吧？

李　妃　十一年机关用尽，你也未必称心如意！

刘太后　我看今儿个咱俩的恩恩怨怨，也该有个了断啦。昨晚皇上把审理这桩挠头案子的差使交给我了。哀家该怎么个断案，怎么个处置，全都要看你怎么个选择啦。

李　妃　身为囚犯，我还能奢望什么？

刘太后　若肯冰释前嫌，化解旧怨，我便奏明皇上，颁下赦旨，敕封你为皇太妃，从此安居离宫，尽享富贵。若是不肯化解旧怨，（语锋一转）那寇珠、陈琳的下场，就是你前车之鉴！

李　妃　你到底要我怎样？

刘太后　要你从此不提那桩有损先皇威名的往事！从此打消盼子寻子的非分之念！

李　妃　怎么？要我从此断绝母子情缘？

刘太后　不错！

李　妃　金山可抛，银海可弃，身为人母，唯有这骨肉亲情我是断难抛弃呀！

　　　　（唱）我本世间寻常女，
　　　　　　　曾怀宁馨十月胎。
　　　　　　　胎动腹中生母爱，
　　　　　　　一朝分娩难释怀。
　　　　　　　难释怀，骨肉相依连血脉，
　　　　　　　谁能割断谁能拆？
　　　　　　　你也曾尝过慈亲爱，
　　　　　　　你也曾生养小婴孩，
　　　　　　　你也曾经历丧子痛，
　　　　　　　你你你却为何屡施恶手，刻意陷害，不依不饶，心肠毒歹，
　　　　　　　真个是人性泯灭，狠如狼豺！

刘太后　住口！哀家一番好意，你别不识好歹！

李　妃　（唱）休道我不识好和歹，
　　　　　　　看透你暗中怀鬼胎。
　　　　　　　若贪图富贵被收买，
　　　　　　　义理公道永沉埋！

刘太后　（大怒）你、你想找死？

李　妃　落入你手，焉得不死？

刘太后　好！我就成全你。不过，杀你的不是我，而是你日思夜想的亲生儿子！

　　　　〔郭安、小太监急上。

郭　安　启奏太后，皇上驾到！

李　妃　皇儿！皇儿——

　　　　〔小太监强将李妃拉下。

——京剧《狸猫换太子（下集）》

刘太后　接驾。

郭　安　是。（下）

〔大太监引赵祯上。

赵　祯　（唱）亲理国政当勤勉，

　　　　　　　　母子同擎大宋天。

　　　　孩儿参拜母后！

刘太后　（扶住赵祯）皇儿免礼。（叹气）唉！

赵　祯　母后为何长叹？

刘太后　就为了宣德楼一事。

赵　祯　此事想已结案。

刘太后　（摇首）那包拯审案不力，以致案犯气焰嚣张。为娘把她提进宫来亲自审理。不料，她恶言辱骂为娘不算，还破口大骂皇上！

赵　祯　（顿怒）大胆疯婆，竟敢如此！母后怎样发落？

刘太后　如此疯婆，就是凌迟活剐也不为过。但这道杀人的旨令，还须皇上亲自颁布！

〔大太监急上。

大太监　启奏皇上、太后，包拯和郭槐进宫复旨！

赵　祯　啊？太后已亲自审案，还要他二人复的什么旨？

大太监　奴婢也是这么说，可包拯言道：此案非同一般。他与郭总管已然查明案由，特来金殿面君。

赵　祯　既然如此，就宣他们到仁寿宫中复旨。

刘太后　等等。（疑惑地）是郭槐和包拯两个人一块儿来的吗？

大太监　正是。

刘太后　那，就让他们俩一块儿……

赵　祯　进宫！

大太监　遵旨！（向外）万岁有旨，包拯、郭槐仁寿宫见驾呀！

　　　　〔包拯内应：领旨啊——

　　　　〔内唱：大步流星疾行走！

〔包拯、郭槐颈缠铁链，快步同上。

郭　　槐　（唱）权贵竟成阶下囚。

包　　拯　（唱）义正词严——

郭　　槐　（唱）孤注一掷——

包　　拯
郭　　槐　（同唱）——当殿奏，

包　　拯　（唱）今日里振雄威——

郭　　槐　（唱）今日里无奈何——

包　　拯
郭　　槐　（同唱）——破釜沉舟！

〔包拯、郭槐跪拜。

包　　拯　臣包拯见驾——

郭　　槐　奴婢郭槐见驾——

包　　拯
郭　　槐　（同）——吾皇万岁！太后千岁！

赵　　祯　（惊讶）啊？你二人为何铁链缠身？

刘太后　是啊，为何铁链缠身？

郭　　槐　（抢先哭诉）太后！那包黑子目无王法，抗旨不遵，把我堂堂内廷钦差当作罪犯审问……他这是陷害忠良、欺君罔上啊……

赵　　祯　怎么？包拯，是你审问了郭槐？

包　　拯　乃是为臣。

赵　　祯　是你叫他铁链缠身？

包　　拯　也是为臣。

刘太后　包拯，你这是何意呀？

包　　拯　郭槐奉旨监审，原是内廷钦差。涉案杀人害命，便是罪犯死囚！

郭　　槐　他胡说！这是诬陷……

包　　拯　若问内中隐情，容臣详细告禀。

赵　　祯　且将锁链摘下，站立一旁答话。

〔大太监摘下郭槐身上铁链。

郭　　槐　　谢万岁！（得意地回身朝包拯瞪眼）哼！

赵　　祯　　包拯，事出何因，速速奏明！

包　　拯　　启奏万岁，为臣查明，郭槐之罪与宣德楼一案紧相关联！

刘太后　　小小瞎婆犯禁，怎会牵连内廷总管？分明夸大其辞！

赵　　祯　　母后且勿焦躁，但听包拯详奏。

包　　拯　　容奏。十八年前，玉宸宫中，李氏宸妃，产下一子。谁料遭人陷害，初生婴儿，竟被换作剥皮狸猫！宸妃打入冷宫，幸得宫人搭救，逃出皇城。直至今春元宵，方始回到汴梁。万岁你道她是何人？

赵　　祯　　她是何人？

包　　拯　　她就是宣德楼前的瞎婆！

赵　　祯　　哦，那瞎婆就是当年的宸妃？

刘太后　　哼！何以见得瞎婆就是宸妃？宸妃就是瞎婆？

包　　拯　　她怀中带有先皇所赐金珠，万岁请看。（将金珠呈递赵祯）

赵　　祯　　呜呼呀！果然是李氏宸妃。如此大案，不知是何人所为？

包　　拯　　真凶主犯，不是别人。

赵　　祯　　他是哪个？

包　　拯　　就是郭槐！（出示供状）现有郭槐亲口供状，万岁请看！

郭　　槐　　这是假的！假的！

赵　　祯　　住口！呈上来！

〔包拯将供状呈递赵祯。赵祯急看，大惊失色。

包　　拯　　（唱）一十八载冤孽账，

　　　　　　　　　　宿债至今未清偿。

　　　　　　　　　　一纸供状明真相，

　　　　　　　　　　郭槐罪责难掩藏。

赵　　祯　　（唱）似闻霹雳当头响，

　　　　　　　　　　此案竟然涉皇娘。

　　　　　　　　　　猛想起十一年前冷宫景象……

刘太后　（紧张观察，忐忑不安）

　　　　（旁唱）眼看横祸起萧墙！

　　　　皇上，这案子不要再问了！

赵　祯　为何不问？

刘太后　他二人各执一词，真假难辨。仓促之间，唯恐错判。

赵　祯　母后不必担忧。孩儿详查细勘，定有分晓。郭槐！供状是真是假？你要从实地讲来！

郭　槐　万岁呀！这供状乃是包拯凭空捏造，并非奴婢所供啊！

包　拯　这供状之上，盖有郭槐手模足印。若是不信，当堂查验！

赵　祯　（向大太监）当堂验来！

大太监　遵旨。（验印）手模足印俱都是真！

赵　祯　郭槐！你还有何话讲？

郭　槐　这、这……（情急强辩）啊呀万岁呀！手模足印虽然不假，可那是屈打成招，逼供所致啊！

赵　祯　哦，屈打成招？

郭　槐　逼供所致！

赵　祯　包拯！你怎敢刑讯拷打三宫总管？

包　拯　（欲擒故纵）万岁，微臣受命审案，依律行刑，纵然打他，有何不可？

郭　槐　要不是你打我，我能具供吗？万岁，他打得奴婢我好惨哪……哎哟……

包　拯　看他如此疼痛，定然伤势沉重……（语锋一转）就请万岁当堂验伤！

郭　槐　（大惊）啊？

赵　祯　（向大太监）即刻验伤！

大太监　遵旨！

　　　　〔大太监逼向郭槐。郭槐连连退避。"推磨"。

郭　槐　（终于瘫软在地）别验了……奴婢身上没伤。

包　　拯　万岁！

　　　　　（唱）郭槐惯撒弥天谎，

　　　　　　　　出尔反尔实荒唐。

　　　　　　　　欺瞒圣君不自量，

　　　　　　　　掩耳盗铃露行藏。

　　　　　　　　伏请下诏深查访，

　　　　　　　　惩元凶除祸首，澄清是非，洗雪沉冤，

　　　　　　　　君臣同心力整朝纲！

刘太后　（旁唱）那包拯咄咄逼人紧追不放。

郭　　槐　（旁唱）纵然浑身是口巧舌如簧也难补偿。

赵　　祯　（旁唱）此案深深如海云遮雾障，

　　　　　　　　欲投鼠偏忌器叫人为难怎作主张？

包　　拯　（旁唱）且看她再施展甚等伎俩？

刘太后　（旁唱）也只得舍鹰犬李代桃僵。

　　　　　（转向郭槐）郭槐！

　　　　　（接唱）哀家待你恩德广，

　　　　　　　　锦衣玉食胜侯王。

　　　　　　　　缘何一朝变了样？

　　　　　　　　到头来自种苦果自身尝！

郭　　槐　哦！（旁唱）耳听此言心暗想，

　　　　　　　　　欲保自身先要保皇娘。

　　　　　（转向赵祯）万岁！

　　　　　（接唱）剥皮狸猫非妄想，

　　　　　　　　杀人害命惑先皇。

　　　　　　　　冤有头来债有主，

　　　　　　　　我一人的罪孽我一人承当！

赵　　祯　（唱）大胆奸贼难恕谅！

刘太后　（唱）押进死牢剖肚开膛！

郭　槐　（大惊）啊？！

包　拯　且慢！悬案未结，请万岁暂缓发落。

赵　祯　将郭槐押进死牢，听旨候斩！

郭　槐　太后，太后，太后哇……

〔大太监等押郭槐下。

〔静场片刻。

刘太后　没想到哇！这个郭槐，居然背着哀家欺君罔上，倒行逆施！先皇上当不说，连哀家这些年来都被蒙骗过去了。

赵　祯　既是积年沉冤，就该为李氏娘娘平冤昭雪。

刘太后　是啊，是啊。积年沉冤，理当昭雪。我看这么着：请皇上拟旨一道，敕封她为宸太妃。着令有司建造离宫一座，让她舒舒服服安享暮年。你看可好哇？

赵　祯　母后此意甚好。

刘太后　那就这么结案吧！

包　拯　万岁！依臣看来，能让宸妃娘娘安享暮年者，唯有一件。

赵　祯　哪一件？

包　拯　准她母子团聚，骨肉重圆！

刘太后　你……

赵　祯　难道她的儿子，还活在人世么？

包　拯　那宸妃之子他还活在人间！

刘太后　（情急）胡说！李妃所生之子早就被扔进御河死于非命……

赵　祯　啊？此事母后如何知晓？

包　拯　是啊，太后既被蒙骗，你是怎样知晓？

刘太后　这……（恼羞成怒，大发雷霆）甭管我怎知晓，反正他死了！再也活不过来了！谁也不许再提他了！

赵　祯　啊？这是为何？

包　拯　（掷地有声）皆因此事与万岁息息相关！

刘太后　包拯！你说出此话，就不要脑袋了吗？

包　　拯　为大宋江山，包拯何惧之有！

赵　　祯　（上前抓住包拯的手）包卿！当年被害的婴孩，他是何人？

包　　拯　他就是……

赵　　祯　唔！

包　　拯　居龙楼……

赵　　祯　哦？

包　　拯　登大宝……

赵　　祯　啊？

包　　拯　君临天下执掌江山的……

赵　　祯　这这这……

包　　拯　万岁——

赵　　祯　（惊呆）嘎……

包　　拯　现有陈琳血书一件，万岁详察！

〔赵祯迫不及待地从包拯手中接过血书，颤抖着双手，展书细览，激动难按，连连顿足。刘太后欲阻不能，知大势已去，瘫软座间。

大太监　（急上）启奏万岁，八贤王闯宫！

赵　　祯　宣皇父进宫啊！

赵德芳　（唱上）赵德芳进宫求赦免……

〔赵德芳跪拜。赵祯搀扶。

赵　　祯　皇父行此大礼为着何来？

赵德芳　（唱）僭越名分十八年。

错称皇父违法典，

隐秘真情实有原。

吾皇本是先帝后，

襁褓之中一命悬。

幸有忠良相怜念，

冒死救驾御河边。

　　　　　而今理该天日现，
　　　　　陈琳血书皆实言。
　　　　　李娘娘正是万岁生身母哇——
　　　　　正本清源在今天！

赵　　祯　啊呀！（转身怒指刘太后）你……你好奸诈！

　　　　　〔众目怒向刘太后。紧张相峙，静场良久。

刘太后　（发出令人寒栗的绝望冷笑）哼哼哼……真相大白了，水落石出了，你们也该心满意足了！哀家这辈子为了谋夺后位，真是费尽心机，使尽招数。今儿个落到这般田地，也算咎由自取，罪有应得。可有一件，你们别忘了：此案起因，全在先皇一道诏书。先皇行的事，先皇做的主，先皇定的案，你们谁敢说一声"不"？如今硬要把那八辈子的陈年老账兜底翻……小心哪，皇上！小心你也一脚踩进永难自拔的泥潭漩涡！皇上，好自为之吧！（拜，甩袖离去）

包　　拯
赵德芳　（同）万岁！

赵　　祯　（内心矛盾，万分痛苦）……此事非比寻常，万万不可草率。莫若从长计议，留待日后再讲。

赵德芳　从长计议？

赵　　祯　从长计议。

赵德芳　日后再讲？

赵　　祯　日后再讲。

赵德芳　难道李氏娘娘一十八载沉冤莫白？

赵　　祯　先皇的尊严……社稷的安稳……赵氏天下的平靖……叫朕如何处之？如何处之啊？

包　　拯　万岁，你此言差矣！

　　　　　（唱）天下兴亡千秋鉴，
　　　　　　　以正治国万民安。

——京剧《狸猫换太子（下集）》

  姑息养奸生大患，

  合污同流百姓寒。

  你若想息事宁人免祸乱，

  莫忘了屈杀的无辜血斑斑。

  君不见，

  寇珠捐躯无悔怨，

  秦凤舍身心坦然，

  陈公公临危不忘藏密卷，

  一个个贤良臣、忠直士、侠义汉、烈性女，

  他与那赵氏宗庙、皇家子嗣什么相干？

  为什么义无反顾来殉难？

  都只为公理、人道、正义、王法大于天！

  宽恕包拯犯颜谏，

  为江山为黎民敢吐直言。

赵　　祯　（豁然开朗）哦——

　　　　　（唱）振聋发聩诤言劝，

  字字珠玑扣心弦。

  是非曲直已明辨，

  我枉为人子十八年！

  皇娘！皇娘！快快搀出我那亲生的皇娘！

赵德芳　（激动含泪地）万岁有旨：鼓乐齐奏，

包　　拯　钟磬和鸣，

赵德芳
包　　拯　（同）恭请太后娘娘上殿！

  〔众太监引路，众宫女搀扶李妃缓缓上。

赵　　祯　（抽泣地）母后……

李　　妃　（哽咽地）皇儿……

赵　　祯　（大声地）母亲——

李　　妃　（悲喜交加）儿啊——

　　　　〔赵祯扑到李妃怀中。二人紧紧拥抱。

　　　　〔感人肺腑、动人心魄的音乐。其情其景，宛如十一年前寒宫冷院中，小太子叩拜李妃的景象。李妃浑身战栗，泪如泉涌。赵祯缓缓抬起头来，亲切地望着亲娘。李妃缓缓伸出颤抖的双手，轻抚赵祯的面颊。

　　　　〔赵德芳、包拯拭擦着感动的泪水。众人一起下跪。

赵　　祯　内侍何在？

大太监　万岁。

赵　　祯　晓谕天下：钦赐包拯三道铜铡，总理刑名，匡正世风，重振朝纲！

大太监　遵旨。（下）

包　　拯　（畅怀大笑）哈哈，哈哈，啊哈哈哈……

　　　　　（唱）人言包拯从不笑，

　　　　　　　　笑一笑黄河清来泰山摇。

　　　　　　　　瞬息中良莠真伪见分晓，

　　　　　　　　岂容得逆贼张狂乱我朝。

　　　　　　　　三道铜铡定把那奸佞扫，

　　　　　　　　看世间清浊分明天日昭昭！

　　　　〔雕梁画柱骤然升起，眼前已是满目绚烂瑰丽的梅花。

　　　　〔花丛中出现陈琳、寇珠、秦凤三人身影。

　　　　〔旁白：十八年沉冤，终于昭雪。郭槐命丧虎头铡下，刘太后白绫自缢。公理、正义终于回归，盖世功勋当属成仁取义的勇士、舍身殉道的英烈！

　　　　〔剧终。

精品提名剧目·京剧

梅兰芳

编剧　盛和煜

人物

梅兰芳　　　　　　　　诸民谊

天　女　　　　　　　　齐白石

艺　伎　　　　　　　　松　井

泰弋尔　　　　　　　　杨小楼

梅夫人　　　　　　　　梅葆玖

福老太太　　　　　　　梅葆玥

齐如山

———京剧《梅兰芳》 〉〉〉〉〉

一　散花

〔交响乐像水一样漫过来……

〔蓦然，清越的京胡声凌空而起。

〔锣鼓铿锵。

〔天幕上，云端深处，出现梅兰芳的演出身影。

〔天女内唱：祥云冉冉波罗天……

〔丝竹悠扬，舞姿妙曼，无数的鲜花从云端飘洒而下……

〔观众疯狂了，掌声、欢呼声如海涛般响起：

　　梅兰芳

　　梅兰芳……

　　他是男的……

　　她是女的……

〔一片惊叹：

　　"天哪！他是个男人！"

〔灯大亮。

〔像是从云端处飘落，梅兰芳西装革履，翩翩而来。

梅兰芳（唱）祥云冉冉波罗天

　　　　离却了众香国遍历大千

　　　　诸世界好一似轻烟过眼

　　　　一霎时来到了富士山前……

〔梅兰芳沉静如水，雍容高贵。

〔镁光灯闪烁，记者们纷纷提出各种问题：

请问梅博士，您这次来日本，有何观感？

您能否告诉我们，《天女散花》表现了东方文化的何种意蕴？

梅兰芳　（唱）我看到鸽子从积雪的富士山前飞过

小河流淌着阳光

初夏的田野生机蓬勃

心中充满平和安详……

天女是菩萨的使者

大慈悲大智慧法力宽广

她用善行感化人类

播撒鲜花世界芬芳

〔观众激动高喊：

和平！和平！

〔一歌舞伎：梅先生，除了日本，您还到过俄罗斯、欧洲、美国演出，世界为您的艺术而倾倒！

〔另一歌舞伎：梅先生，您能再为我们表演一下您那神奇的手势吗？

〔梅兰芳微笑着，缓缓抬手……

〔一片惊叹之后，整个世界屏住了呼吸……

〔那是怎样的一双美妙绝伦的手啊！

〔（在京胡的伴奏下）它律动着、变幻着，传递着人类种种情感；如诗、如歌、如梦幻中神之舞蹈，摄人心魄……

〔（锣鼓点铿锵）无数双手出现在整个舞台，被那双手引领着、感染着，形成一片美的海洋……

〔一束光映出身着洁白长袍的泰戈尔。

泰戈尔　（深情的孟加拉语）

亲爱的，你用我不懂的

　语言的面纱

遮盖着你的容颜；

——京剧《梅兰芳》 〉〉〉〉〉

正像那遥望如同一脉

　　缥缈的云霞

　　被水雾笼罩着的山峦

　　……

〔突然，炮声骤响。

〔激烈的锣鼓点中，那无数美妙的手势被寒光闪闪的刺刀林所取代！

〔火光能熊……

〔一阵鸽哨从天空掠过。

〔那是被远处沉闷炮声所惊飞的小生灵吗？

二　别姬

〔梅兰芳天女装扮未卸，独坐西楼。

〔梅夫人内唱：

　　遍地烽火遭战乱……

〔梅夫人上。

梅夫人　（唱）枪炮声隔断了锦竹丝弦

　　　　　　满目疮痍生灵涂炭

　　　　　　百万荣华化灰烟

　　　　　　离却了北平城风尘辗转

　　　　　　欲从沪上觅桃源

　　　　　　沪上景物亦惨淡

　　　　　　风吹冷雨阁楼间

　　　　　　畹华他终日里愁眉不展……

〔一束光照着恹恹躺在藤椅上的梅兰芳。

梅兰芳　（唱）哪一处是我清静的家园？

〔诸民谊与穿和服的松井上。

松　井　（唱）轻卷朱帘漫登场

　　　　　　　一曲"散花"动扶桑

　　　　　　　隔海风涛三千丈

　　　　　　　岛国至今忆梅郎

梅兰芳　民谊，这位是……

诸民谊　这……

松　井　（鞠躬）出于对梅先生的崇拜，特来拜访，请多关照！

梅兰芳　（鞠躬）不敢当。

松　井　多年前，梅先生在帝国大剧院演出，下面狂热欢呼的观众中，就有我一个啊！

梅兰芳　（感动地）日本观众的情谊，也是兰芳不敢忘怀的！

诸民谊　畹华，这位先生不仅精通我国文化，他还是个京剧票友哩！

梅兰芳　噢？这位先生唱的是……

松　井　旦角。

梅兰芳　旦角？

松　井　（鞠躬）请先生指教……（走步，做婀娜状，唱）"大王爷……"（咳嗽）

梅兰芳　《霸王别姬》？

松　井　"大王爷，他本是，刚强成性……"

梅兰芳　（鼓掌）好好好。

诸民谊　（激动地）畹华，你应当马上演出！

梅兰芳　唉，我何尝不想演出，可到处都是日本兵，演给谁看啊？

松　井　这么美好的艺术，不能让战争来阻挡，我来想办法吧！

梅兰芳　您……

诸民谊　（笑）畹华，我还没来得及介绍，这位是大日本皇军华东派遣军司令松井先生！

梅兰芳　（惊）啊！

松　井　（鞠躬）虽然知道了我的身份，还是请梅先生把我作京剧票友对

————京剧《梅兰芳》 >>>>>

待吧！

〔梅兰芳不语……

诸民谊　畹华，我知道你想什么，可咱们这纯粹是为了艺术。

梅兰芳　艺术？

诸民谊　畹华……

梅兰芳　民谊，我现在心里很乱……

诸民谊　畹华，梅剧团这几十号人还等着你吃饭哪！

〔静场。

〔庄稼人装束的杨小楼拎着包袱上。

梅兰芳　小楼叔……

诸民谊　哎呀！杨老板！（忙给松井介绍）这位便是京剧艺术大师杨小楼杨老板！

松　井　（鞠躬）一天内见到了两位大师，实在荣幸！

杨小楼　（对梅兰芳）日本人？

梅兰芳　嗯……小楼叔，您为何这身打扮？

杨小楼　这戏是唱不下去了，我回北方乡下务农去！

梅兰芳　小楼叔，您年事已高，身体不好，农活繁重，您又怎么担当得了？

杨小楼　担当不了也得担当！总不能在台上演了一辈子的忠孝节义，末了却要在日本人手中讨碗饭吃！

梅兰芳　（一震）啊！

诸民谊　杨老板，不要认死理嘛！

杨小楼　我认的就是这个死理！

〔突然，杨小楼有点儿站不住，梅兰芳赶紧扶住。松井、诸民谊暗下。

杨小楼　（深叹一口气）哎……咱爷儿俩在台上演了多少回"别姬"，今儿个却真要分手了……今日是你我分手之日了。

（唱）力拔山兮气盖世

　　　　　时不利兮骓不逝……
　　　　　骓不逝兮可奈何
　　　　　虞兮虞兮奈若何！
梅兰芳　（已是哽咽难语）小楼叔，大王啊……
　　　〔锣鼓骤响。
　　　〔《霸王别姬》——
　　项　羽　（掷杯）咳！想俺项羽呵！（唱）【琴歌】
　　　　　力拔山兮气盖世
　　　　　时不利兮骓不逝
　　　　　骓不逝兮可奈何
　　　　　虞兮虞兮奈若何！
杨小楼　畹华呀，我这一走，还不知回得来回不来……
梅兰芳　（泪水夺眶而出）小楼叔……
杨小楼　这副髯口就留给你，做个念想吧！
　　　〔虞　姬　大王慷慨悲歌，使人泪下。待妾妃歌舞一回，聊以解忧如何？
　　　〔项　羽　唉，有劳妃子！
　　　〔虞　姬　如此，妾妃出丑了！
　　　〔项羽凝视虞姬。虞姬强作镇定，避开项羽目光，取剑起舞。
　　　〔梅兰芳接过髯口，悲从中来——
　　虞　姬（唱）【二六】
　　　　　劝君王饮酒听虞歌
　　　　　解君忧闷舞婆娑
　　　　　嬴秦无道把江山破
　　　　　英雄四路起干戈
　　　　　自古常言不欺我
　　　　　成败兴亡一刹那
　　　　　宽心饮酒宝帐坐

————京剧《梅兰芳》 〉〉〉〉〉

〔梅兰芳给杨小楼敬茶，杨小楼恍惚中感觉是虞姬给霸王敬酒，他把杯中的"酒"敬向上天……

〔杨小楼拿过包袱要走了……

梅兰芳　葆玖、葆玥，送你杨爷爷！

葆玖姐弟　杨爷爷！

〔杨小楼看见葆玖恍惚看见小时的梅兰芳，他背起了葆玖……

〔【夜深沉】牌子，虞姬舞剑——

杨小楼　孩子，知道吗？当年爷爷就是这样背着你爹去唱戏的。

〔突然，杨小楼一个趔趄，葆玖从他背上滑下来。

〔杨小楼亦缓缓倒下……

梅兰芳　（失声痛哭）小楼叔，小楼叔，小楼叔啊……

〔梅兰芳哭倒在杨小楼身边。

〔虞　姬（唱）待听军情报如何？

三　祭江

〔京胡声中——

〔一束光照着且歌且舞的松井。

松　井　（唱）劝君王饮酒听虞歌

　　　　　　　解君忧闷舞婆娑……

〔一名日军军官上。

军　官　报告！南京已被我攻陷，城中数十万支那俘虏作何处置？请指示！

松　井　（将剑轻轻一指）杀——

　　　　（接唱）解君忧闷舞婆娑……

〔激烈的锣鼓点，烈焰烧红了天空。

〔机枪声、手榴弹爆炸声、利刃劈在人体沉闷的"扑哧"声……

〔南京，成了血与火的地狱……

〔血火中,《天女散花》的音乐隐隐缭绕……

〔天幕上,云端深处,出现《天女散花》的身影……

〔梅兰芳内唱:大屠杀惊得我撕肝裂胆

怀悲愤着缟素来至江边——

〔梅兰芳上。

梅兰芳　(唱) 我那三十万同胞冤魂不远

天女们散鲜花祭奠在云天——

〔天女的声音响在云端——

天女内唱:祥云冉冉波罗天……

〔而梅兰芳的声音哽咽了……

梅兰芳　(唱) 天女我本是菩萨差遣

散鲜花为的是爱满人间

人世间偏偏是以恶欺善

花香地变成了血火的深渊

天！菩萨呀

大法力救不了无辜良善

大智慧无奈这无耻凶顽

大慈悲渡不过劫波无限

你岂不枉称了菩萨枉做了天

挥去了身边祥云冉冉

散尽了鲜花再不挎花篮

人世间从此天女不见

一缕泪痕划长天……

〔将花篮向空中抛去——

〔花雨纷纷扬扬,无声飘落……

〔月色如水。

〔箫声呜咽……

梅兰芳　(唱) 一管箫直吹得月出日落

———京剧《梅兰芳》 〉〉〉〉〉

    满腔的忧愤又向谁诉说

    日本人庆胜利逼我演出

    虞姬虞姬奈若何……

  〔突然，一声长啸传来——

    力拔山兮气盖世……

梅兰芳 （一震）大王……！

  （唱）小楼叔临走时将髯口留我

    留下了一份沉甸甸的嘱托

    小楼叔呀

    你贫病而死气节不堕

    成就了千古绝唱梨园悲歌

    梅兰芳我虽然生性懦弱

    性懦弱也不敢忘汉家山河——

  〔霸王，虞姬上。（唱）

    力拔山兮气盖世

    时不利兮骓不逝

    骓不逝兮可奈何

    虞兮虞兮奈若何

  〔虞姬给梅兰芳戴上髯口。

  〔梅兰芳戴上髯口，亮相。

合 唱 力拔山兮气盖世

    时不利兮骓不逝

    骓不逝兮可奈何

    虞兮虞兮奈若何

  （抖须）呀！

    却怎地止不住泪雨滂沱……

四　蓄须

〔福老太太上。

福老太太　（唱）都道是我家瘦死的骆驼比马大

　　　　　　　　有谁知只出不进用钱犹如水推沙

　　　　　　　　多年积蓄花费尽

　　　　　　　　首饰菜场换苦瓜

　　　　　　　　无量胡同房子也抵押

　　　　　　　　叫我这做娘的怎当家

　　　　　　　　方才知英雄落难　秦琼卖马

　　　　　　　　却不信世道总这么差

梅夫人　妈，这件袍子卖了，您过冬怎么办？

福老太太　嗨，到时候再说呗！

　　　　（唱）且顾着今儿个眼目下

　　　　　　　老幼几十口　柴米油盐酱醋茶

　　　　　　　一个铜板掰两半把人难煞

　　　　　　　不卖这皮袍子我又卖啥

　　　　　　　只要有咱们母女在

　　　　　　　塌了天也不能委屈了畹华

梅夫人　（哽咽）妈……

〔齐如山匆匆上。

齐如山　卖掉了，畹华的画全卖掉了！

梅夫人　真的？

齐如山　真的！大家伙儿都说呀！

　　　（唱）见过他红氍毹上神仙踪影

　　　　　　未见过妙手绘丹青

　　　　　　十幅画作销售尽

———京剧《梅兰芳》 >>>>>

    这才叫纸贵洛阳城

    眼见得生活陷困顿

    忽然间峰回路转柳暗又花明

    惭愧如我未能把力尽

    百无一用是书生

梅夫人 瞧您说的，要没您帮衬，也没畹华的今天呀！

齐如山 不说了，不说了……

梅老太太 好，有了这笔钱，咱们又能维持个十天半月了！

齐如山 我的确没想到，畹华不唱戏，光靠卖画居然也能养活这一大帮子人！

梅夫人 我也没想到啊，当初他跟着齐白石老先生学画，说要陶冶性情，我还嘀咕哩，又要唱戏，又要画画儿，哪顾得过来呀？没想到今儿个却派上了用场！

齐如山 （笑）老人家知道，一定会说：好，我再也不欠梅兰芳那伢子的情了！

梅夫人 怎么？你说谁欠谁的情？

齐如山 畹华没给你说过？

    〔梅夫人摇头。

齐如山 老太太也不知道？

福老太太 不知道。

齐如山 这是那年唱堂会的事儿了……

    〔鼓乐悠扬……

齐如山 齐白石老人旧袍布鞋，应邀赴会。只见达官贵人衣香鬓影，握手鞠躬，笑语缤纷。老人独坐一隅，居然没有一人理睬他！你想老人傲骨嶙峋，哪受得了这般冷落？他再也坐不住了，起身便走。正在此时，只听得一阵笑声，一群人众星捧月般簇拥着一位俊朗儒雅的郎君走了进来……

梅夫人 畹华？

齐如山　　对，正是畹华。众人见梅兰芳来了，争先恐后拥上去，欲一睹梅郎丰采。畹华领首微笑，突然发现角落里的齐白石老人，忙拨开众人，急趋上前，恭敬问候。众人正惊诧间，畹华扶着老人，大声自豪地说："这位便是我的老师，名动京华的国画大师齐白石齐老先生！……"众人这才恍然大悟，拥上前来，纷纷问候……

〔一束光照着泪光闪闪的齐白石，他大声吟哦道：

　　　　曾见先朝享太平，

　　　　布衣蔬食动公卿。

　　　　而今沦落长安市，

　　　　幸有梅郎识姓名……

〔老人的声音在空间回荡着……

〔诸民谊上。

诸民谊　　老太太，梅夫人，啊，如山兄也在，说什么呢？

齐如山　　也没说什么，只是……咱们庆幸畹华除了唱戏，还能绘画，不至于受人之制。

诸民谊　　（笑笑）是吗？只是……他的画全是被日本人买走的！

〔众微微一震。

梅夫人　　（轻轻然而坚决地）那咱们就不卖画了。

诸民谊　　（大声地）对！不卖画了！我就不明白，畹华在这儿较什么劲？放着唱戏的金饭碗不要，卖什么画儿呢。咱们还是好好商量庆祝演出的事吧！

齐如山　　庆祝什么？南京大屠杀吗？

诸民谊　　齐先生，您说这话，可帮不上畹华什么！

福老太太　是帮不上。可您也不能逼他啊！

诸民谊　　老太太，不是我逼他，是人家日本人非要他参加不可！

福老太太　您不是在日本人那儿说得上话吗？就帮他回绝了吧！

诸民谊　　怎么回绝？总得有个理由是不是？畹华！畹华！（欲往楼上闯）

梅夫人　　（阻之不及）诸先生……

——京剧《梅兰芳》

〔突然，诸民谊连连后退。

诸民谊　啊！畹华他，他……怎么留起胡子来了！?

（唱）梅郎梅郎你休胡闹

　　　　名旦蓄须你为哪遭

　　　　徒在人前添笑料

　　　　绝代风华逐水漂

（长叹一声）畹华，你这是何苦呢！

〔梅兰芳执扇掩面，出现在楼梯上。

〔他缓缓收起折扇——

〔他的唇上，赫然一绺黑黑的短髭！

梅兰芳　（唱）须眉男儿谁个笑，

　　　　　　　梅郎本色亦自豪。

　　　　　　　忍看商女歌舞老，

　　　　　　　独坐西楼学吹箫。

诸民谊　（唱）畹华说话欠思考，

　　　　　　　含沙射影多讥诮。

　　　　　　　且听为兄良言告，

　　　　　　　休凭意气把祸招。

梅兰芳　（唱）在下愚钝要请教，

　　　　　　　何谓意气把祸招。

诸民谊　（唱）惹恼皇军事非小，

　　　　　　　蓄须拒演你为哪条？

梅兰芳　（唱）妇孺哭喊血光照，

　　　　　　　仇深似海怎勾销。

诸民谊　（唱）梅郎莫作金刚啸，

　　　　　　　卿本善良涵养高。

梅兰芳　（唱）若将善良逼急了，

　　　　　　　打渔杀家走一遭。

诸民谊　（唱）以卵击石实可笑，
　　　　　　　往前一步奈何桥。
梅兰芳　（唱）奈何桥上仰天笑，
　　　　　　　不信魍魉总逍遥。
诸民谊　（唱）苦了剧团并家小，
　　　　　　　牵衣顿足哭号啕。
梅兰芳　（唱）一颗露珠一棵草，
　　　　　　　苍天自会佑儿曹。
诸民谊　（唱）为人变通莫执拗，
　　　　　　　地也阔来天也高。
梅兰芳　（唱）宁折不做墙头草，
　　　　　　　春秋大义路一条。
诸民谊　（唱）朋友情分已尽到，
　　　　　　　不尝厉害你不告饶。
梅兰芳　（唱）如此朋友则罢了，
　　　　　　　分道扬镳在今朝。
诸民谊　（唱）烦恼皆因人自找，
　　梅兰芳
　　　　　　你真若拒演看我拿你怎开销。
梅兰芳　诸民谊
　　（唱）黔驴技穷休嚎叫，
　　　　　我演一出"抗金兵"听那惊天动地战鼓敲……
　　〔灯大亮，梁红玉们英姿飒爽，亮相！
　　〔隐约间，战鼓咚咚，卷地而来……

五　醉酒

　　〔沉重的马靴声，由远而近——

———— 京剧《梅兰芳》 >>>>>

〔"请梅先生上车!"日本宪兵的吆喝,一声紧似一声!

〔梅兰芳着一身雪白的燕尾服,恂恂儒雅,上。

〔梅夫人、福老太太与葆玖、葆玥姐弟上;

〔齐如山与琴师上;

〔梅剧团演员神情肃穆,列队而出:

相送梅郎!

梅兰芳　酒来!

〔一演员跪呈烈酒。

梅夫人　(惊叫出声)畹华,你可是滴酒不沾的呀!

梅兰芳　壮士赴难,岂能无酒?

梅夫人　(一震)啊……既如此,待为妻给你斟上!

(唱)将玉盏　满斟酒

未曾开言热泪流

原指望夫妻恩爱长厮守

没料想我的夫今日里一去难回头

倘若此番成永诀

畹华呀

你教我如何捱过那星移斗转　日月晨昏

伤心暮春与清秋

转身来叫过葆玥和葆玖

儿呀儿,你爹爹要远行,你们快磕头

〔葆玖姐弟哭倒,磕头。

葆玖姐弟　爹爹……!

〔梅兰芳忍泪,将酒一饮而尽。

齐如山　(端酒)畹华!

(唱)上前来斟满二杯酒

三寸胸臆风雨骤

问声畹华曾记否

　　　　　我编你唱　如琢如磨　共剪西窗烛

　　　　　往事不再我要失挚友

　　　　　大木将倾艺苑何处挽风流

　　　　　长歌当哭哭不够

　　　　　浦江水啊

　　　　　你怎的流得尽这痛也悠悠　恨也悠悠

〔梅兰芳接酒，一饮而尽。

〔梅剧团演员一齐端酒。

众　人　梅老板——

　　　　（唱）痛别离　三杯酒

　　　　　　　点点滴滴在心头

　　　　　　　恨不倾倒浦江水

　　　　　　　尽洗国恨与家仇

梅兰芳　多谢了！（将酒一饮而尽）

　　　　（唱）含泪喝下了三杯酒

　　　　　　　千言万语哽喉头

　　　　　　　此去生死抛身后

　　　　　　　舍不下贤妻多温柔

　　　　　　　舍不下娇儿太年幼

　　　　　　　舍不下老岳母操持家务白了头

　　　　　　　舍不下齐先生你编我演相依相助

　　　　　　　舍不下徐先生我唱你拉琴曲悠悠

　　　　　　　舍不下梨园子弟与朋友

　　　　　　　舍不下数十载闻鸡起舞　呕心沥血　唱念做打

　　　　　　　　我的粉墨春秋

　　　　　　　梅兰芳我本是名伶之后

　　　　　　　我祖父梅巧玲艺贯九州

　　　　　　　我伯父梅雨田六场通透

———京剧《梅兰芳》 >>>>>

  吹拉弹敲他是那场面班头

  我七岁发蒙读私塾

  八岁时学艺在京都

  泸上成名风头足

  不忘根基苦练修

  观众们誉我为四大名旦之首

  他们才是我衣食父母艺术的源头

  我也曾出访日美显身手

  我也曾献远赴苏联和欧洲

  传播了中华文明四海之内皆朋友

  切磋技艺其乐融融美不胜收

  转眼间和平繁荣化乌有

  日寇的铁蹄践踏神州

  国恨家仇血泪造就

  梅兰芳不做那亡国奴

  君不见那溪涧水柔软润透

  它到那不平地上也化为咆哮的激流

  待来日，风雨收，唱醉酒，舒广袖，来来来

   尔与我推杯换大斗——（换斗痛饮）

〔众惊呼。

  畹华！

众　人　爹爹！

  梅老板！

〔但此时所有的人和声音都远去了，梅兰芳眼前是一个诗酒飘香、令人陶醉的世界……

梅兰芳　（接唱）身似白云逍遥游……

〔鼓乐悠扬。

〔《贵妃醉酒》中杨玉环仪态万方地出现——

杨玉环　（唱）海岛冰轮初转腾

　　　　　　见玉兔　玉兔又早东升

〔梅兰芳情不自禁，与之同时歌舞。

梅兰芳　（唱）那冰轮离海岛

　　　　　　乾坤分外明……

〔梅、杨合二为一，春光旖旎……

梅兰芳　呀！

　　　（唱）浑不知此身天上人间　人间天上

　　　　　　是"贵妃醉酒"还是酒醉梅郎……

〔洛神、麻姑（唱）

　　　　　　是焉非焉莫思量

　　　　　　形神合一即仙乡

　　　　　　君不见菊坛风光好

　　　　　　无限风光是梅郎

　　　　　　一个个顾盼生辉光焰万丈

　　　　　　你中有我　我中有你　哪一个不是我深爱着的梅郎

〔梅兰芳塑造的美好女性的艺术形象纷纷出现，真个是莺歌燕舞、姹紫嫣红……

〔梅兰芳被深深震撼、感动了……

〔静场。

〔梅兰芳缓缓抬头，眼里已满是泪水。

梅兰芳　（念）我也深爱着你们

　　　　　　爱你们的娇憨　妖冶　忠贞　放浪

　　　　　　我寂寞地恋爱着你们

　　　　　　就像幽谷恋爱着阳光

　　　　　　上善若水　女人是水

　　　　　　当人类达到了性灵的最高境界

　　　　　　会不会忘却世俗的纷纷攘攘

————京剧《梅兰芳》 〉〉〉〉〉

  当女性之美如波光辉映

  世界一片柔情荡漾

  谢谢　我要走了

  谢谢你们……

〔合唱相送梅郎！——

〔大雪纷纷扬扬飘落，世界洁白纯净，雪松、雾松间有一条小路通向远方……

〔泰戈尔的诗响起：

  亲爱的，你用我不懂的

   语言的面纱

  遮盖着你的容颜

  正像那遥望如同一脉

   缥缈的云霞

  被水雾笼罩着的山峦

   ……

〔纷纷扬扬的大雪中，梅兰芳向前走去……

〔天地一片静寂。

〔只有雪花无声飘落……

〔暗香浮动。

〔那雪落得愈发大了。

〔交响乐像水一样漫过来……

〔剧终。

精品提名剧目·京剧

布依女人

(根据凡奇话剧《盘江屋里人》改编)

编剧　陈泽恺

时间

1935—1950 年。

地点

贵州北盘江畔白层镇。

人物

盘秀儿　女，20 岁，盘江白层女人。

梁安生　男，20 多岁，盘秀儿丈夫，后为县武装工作大队大队长。

陈运江　男，20 多岁，江西人，原红军伤员。

船老二　男，30 岁，船工，后为贫农协会主席。

蕉叶儿　盘秀儿养女，15 岁。

老叔公　前清秀才，白层镇长者。

幺姑、二嫂、三姨、四婆、保安团班长

群众若干人、保安团兵若干人、国民党兵、班长、战士

———京剧《布依女人》

第一场

〔布依女声独唱：好花红哎，好花红哎，

　　　　　　　好花生在刺梨丛哎。

　　　　　　　好花生在刺梨上嘛，

　　　　　　　哪朵向阳哪朵红嘞。……

〔大幕在歌声中徐徐开启。

〔1935年初，某日黄昏。

〔如眉的远山，如练的盘江，如盖的榕树，如临空翼立的干栏式吊脚楼。

〔众人敲着皮鼓、吹着唢呐、燃放着鞭炮，在一派喜气洋洋气氛中翘首张望。

〔有顷，梁安生背着蒙着盖头的新娘盘秀儿，在船老二等人的簇拥和吆喝、起哄声中上。

船老二　"踩路"啰！

〔梁安生背着盘秀儿做"踩路"状。

船老二　"踏筛"啰！

〔有人在地上放筛子，梁安生背盘秀儿踩过。

船老二　"抱柴"啰！

〔有人递上一捆木柴，梁安生放下盘秀儿，秀儿接过木柴抱住。

船老二　抱紧点，要像抱男人那样！

〔众人哄笑。

船老二　"纳粮"啰！

〔梁安生将一小袋备好的米交给船老二。

船老二　新郎、新娘拜祭祖宗！

〔梁安生与盘秀儿磕头祭祖。

船老二　新郎、新娘一拜天地！二拜高堂！夫妻对拜！送他们上床！

〔众又哄笑。

幺　姑　船老二，喊错了，先入洞房后上床！

〔众欲拥梁安生与盘秀儿下。

船老二　别忙！你们这些屋里的先把新娘送进洞房，安生不能去，得先给我们兄弟们敬酒！

二　嫂　对！安生要给我们敬酒！

三　姨　船老二，你可别把新郎倌灌醉了。

四　婆　是呀！醉了可上不了床啊！

船老二　哎，谁让我们是兄弟呢？他梁安生要是上不了床，我船老二一定帮忙，我上！

〔盘秀儿暗中狠狠一脚将船老二踹倒地上。众哄笑。

〔暗转。

〔室内油灯如豆，婚床上鲜亮的铺设泛着微微的暖光。

〔盘秀儿头上罩着盖头静静地坐在床沿。远处传来贺喜、答谢、敬酒以及划拳等喧闹嘈杂声。

〔盘秀儿静坐有顷渐渐有些难耐，先是扭捏不安，最后一把扯下盖头，面呈愠色。

盘秀儿　（唱）布依人家规矩多，
　　　　　　　喜酒不让新娘喝。
　　　　　　　若是叫我去敬酒，
　　　　　　　抱着酒坛酬宾客。
　　　　　　　灌醉一个是一个，
　　　　　　　一个个顺着桌子往下缩。
　　　　　　　没人来把新房闹，

——京剧《布依女人》 〉〉〉〉〉

  让我与安生：

    清清静静、欢欢喜喜、

    甜甜蜜蜜、亲亲热热。

  〔梁安生微醉地上，与秀儿撞了个满怀。

梁安生 哎，你怎么自己把盖头揭了？

盘秀儿 这盖头早揭晚揭都得揭，你揭我揭也是揭，晚揭不如早揭，你揭还不如我自己揭呢！哈……

梁安生 你还是小声点儿，说不定有人听墙根儿！

盘秀儿 唉！今天一大早就从下江坐船上来，整整把人折腾了一天，可把我憋得够呛，我可得躺下歇了！（掀开被子倒在床上，紧接着一声惊叫地跃起）唉哟！是哪个缺德鬼，放了这么多柿子在床上，弄得我一身都是！

梁安生 哈……这一定是船老二他们几个干的。

盘秀儿 （再看床）哎呀，安生，你看这满床的花生和枣子，这怎么睡呀？

  〔从床下传出一阵忍不住的笑声。

盘秀儿 （猛地跑过去掀开床单）好啊！终于憋不住了？出来吧！你看是自己爬出来呢，还是让我扯住耳朵拖出来？

  〔床下声：哎，别……还是我自己爬出来吧！

  〔床下爬出船老二，他刚一露头，就被秀儿扯住耳朵屋里转圈。

船老二 哎哟！秀儿，放开，快放开……

盘秀儿 床底下还有呢，快叫他们统统给我滚出来！

船老二 床下面没人了，就我一个。

盘秀儿 真的就你一个？

船老二 就我一个。

盘秀儿 没别人了？

船老二 没、没别人了。

盘秀儿 那好，既然只有你一个，那你就一个人给我把床上的红枣、花生全吃完，再把这些破柿子舔干净！

船老二　秀儿，你想撑死我呀？

盘秀儿　既然是你一个人放的，就得一个人吃完！你吃不吃？（挽起袖子又要动手）

船老二　哎哟，我可顶不住了，兄弟们，都出来吧！

〔床下、门后应声走出几人。

众　人　秀儿，我们服了还不行吗？

盘秀儿　你们这些坏小子，如果初次见面不把你们制服了，那以后姑奶奶就甭想在这北盘江过安稳日子！哈……

船老二　嘻嘻，我们哥儿几个是怕你们把床板压断了，到时候找不到人帮忙修补。

盘秀儿　（羞涩，转瞬故作泼辣）船老二，还有你们几个都听好了，我盘秀儿可是从小就死了父母，孤儿一个，上得山、下得河、绣得花、犁得土，十八般武艺样样精通。姑奶奶我既然能把这床板压断，就有本事把它修好，你们就省了这份孝心吧！

众　人　（尴尬地）这……船老二，那我们就走吧。

船老二　哎，别忙，我们还没闹新房呢！

盘秀儿　好啊！那姑奶奶今天就豁出去陪你们闹个够。说，你们想怎么个闹法？

船老二　照我们盘江一带布依人的老规矩，新婚三天不分老少。

众　人　对，新婚三天无老少！

盘秀儿　好，二哥，就照你们的老规矩办。姑奶奶可把话说清楚，现在我还认你们各位大哥二哥，等一会儿闹起来可不管这一套了！

船老二　当然，我们也不管你是不是弟媳妇了！

众　人　对！

梁安生　二哥，你们还是合适点吧！

盘秀儿　安生，尽管让他们闹。呆着干吗？那就闹起来吧！

〔船老二等聚集商量。

船老二　你盘秀儿可是我们盘江一带能说会道的画眉鸟，今天如果不唱完

九九八十一首山歌，今晚就甭想和你的新郎倌上这张床！（抱腿坐在床上）

众　　人　对，就甭想上床！（众齐坐床沿）

梁安生　秀儿，这……

盘秀儿　你就放心吧！（将安生推到椅子上坐下，略作思索）我说你们几位是想听淡的，还是咸的？是想听素的，还是荤的？

船老二　都想听！

众　　人　随便！

盘秀儿　好！我可唱了？

众　　人　唱吧！

盘秀儿　你们听好了！

（唱）哎！……

　　　　红枣花生撒洞房，
　　　　盼我早生小儿郎。
　　　　谁知刚把天地拜，
　　　　一窝崽儿挤满床。

〔众人自知吃了亏，"噌"地从床上跳开。

梁安生　哈……

船老二　（对众人）我可看出来了，这位姑奶奶可惹不起，咱们都不是她的对手，还是赶快溜了免将吃亏。

〔船老二与众人欲溜下。

盘秀儿　站住！船老二，怎么，还没占着点便宜，你舍得走吗？

船老二　我船老二今天遇见高人了，我认栽。姑奶奶您歇着，哥儿几个，撒！（欲走）

盘秀儿　回来！（一把抓过船老二迫其蹲下）告诉你，姑奶奶的洞房可不是菜园门，是好进不好出！

船老二　哎哟！我的姑奶奶，你就放了我吧！

盘秀儿　船老二，今天你要想出这洞房的门，就先要从姑奶奶的胯下钻过去!

船老二　啊!

梁安生　秀儿,这不好,船老二可比我们年长啊!

盘秀儿　"新婚三天无老少。"这可是他说的!

船老二　秀儿,你也给哥留点面子吧!

盘秀儿　不行,我盘秀儿说出的话,泼出的水,你要不钻过去,我就抬腿跨过你的头!

船老二　别、别、别……

众　人　对,秀儿,跨、跨、跨!……

船老二　(对众人)你们这些不仁不义的东西!

盘秀儿　船老二,我数一二三了!一、二、三……(将腿缓缓抬起)

众　人　跨、跨、跨!……

〔蓦地响起铜号声,紧接着密集的枪炮声。众震惊,静场有顷。

梁安生　怎么回事?

〔内一片喊声:红军打过来了!……红军过江了!……

盘秀儿　红军!红军来了?

〔船老二等惊慌逃下。

梁安生　秀儿,红军来了,我们还是先躲一躲吧!

盘秀儿　来就来呗!我听跑湖广跑马帮的人说过,红军是穷人的队伍,穷人的队伍是不会打穷人的。

梁安生　当兵的我见多了,是兵三分匪。万一他们把我当壮丁抓走,那你可就要守"望门寡"了!

盘秀儿　胡说!我已经进了你梁家的门,要守寡也不是"望门寡",该是"进门寡"才对呀!

梁安生　都什么时候了,你还有闲心开玩笑!赶快收拾点东西走吧,再晚就来不及了!

盘秀儿　好,嫁鸡随鸡,嫁狗随狗,走吧,走吧!(收拾衣物)

〔内喊声:红军进白层镇了!红军进白层镇了!……

梁安生	红军已经进白层镇了，看来我们无路可走了！

〔响起敲门声。

盘秀儿	（惊恐地）安生哪！大门出不去，旱路行不通，看来你只能从后门跳下，凫江而逃了！
梁安生	那秀儿你呢？
盘秀儿	想我一个盘江屋里人，他们也不会把我怎样。你就快走吧！
梁安生	不，我们要走一起走，要死也一起死！

〔急促的敲门声。

盘秀儿	说什么傻话！你快走吧！

〔推安生下。

〔"砰"地一声门被撞开，秀儿转过身来，陈运江手里持着铜号，跟跟跄跄地上。

陈运江	老乡！老……乡……
盘秀儿	哟，你是红军老总吧？我盘秀儿可是船家女子，是穷人。

〔传来梁安生跳水声。

陈运江	（警惕地）谁？谁跳下江里了？
盘秀儿	您看这三更半夜的哪有人跳江啊？
陈运江	老乡，你看，水里有人！
盘秀儿	（以为号即是枪，扑上去抓住不放）红军老总，千万别开枪，他、他、他……是我男人！
陈运江	大嫂别抢，这不是枪，是……铜……号……
盘秀儿	铜炮？
陈运江	是铜……号……（晕倒在地）
盘秀儿	红军老总……啊！你受伤了！

〔船老二上，隔着门向内喊：

船老二	安生、秀儿，红军只是路过，都走了！现在你们就放心入洞房吧！（下）
盘秀儿	什么？红军路过，又走了？可他（指陈运江）还在这儿啊！哎，

船老二！船老二……

〔远处传来"砰、砰"两声枪响，紧接着江中"啊！"的一声尖叫。有顷，外面惊呼声：江里有人被打死了！

盘秀儿　（猛然回头悲怆地哭喊着冲向后门）安生！

（唱）枪声骤，人声吼，

　　　定是安生葬江流，

　　　婚期成诀痛不休！

　　　一语成谶天不佑，

　　　从此新寡哪是头？

　　　本当投江随夫走…

〔陈运江躺在地上发出呻吟。

盘秀儿　呀！

（唱）刚烈女子情也柔。

　　　看他身下血浸透，

　　　阵阵呻吟把心揪。

　　　见死不救是禽兽，

　　　强抑悲痛怨与仇。

〔秀儿俯身欲挽起陈运江，传来犬吠声、敲锣声及吆喝声：白层镇的人听着，抓住红军伤员者，赏大洋十块；若有隐藏不报者，格杀勿论！

盘秀儿　（唱）耳听得人声喧、锣声响、犬声吼，

　　　声声入心冷飕飕。

〔急促的敲门声：开门！开门！……

盘秀儿　（唱）到此时命如悬、心如铁、胆如斗，

　　　船到江心不回舟。

　　　不管他白军来、红军走，

　　　谁是王、谁是寇，

　　　见人危难急心头。

——————京剧《布依女人》 >>>>>

急中生计眉头皱——

〔盘秀儿将陈运江抱起放在床上,拉过新被与他盖好。

〔敲门声骤起:他妈的!开门,开门!

盘秀儿 (迅速解开围裙、脱鞋、解开上衣领扣,上床坐在陈运江身边)你们进来吧!

(唱)心存厚道不顾羞。

〔收光。

第二场

〔布依女独唱:好花香哎、好花香哎,

　　　　　　好花开时经雪霜哎。

　　　　　　好花开时霜雪冻嘛,

　　　　　　哪朵怒放哪朵香嘞。……

〔次日黄昏,盘秀儿家大门前。

〔门前设有方桌,桌上搁着一升米,米上插有燃着的三炷香。盘秀儿左手握着一只鸭蛋站在桌前,手中的鸭蛋不停地转动着。俄顷将鸭蛋在掌心中平放。

盘秀儿 (呼喊)太阳落坡啰!牛马鸡鸭归圈了!梁安生的三魂七魄快回来啰!

(唱)啊!……

　　叫破了咽喉,

　　喊痛了面腮。

　　望穿了双眼,

　　站枯了形骸。

　　凝神望:

　　山间树木迎风摆,

　　疑是安生下山来;

侧耳听：
　　　江中船橹声欸乃，
　　　疑是安生过江来。
　　　白日里：
　　　山间河下寻找遍，
　　　到夜晚：
　　　鞋不脱、带不解，
　　　油灯不熄门儿开，
　　　等等等、待待待，
　　　黄昏直到东方白，
　　　人不生还，
　　　魂不归宅，
　　　哀、哀、哀！……
　　　啊！……
　　　人儿回来、回来！
　　　魂儿归来、归来！
　　　……
　　〔船老二上。

船老二　我说秀儿，你叫魂都叫了一整天了，叫得人心痛啊！听我一句话行吗？
盘秀儿　我已经说过，活要见人，死要见尸。
船老二　可我们把犄角旮旯都找遍了！
　　〔盘秀儿不语欲进门。
船老二　秀儿，我还有话问你。
盘秀儿　有话快说吧！
船老二　秀儿，我听说……
盘秀儿　听说我偷野汉子了，是不是？
船老二　你哪能干那事呢！我是怕你沾上个"红"字，官家问起来，你可

——京剧《布依女人》 >>>>>

脱不了干系呀！

盘秀儿　我一个屋里人，有什么可怕的？

船老二　这方面你可以不怕，可是……

盘秀儿　可是什么？谁要嚼舌头就让他嚼去。我男人不见了，顺手捡一个回来不可以吗？

船老二　你……唉！

盘秀儿　船老二，别看我平时嘻嘻哈哈，认起真来可是个正经女人。我今天把话说在这儿：梁安生就是真的死了，我盘秀儿也不会让任何一个男人在夜里踏进我家门槛！

船老二　你秀儿是什么人，这盘江上下谁不清楚啊？我知道，安生活着是你的人，死了是你的鬼，我们也一定会接着找下去。

盘秀儿　那就多谢了！

船老二　那我走了！（欲下）

〔陈运江身穿布依服装，脸色苍白，拄着木棍，步履艰难地上。

陈运江　（唤船老二）老乡！

盘秀儿　你醒过来了！

船老二　你是？……

盘秀儿　这就是我捡回来的男人。

陈运江　大嫂，我给你添麻烦了。请你把我的军装和铜号给我，我要赶部队去。

盘秀儿　什么？你那儿伤得这么重，还能赶部队去？

陈运江　大嫂，我要赶部队，一定能赶上！（扔掉木棍）你看！（刚一迈步却摔倒在地）

〔秀儿上前搀扶陈运江。

盘秀儿　（对船老二）你死站在那儿干什么？还不快帮把手！

船老二　嗳！秀儿，他到底伤到哪儿了？

盘秀儿　这……实话告诉你吧，他伤的是男人的命根子！

船老二　啊！伤到那儿了？

盘秀儿　还愣着干什么？快把他背进屋去吧！

船老二　背进哪个屋？

盘秀儿　当然背进我家屋。难道你敢把他背进你的屋里？

〔船老二刚背起陈运江，几个持枪的国民党兵一拥而上。

班　长　站住！

〔船老二吓得松了手，险些把陈运江摔到地上。

盘秀儿　（扶住陈运江）哟！老总，你这是拍打簸箕吓唬家雀呢？

班　长　少废话！昨晚红军路过白层镇，很可能有伤兵和孩子留在这里，老子们是奉上峰命令，严密搜查！

〔盘秀儿与船老二暗惊。

班　长　他是什么人？

船老二　他……他是……

盘秀儿　老总，你问的是他？（指陈运江）还是他？（指船老二）

班　长　先说他。（指船老二）他是什么人？

盘秀儿　你问他呀？他是我家的叔伯哥哥。

船老二　对，我是叔伯……哥哥！

班　长　去你妈的！你是谁的叔伯哥哥？

船老二　对不起，是……她的，她的……

班　长　（指陈运江）他呢？他又是谁？

盘秀儿　哈哈哈……

班　长　问你话呢，笑什么？

盘秀儿　老总啊，这还用问吗？你顺着我的手往那儿瞧！（指门上喜联）

〔众兵回头看，不禁捧腹大笑。

盘秀儿　你们笑什么？那是我和我男人成亲贴的喜联。

班　长　哈哈……

盘秀儿　哎，我可不认识字，有什么不对吗？

班　长　对，太对了！你看这上联写的是："夫妻好比同林鸟"……

盘秀儿　对呀！一个林子的鸟，双飞双宿多好啊！

班　长　可你再听下联:"大难临头各自飞。"哈……

盘秀儿　（盯着船老二）贼杀的船老二,你欺负姑奶奶不识字,竟写出这种不吉利的话给我当喜联,我早晚跟你算这笔账!

班　长　我说新娘子,这对联不贴也贴了,男人也上了床了,你还算什么账啊?……好你个小妖精,使的什么招啊?才一晚上就把个大男人整成这样!不过老子可告诉你们:知道红军伤员和孤儿及时报告,若敢隐匿,以通匪罪论,满门抄斩!

船老二　不敢!不敢……

班　长　（对众兵）走!

〔班长带众兵下。

盘秀儿　二哥,快把他背进去!

〔船老二欲背陈运江。

陈运江　大哥,放下我……

盘秀儿　闭嘴!快把你那一口的江西话收起来,你不想活,我还怕死呢!

陈运江　大嫂,你已经救了我一命,我可不能再连累你们了!

盘秀儿　少废话!你如今伤成这样,若出了这个门,不是官兵捉,定被野狗咬。我一再留你,不为别的,只是不愿看着你年轻轻的就客死他乡,做了个孤魂野鬼!咋啦?不信?好,船老二,放开他,让他走!

船老二　秀儿,这又何必呢?好人还是做到头吧!

陈运江　大嫂,这些我都明白。

盘秀儿　既是明白,怎么还说糊涂话?

陈运江　可是万一……

盘秀儿　别总是万一、万一的,天塌下来有山顶着,祸事来了有我盘秀儿扛着。你就在这儿安心养伤吧!

船老二　来,我扶你进屋去歇着。

〔船老二搀陈运江下。

盘秀儿　唉!

〔船老二复上。

船老二　秀儿，那安生还找不找了？

盘秀儿　找！只要他梁安生福大命大，有朝一日从这盘江里爬了上来，他还是我盘秀儿的男人，我盘秀儿也还是他的女人！

船老二　好，有你这句话，我就接着找去！

〔传来婴儿微弱的啼哭声。

盘秀儿　等等！

船老二　怎么了？

盘秀儿　你听！

船老二　没什么呀！

盘秀儿　我好像听到有婴儿的哭声！

船老二　你这独门独户，孤孤零零的，哪来的婴儿哭声啊？你一定是伤心劳累过度了，快进屋歇歇吧！

〔秀儿刚欲进屋，微弱的婴儿啼声再起。

盘秀儿　不对！

〔盘秀儿闻声寻找，不禁一怔。

盘秀儿　二哥，你往那儿看！

船老二　哪儿呢？

盘秀儿　香蕉树下！

船老二　秀儿，这香蕉叶下果然盖着一个婴儿！

〔盘秀儿急忙向前欲抱起婴儿。

船老二　别动！秀儿，这白层镇上上下下我都清楚，可没谁家有刚出生的婴儿啊！

盘秀儿　这……

船老二　秀儿，你本来就捡了个姓"红"的伤兵，要是再捡个来历不明的婴儿，这不是惹火烧身吗！

盘秀儿　（微微点头）对，你说得也对！（回身欲走开）

〔婴儿啼声大作，撕心裂肺，秀儿稍作犹豫，毅然返回，缓缓俯下身去，爱怜地将婴儿抱起。

船老二　秀儿……唉！

〔婴儿在秀儿怀中发出"嘤嘤喔喔"声。

盘秀儿　不管是谁的孩子，可总是一条命啊！……这孩子身上包裹的灰棉衣上沾满了泪痕，一定是做娘的眼泪啊！……二哥，这是个女儿！……她右脚上长着一块红色的胎记。你看，她一双小眼睛直勾勾地望着我，小嘴里还咿咿呜呜地在和我说话呢！（蓦然间，一种母性情愫油然而生。深情地）儿呀！我可怜的儿呀！……

（唱）问声小乖乖，

　　　你从哪里来？

　　　爹娘今何在？

　　　为何被抛开？

船老二　唉！也许是养不活，也许是带不走啊！……

盘秀儿　嘘！（以手示意船老二轻声，似乎不愿惊了怀中的婴孩）儿呀！

（唱）可怜小乖乖，

　　　泪珠洒满腮。

　　　不知名和姓，

　　　身世费人猜。

船老二　我看哪，八成又是"红"……

〔盘秀儿急捂住船老二口，警惕四顾。

船老二　秀儿呀！如今安生还没找着，你这刚过门的新媳妇，可不能养一个不明不白的野种啊！

盘秀儿　（勃然变色）船老二，是个人就该说人话。这孩子也是从娘胎出来的，怎么能叫她"野种"呢？

船老二　可是……

盘秀儿　看起来梁安生是回不来了，陈运生也走不了，这孩子也没人要了……罢、罢、罢！从今以后，蕉叶儿就是她的名，那个姓陈的就是她爹，我盘秀儿就是她娘，这孩子就是我的亲女儿，我们三个人就凑成一个家了！

船老二　秀儿你……唉！

盘秀儿　（唱）叫声小乖乖，

　　　　　　　依在我的怀。

　　　　　　　有我挡风雨，

　　　　　　　保你无祸灾。

〔盘秀儿双手托起婴儿，对她深情地一吻。

〔暗转。

〔幺姑、二嫂、三姨、四婆推拥着老叔公上。

老叔公　哎、哎、哎，慢点！你们这些屋里人想把我带到哪儿去？

三　姨　就是这儿——梁安生家！

老叔公　到这儿来干什么？

〔盘秀儿背婴儿提篮上，见状止步；女人们亦看见秀儿，佯装未见。

幺　姑　老叔公啊！

　　　　（唱）那夜晚枪声起人人胆丧；

老叔公　是呀！镇上的人都吓得乱跑。

二　嫂　（唱）梁安生入盘江生死渺茫。

老叔公　唉！那天是他大喜的日子，可听说他连洞房都还没有入，这人就……

三　姨　（唱）盘秀儿伤风化行为狂妄，

老叔公　她怎么了？

四　婆　（唱）招来个野男人李代桃僵。

老叔公　不会吧？她盘秀儿有如此大胆？

幺　姑　（唱）还带来小孽种公然喂养，

老叔公　越说越玄了。这才几天啊，竟会有了孩子了？

二　嫂　（唱）定然是在娘家红杏出墙。

老叔公　可当初我听说这姑娘人品挺好的呀！

——京剧《布依女人》 >>>>>

三　姨　（唱）喇嘛头穿袈裟冒充和尚，

老叔公　是吗？

四　婆　（唱）这件事白层镇沸沸扬扬。

老叔公　这事儿你们这些屋里的找我干吗呀？

幺　姑　老叔公，您老可是咱们白层镇上前清的秀才。

二　嫂　是学生遍布盘江上下的私塾先生。

三　姨　儿孙满堂的老寿星。

四　婆　德高望重的族中长辈。

四　人　（同唱）正风化老叔公当仁不让。

盘秀儿　（唱）众人口似钢刀刮骨穿肠。

　　　　　　险境中助危亡难为人谅，
　　　　　　几天来笑骂声旋踵绕梁。
　　　　　　既然是身儿正心地坦荡，
　　　　　　掩真情我还须针锋麦芒。

　　　　哎哟！这姑、嫂、姨、婆们都来了，连老叔公也到了，快请坐！

四　人　（同）不坐！

老叔公　我可要歇会儿。（坐）

盘秀儿　要不……我这就去给各位长辈们倒茶去？

四　人　（同）不喝！

盘秀儿　各位姑嫂姨婆们有事吗？

四　人　（同）有！

幺　姑　我来问你：你丈夫梁安生哪儿去了？

盘秀儿　枪吓跑了、水冲跑了、找不着了。

二　嫂　你屋里养的这个男人又是哪儿来的？

盘秀儿　风吹来的、浪打来的、我盘秀儿捡回来的。

二　嫂　这……老叔公，你看看……

三　姨　我再问你：你这背上的孩子又是哪儿来的？

盘秀儿　娘肚里长的，娘胎里生的，难道还能从天上掉下来不成？

四　婆　我们是问这孩子到底是谁的？

盘秀儿　这孩子自然是他爹的，是他娘的，在谁身上他当然就是谁的。这不是明摆着的吗？

幺　姑　你、你、你分明是偷人养汉！

二　嫂　你私生野种！

三　姨　你伤风败俗！

四　婆　你不知羞耻！

盘秀儿　（苦笑）嘿嘿嘿……

　　　　（唱）骂声阵阵多义愤，
　　　　　　　声名狼藉怎吞声？
　　　　　　　本当实言吐心隐……
　　　　　　　慢、慢、慢！
　　　　　　　遇事三思而后行。
　　　　　　　倘若言语稍不慎，
　　　　　　　伤员孤儿命难存。
　　　　　　　一念有差千古恨，
　　　　　　　秀儿罪孽难洗清。
　　　　　　　为掩真情我忍、忍、忍……
　　　　　　　人命大于贞洁名。
　　　　　　　顺水弯船巧打诨；
　　　　姑嫂姨婆们啊！
　　　　（接唱）诸位都是过来人。
　　　　　　　想当年、正妙龄，
　　　　　　　对山歌、逗后生，
　　　　　　　谁个女儿不怀春？

四　人　（同）呸，真不要脸！

盘秀儿　（唱）众怒难息语忿忿，
　　　　　　　叔公一旁暗沉吟。

还须委曲明心境:

老叔公!

（接唱）风过浪平水自清。

幺　姑　老叔公,这个小骚货在家不贞,进门克夫,如今公然养野汉、育野种,伤风败俗,快把她赶出白层镇去!

众　人　对,把她赶出白层镇去!

老叔公　（拍案而起）你们别说了!

（背唱）红军渡江过白层,

官军挨户搜索频。

秀儿似有难言隐,

老汉不问心自明。

你们这些姑嫂姨婆们听着:咱们同饮盘江水,同是白层人;近者是同宗,远者为乡邻;同宗七分向,同乡三分亲。从今往后大家要多加帮衬,少嚼舌根,若再生事端,我决不留情!

四　人　（同）啊!……

老叔公　秀儿,俗话说:人老成精。叔公我察颜观色,听话知音。你盘秀儿做的事只瞒得过别人,岂能瞒过老汉不成?你有隐情,我不深问,无言胜言,以心会心。只是如今这世道险恶,你行事要小心谨慎,纵然有再大的委屈你也要咬紧牙关,全力担承啊!

盘秀儿　（感激下跪）老叔公!

（唱）嫁时衣裳色未改,

身正何妨影儿歪?

委屈满怀且忍耐,

夜深无人自衔哀!

〔切光。

第三场

〔布依女独唱：好花艳哎、好花艳哎，
　　　　　　好花开在山岩边哎。
　　　　　　好花开在山岩上嘛，
　　　　　　一朵花开红满山嘞。
〔铜号清丽、嘹亮地奏出《义勇军进行曲》曲头……
〔1950年春。
〔众人齐呼：解放了！……群山回应，此起彼伏。鞭炮声、秧歌、腰鼓声……混合成震撼人心沸腾的乐章。蕉叶儿也在人群中嬉闹。
〔陈运江上。

蕉叶儿　爸爸，爸爸！
陈运江　蕉叶儿，早点回家！
蕉叶儿　知道了！
　　〔有顷，众舞下，蕉叶儿随下。
　　〔暗转。
　　〔盘秀儿家，景同一场。
　　〔墙正中贴着毛泽东像，像两边分别贴着"翻身不忘共产党，幸福全靠毛主席"的对联。
陈运江　解放了！十五年了，我终于盼到了这一天啊！……
　　（唱）十五年来苦支撑，
　　　　　终于等来红旗升。
　　　　　孤雁思群情难禁，
　　　　　下眉头、又上心，
　　　　　支吾吾、怯生生，
　　　　　几番欲吐语又吞，

——京剧《布依女人》

  秀儿她十五年苦难受尽，
  新婚夜遭变故强忍凄清。
  救运江拼性命不顾险境，
  抚叶儿胜己出慈爱情真。
  危难中虚设定家庭名分，
  连累得秀儿她半生孤零。
  休看她：
  刚烈烈的性情火辣辣的心；
  背地里：
  偷弹泪水、暗舔伤痕，
  痛在心头、强颜欢欣，
  真令人又疼又爱又敬又亲。
  怎奈我：
  残了身、屈了心，
  爱也不能、去又不忍，
  十五年进退两难到如今。
  且喜得获解放阴霾扫尽，
  万不能再耽误秀儿终生。
  离盘江辞白层寻找部队……
  又恰似游子别家泪纷纷。

〔盘秀儿上。

盘秀儿 （唱）心儿重、步儿沉，
    悲喜交集乱纷纷。

陈运江 （唱）心儿重、步儿沉，
    一个"去"字难出唇。

盘秀儿 运江……运江！又在发什么愣呢？

陈运江 （掩饰地）啊！……我在看乡亲们扭秧歌呢。

盘秀儿 （微笑）哼，撒谎都不会！（示铜号）你是在想它。

陈运江　（接过铜号）铜号！
盘秀儿　你找过它。
陈运江　秀儿，这十五年来你都把它藏在哪儿了？
盘秀儿　我知道这十五年来你一直在找它，想带着它去找部队。可我要是不把它藏起来，真不知你跑了多少回，也说不定如今是死还是活啊！

〔陈运江激动地用衣襟擦拭着铜号。

盘秀儿　你傻呀？也不看看，我都给你擦过了。
陈运江　嘿嘿，怪不得锃光瓦亮的！
盘秀儿　（怔怔地看着运江，俄顷无言）春天到了，树又绿了，鱼儿又远游了，鸟儿也要高飞了。你……
陈运江　秀儿，我……
盘秀儿　（深深地叹了口气）你是红军，如今解放了，你……你可能也该走了！……
陈运江　秀儿，这十五年里，是你给了我第二次生命，又给了我一个安身立命的地方。为了掩护我，保护蕉叶儿，我们组成了一家。秀儿，你善良、仗义，一心为了蕉叶儿和我，护着一个空有名分的家，忍受着内心的痛苦。如今解放了，你也应该堂堂正正地做个女人啊！
盘秀儿　你别说了……
陈运江　而我……也该寻找我们的部队和首长去了！
盘秀儿　我明白了！明白了！……这是我早就料到的事啊！
陈运江　秀儿！我……
盘秀儿　要走还是趁早走吧，别让蕉叶儿看见，她、她离不开你……
陈运江　我也真不想离开……她啊！
盘秀儿　运江，我们相处了十五年，临走之前，你就没有什么话要对我说吗？
陈运江　我……秀儿，你对我恩比天高，情似海深，可在这临别之际，纵

———京剧《布依女人》 〉〉〉〉〉

有千言万语，我也不知从何说起啊！

盘秀儿　我明白，其实你想说什么我都明白。

陈运江　秀儿！……

盘秀儿　别说！运江，什么也别说，这样更好些。……

陈运江　我……

盘秀儿　其实，我倒要谢谢你。

陈运江　什么！你，谢我？秀儿……

盘秀儿　是的。是你让我在这十五年里有了一个家……

陈运江　这话该我说才对啊！

盘秀儿　家里还有了个男人……

陈运江　我还算个男人吗！……

盘秀儿　运江，十五年来，缸里是你担的水，灶里是你砍的柴，地里有你流的汗，家里有你出的力。在我盘秀儿心里，你可是个最好的男人啊！

陈运江　可我……

盘秀儿　你还让我知道了很多事，懂得了很多道理，让我明明白白地熬过了这十五年啊！

陈运江　秀儿，是你让我熬过了这十五年啊！

盘秀儿　你还常常给我讲这支铜号……

陈运江　是的。

盘秀儿　所以我知道你为什么把它看得比生命还重。

陈运江　是的。

盘秀儿　所以我总是背着你，把它擦得亮亮的。

陈运江　（捧着铜号，百感交集）秀儿！……

盘秀儿　其实我也希望你能回到你的部队，用上它，吹响它，只有这样你的心里才会真正舒坦。是吗？

陈运江　嗯！……

盘秀儿　可是很怪，等到你真的要走了，我这心里……

陈运江　秀儿……让我再为你吹一次这支铜号吧，行吗？

盘秀儿　（含泪点头）吹吧，吹吧，把你想要说的，都用这铜号吹出来吧！我能听得懂……

陈运江　（缓缓地将号举在嘴边，憋足劲刚吹响第一个音符，泪水便夺眶而出。禁不住双膝跪在地上，抱住秀儿的腿痛哭失声）秀儿啊！

　　　　（唱）实难忘十五年你精心调养，

　　　　　　　实难忘十五年你苦难备尝。

　　　　　　　实难忘十五年你含悲忍创，

　　　　　　　实难忘十五年你情深义长。

盘秀儿　运江啊！

　　　　（唱）十五年患难与共经受风浪，

　　　　　　　十五年相濡以沫互慰凄凉。

　　　　　　　十五年石头再冰也会焐烫，

　　　　　　　十五年怎牵不住你的心肠。

陈运江　（唱）十五年深藏铜号隐名姓，

　　　　　　　十五年鱼离江河雁离行。

　　　　　　　获解放安生归遂人愿望，

　　　　　　　找部队偿夙愿再整戎装。

盘秀儿　罢、罢、罢！

　　　　（唱）七尺男儿该闯荡，

　　　　　　　鸡窝怎能留凤凰？

　　　　　　　有泪洒在无人处，

　　　　　　　强忍一痛一断肠。

　　　　运江，男儿膝下有黄金啊！快起来吧！啊……（扶起陈运江）还有什么话对我说吗？

陈运江　我此去如果找到首长……

盘秀儿　那就留在首长身边。

陈运江　可是……如果找不到呢？

———京剧《布依女人》 〉〉〉〉〉

盘秀儿　（苦笑）那你再回来找我呀！

陈运江　不！不、不……秀儿，我是个废人，再也不能拖累你了。秀儿，十五年了你也不能再等了，梁安生是死是活杳无音信，而你还年轻，再也不能这样熬下去了！

盘秀儿　（苦笑）哈哈哈……我盘秀儿大半辈子都熬过来了，还有什么不能熬的？再说，我也没有什么可等的。我白等了！……

陈运江　万一我回不来了，那你……

盘秀儿　（心里一惊，但立刻表现出平静）我不是还有蕉叶儿吗？

陈运江　可叶儿还小啊！

盘秀儿　再小也是个伴儿啊！

陈运江　家里没有个男人，我总不能放心啊！

盘秀儿　（感动地）那你就别走了！啊？

陈运江　这……（犹豫、动摇，但立即坚定地）不！

盘秀儿　（激怒）那好，找你的首长去吧！

〔陈运江站立不动。

盘秀儿　快走！走得越远越好，永远别回来！

〔秀儿将铜号塞在运江手中，把他推出门去，将门关上。

〔陈运江无奈，一步一回头，流连难离。

〔盘秀儿呆立有顷，倏地将门大开。

盘秀儿　（声嘶力竭地大喊）陈运江，你回来！

〔陈运江啜泣不语，良久。

盘秀儿　（痴呆呆地亦如"喊魂"）回来吧！……回来哟！

陈运江　（猛然回头，百感交集地）秀儿！

〔二人抱头痛哭。

陈运江　（唱）不找了、不找了！……

　　　　　　　不忍见你伤心，

　　　　　　　不忍见你孤零。

　　　　　　　竹子做筏下水去，

　　　　　　　根留山间笋还生。
盘秀儿　（唱）回来吧，回来吧！……
　　　　　　　别让我再苦等，
　　　　　　　别让我再喊魂。
　　　　　　　苦藤攀着黄连树，
　　　　　　　不是夫妻也有情。
　　　　〔二人相互拭泪。
　　　　〔切光。

第四场

　　　　〔布依女独唱：好花鲜哎、好花鲜哎，
　　　　　　　　　　　好花开在春雨天哎。
　　　　　　　　　　　好花开时经春雨嘛，
　　　　　　　　　　　雨洗好花分外鲜嘞。
　　　　〔盘秀儿家门前。
　　　　〔陈运江以铜号吹起了秧歌调，盘秀儿与蕉叶儿情不自禁地合着秧歌调扭着身躯，渐渐手舞足蹈地扭起了秧歌。
　　　　〔陈运江见秀儿起舞，兴奋地将号声越吹越嘹亮。
蕉叶儿　（以声代锣鼓）呛呛七呛七，呛呛七呛七呛七……
　　　　〔三人扭成一团，有顷骤然停顿，相顾大笑不已。
蕉叶儿　爹吹得真好听，妈妈扭得真好看！
陈运江　秀儿，十五年了，我头一回看见你这么高兴！
盘秀儿　这不是解放了吗可是人老了，这腿脚也都硬了！
蕉叶儿　嗯！我妈妈才不老呢！
陈运江　对！你妈妈还是这么年轻、漂亮！
盘秀儿　瞧你们爷儿俩一唱一和，就像捧着个烤熟了的红薯，把我又吹又拍的！我可已经是过了三十五，奔四十的人了，俗话说"人过四

———京剧《布依女人》 >>>>>

　　　　　十天过午"，老喽！

蕉叶儿　不，妈妈就是年轻漂亮嘛！

陈运江　叶儿，你不是说想吃牛毛鱼炖豆腐吗？今天爹给你捉鱼去！

盘秀儿　我知道，你的宝贝女儿要吃星星炖月亮，你也会去给她摘的。

陈运江　那当然，只要摘得到，我一定为我女儿摘下来！

蕉叶儿　爹真好！

盘秀儿　行，你爹好，妈妈的那件新衣裳算是白做了！

蕉叶儿　妈妈您更好！

盘秀儿　哈……运江，要抓鱼就快去吧，早去早回。

陈运江　哎！

盘秀儿　叶儿，跟妈进屋试新衣裳去！

蕉叶儿　哎！

　　　　〔盘秀儿、蕉叶儿与陈运江分下。

　　　　〔梁安生上。他身着解放军军装，脸部因重伤留下一块疤痕，已不易被人辨认出十五年前的模样。

梁安生　（感叹地）回来了，我梁安生回家来了！

　　　　（唱）南征北战十五年，

　　　　　　　枕戈思乡夜不眠。

　　　　　　　今日回乡情何怯？

　　　　　　　渐及家门不敢前。

　　　　〔梁安生环顾四周，心潮起伏。

　　　　〔蕉叶儿着新衣上，盘秀儿跟上。

　　　　〔梁安生注视着盘秀儿。

盘秀儿　叶儿，脱下来，等过年再穿吧！

蕉叶儿　不嘛，您就让我先穿一天嘛！

盘秀儿　好！女儿大了，知道爱漂亮了！

蕉叶儿　妈，我还要去看扭秧歌。

盘秀儿　怕是想让人家看你穿的新衣裳吧？

蕉叶儿　妈！

盘秀儿　好，去吧，去吧。记住，一会儿去河边叫你爹回来吃饭！

蕉叶儿　知道了！（下）

〔梁安生闻言一惊，不意将木凳碰倒。

〔盘秀儿发现梁安生。

盘秀儿　大军同志！你……找人吗？

梁安生　（伤感地）哦……我我的人不知在，还是不在？

盘秀儿　啊……年成久了吧？这可说不好了！

梁安生　是呀！年成是太久了！你说她人会变吗？

盘秀儿　瞧您问的！别说是人，世道不也在变吗？

梁安生　（沉重地）啊！……刚才那女孩是你……

盘秀儿　是我女儿。

梁安生　你……女儿？

盘秀儿　名字土了点，叫蕉叶儿。

梁安生　蕉叶儿！那他爹是？……

盘秀儿　她爹叫陈运江。

梁安生　陈运江！……是呀！变了，一切都变了！

盘秀儿　（细看梁安生，似觉面熟）我看您不像外地人！

梁安生　我……也变了，从白层人变成了外来人啊！

盘秀儿　你！……白层人？

梁安生　从船工变成了解放军！

盘秀儿　（似乎隐约辨认出来）你！你你你……

梁安生　我的家也可能变成了别人的家！

盘秀儿　你，你到底在找谁？

梁安生　不不不……可能找不到了！只想再看看……

盘秀儿　看什么？

梁安生　只想再看我那满床的花生、枣子，和被压烂了的柿子啊！

盘秀儿　（一惊）天哪！你……你这死了十五年的人，真的又活着回来了！

——京剧《布依女人》 >>>>>

梁安生　秀儿！

盘秀儿　你……安生，你这个害人的死鬼啊！（浑身颤抖，痴呆呆地跌坐在石礅上）

梁安生　秀儿！秀儿！

盘秀儿　十五年！整整十五年啊！

（唱）年年喊魂魂不归，

岁岁盼人人不回。

死不见尸存侥幸，

活不见人知情危。

望得眼儿穿，

等得形儿摧。

哭得泪儿干，

悲得心儿碎。

痛不欲生，

万念俱灰！

梁安生　秀儿啊！

（唱）新婚夜为避灾跳江逃命，

谁成想长别离豆剖瓜分。

数九天寒彻骨血凝身冷，

任江流逐沉浮浪打波吞。

被卷上浅滩头，

流落在野山村。

寒冷又饥馑，

遇匪又遭兵。

欲归迷路，

贫病加身，

尝遍了万苦千辛，

经历了九死一生。

盘秀儿 （唱）啊……可怜的人哪！
听他言不由我周身颤凛，
亡命人在天涯死里逃生。
安生他经历了百种磨难，
秀儿我只不过几分艰辛。
设身处地想一想，
不能怨，不能嗔。
新婚一别恩情在，
打折骨头也伤筋。
泪盈盈，喉哽哽，
心头热浪化寒冰。

梁安生 （唱）大难不死当庆幸，
垂危关头遇红军。
从此跟党干革命，
枪林弹雨敢舍身。
赶走了小日本，
打败了蒋家军。
天安门上升红旗，
昔日船工回白层。

盘秀儿 （唱）回白层，回白层，
依稀还是梦中人。

梁安生 （唱）梦中人，梦中人，
物是人非最伤情。

盘秀儿 （唱）最伤情，最伤情，
当年新娘变旧人。

梁安生 （唱）对旧人，非故人，
家宅易主难进门。

盘秀儿 （唱）门虽旧，房尚温，

———京剧《布依女人》 >>>>>

    当年陈设与人亲。
梁安生　（唱）休说亲，休说亲，
    房主如今换姓名。
盘秀儿　（惊异地）安生，你在说什么？
梁安生　（唱）回乡续亲成泡影。
  〔一解放军战士上。
战　士　大队长，人都到齐了。
梁安生　通知马上开会！
  〔陈运江提鱼篓携蕉叶儿上。
陈运江　秀儿！
蕉叶儿　妈，鱼打回来了！
  〔陈运江与梁安生相遇，二人对视有顷。
梁安生　（唱）鸠占鹊巢心难平。
  〔梁安生与战士下。
盘秀儿　安生，安生！……
陈运江　安生？……秀儿，他就是……
蕉叶儿　妈，您认识他？
盘秀儿　他就是我那死了十五年的死鬼啊！……
陈运江　梁安生！（鱼篓落地）
  〔切光。

第五场

  〔布依女独唱：好花俏哎、好花俏哎，
    好花俏在绿树梢哎。
    好花俏在枝头上嘛，
    迎风摇曳分外娇嘞。
  〔当日黄昏，"盘江区公所"内。

梁安生　（唱）思亲怀乡梦魂牵，
　　　　　　　物是人非梦难圆。
　　　　　　　新婚遭变情也变，
　　　　　　　辜负我：朝思念、夜无眠，
　　　　　　　怎不叫人怒火燃！
　　　　　　　我本当负气将她责难，
　　　　　　　又觉得：
　　　　　　　理也亏、气也短、心也软，
　　　　　　　情到深处自生怜。
　　　　　　　十五年长离别生死不辨，
　　　　　　　撇下了秀儿她度日维艰。
　　　　　　　孤单单凄惨惨无依无伴，
　　　　　　　撑门户再成婚理所当然。
　　　　　　　到如今一家人和睦美满，
　　　　　　　怎忍心挟义愤又生事端！
　　　　　　　强咽一腔痛，
　　　　　　　保却一家安。
　　　　　　　心逐云开阴雾散，
　　　　　　　浪静波平江面宽。
　　　　〔战士上。
战　　士　报告大队长，有人要见你！
梁安生　问姓名了吗？
战　　士　问了，叫陈运江。
梁安生　陈运江？……让他进来吧！
战　　士　是。请进！
　　　　〔陈运江提着装有铜号的布袋上。
陈运江　（嚅嗫地）您就是……梁大队长？
梁安生　坐！

———京剧《布依女人》 〉〉〉〉〉

陈运江　梁大队长，我陈运江终于把你们等来了！

梁安生　陈运江！

陈运江　（立正）到！

梁安生　你有什么话要对我说吗？

陈运江　有啊！大队长，十五年了，我这一肚子话都在这儿呢！（说着从布袋内掏铜号）

梁安生　一支铜号！

陈运江　对，是一支铜号，上边还刻着字呢！

梁安生　铜号是部队用的东西，你是从哪儿弄来的？

陈运江　大队长，这号是我的！

梁安生　你的？你一个老百姓，怎么会有军用的铜号呢？

陈运江　我就是来向大队长报告这件事的。

梁安生　报告？那你就报告吧！

陈运江　报告大队长，我曾经是个红军战士！

梁安生　什么？你……说下去。

陈运江　1935年以前，我是个军团号兵。

梁安生　你是哪里人？

陈运江　江西瑞金。

梁安生　何时入伍？

陈运江　三二年春。

梁安生　哪个军团？

陈运江　第三军团。

梁安生　军团首长是谁？

陈运江　军团首长彭德怀！

梁安生　你为什么又留在了白层？

陈运江　十五年前，随军长征，白层渡口，负伤在身。秀儿相救，死里逃生。因此，脱去军装，隐姓埋名。

梁安生　（不无感动地上前握住运江的手）同志，你受委屈了！你……先

　　　　　　回家去，我立即把你的事向上级汇报。

陈运江　可我的铜号……

梁安生　这号我要留下来。

陈运江　可那是首长交给我的武器！

梁安生　这铜号我要交到县里，以便核实、查证。

陈运江　当年我向首长保证过，这号就是我的生命。

梁安生　你就放心吧，等组织上查证过后，一定会物归原主。

陈运江　这……

梁安生　同志，相信我，回家去吧！

陈运江　家？……梁大队长，你回来了，那应该是你的家。

梁安生　我的家？……过去是，可是现在……

陈运江　大队长，那过去是你的家，现在也依旧是你的家啊！

梁安生　别说了！……陈运江同志，秀儿是个好女人，你也是个好人，我衷心地祝福你们。

陈运江　大队长，你在说些什么啊！

梁安生　陈运江同志，什么都别说了，回家去安心地和秀儿好好过吧。

陈运江　大队长，难道你不要秀儿了？

梁安生　我……

陈运江　不要这个家了？

梁安生　我……运江同志，我这里马上要开个会，你先回去吧。

陈运江　梁大队长，你该不会另有了女人，另有了家吧？

梁安生　这……

　　　　　（唱）纯朴聪慧盘秀儿，
　　　　　　　　正直善良陈运江。
　　　　　　　　木已成舟当容让，
　　　　　　　　顺水推船又何妨？

陈运江　你……不会另有了女人，另有了家吧？

梁安生　是呀！秀儿说得对，十五年了，世道都变了，难道人就不会

———— 京剧《布依女人》 》》》》》

　　　　　变吗？

陈运江　（愤怒）这……梁安生！

　　　　（唱）闻言义愤三千丈，

　　　　　　　停妻再娶太荒唐。

　　　　　　　我为秀儿讨公道！

　　　　〔陈运江怒握双拳逼视梁安生。

战　士　你要干什么？站住！

陈运江　（唱）要打你这薄情郎！

　　　　〔陈运江欲打梁安生，战士拦住，并推倒陈运江。

　　　　〔盘秀儿、蕉叶儿、船老二上。

　　　　〔幺姑、二嫂、三姨、四婆扶老叔公随上。

梁安生　（呼战士）住手！

盘秀儿　运江！

蕉叶儿　爹！

　　　　〔盘秀儿、蕉叶儿、船老二扶起陈运江。

老叔公　（指着梁安生）梁安生，你……你们凭什么打他？

梁安生　老叔公，我……

船老二　安生……唉！

盘秀儿　（近乎发疯般地）梁安生！

　　　　（唱）你、你、你……

　　　　　　　你衣锦还乡，

　　　　　　　趾高气扬，

　　　　　　　小人得志，

　　　　　　　官升气长，

　　　　　　　实实地令人心凉。

梁安生　秀儿，我……

盘秀儿　（唱）我眼里明心里亮，

　　　　　　　看透你的花花肠。

皂白不分无肚量，

公泄私忿不正当。

梁安生　秀儿，你误会了。

盘秀儿　梁安生，究竟是我误会了，还是你误会了？

陈运江　秀儿，梁安生他……唉！

梁安生　什么都别说了，秀儿，回去和运江好好过吧！

盘秀儿　你！……

梁安生　放心吧，我会申请调离白层的。

老叔公　安生，你都说些什么？

船老二　安生，秀儿可是你老婆啊！

梁安生　（怀疑地）什么？你说秀儿她……还是我的老婆？

船老二　安生啊！盘秀儿十五年前是你的老婆，今天她依然是你的老婆啊！

梁安生　（茫然地）这……

盘秀儿　你们什么都别说了！

　　　　（唱）我为他长守进门寡，

　　　　　　 我为他长年做孤孀，

　　　　　　 十五年尝够贞节苦，

　　　　　　 红杏今天要出墙！

老叔公　秀儿，不许胡说！

陈运江　大队长，不管你怎么想，可我一定要让你知道，盘秀儿还是十五年前的盘秀儿。她重情重义，朴实直爽，敢恨敢爱，侠骨柔肠，忠贞不移，正正堂堂。说心里话，这样的好女人叫我怎能不爱？又怎能不想？可是，我没这个命呀，那敌人的一枪，却偏偏打在我命根子上！……大队长，我陈运江十五年前就已经不是个男人了啊！……

盘秀儿　运江，别说了！……

姑嫂姨婆　安生，运江说的可都是真的啊！

———京剧《布依女人》 >>>>>

梁安生　可是，蕉叶儿？……

船老二　这事我最清楚。就在你走后的第二天，秀儿听见门口的香蕉树下有孩子哭声，我和秀儿跑过去看，竟是一个刚生下来的女娃娃。无名无姓，父母不详，气息奄奄，浑身冻僵，啼饥号寒，眼泪汪汪。盘秀儿菩萨心肠，一把抱起女娃贴在胸膛。十五年来茹苦含辛，精心抚养，不是亲娘，胜过亲娘啊！因为是在香蕉树下捡，所以取名蕉叶儿，是为了等待日后回来寻找弃儿的亲爹娘！

蕉叶儿　（如遭当头一击）啊！……怎么会是这样？怎么会是这样啊！（泣不成声）

盘秀儿　（搂住蕉叶儿）儿呀，别哭！你这一哭，又把妈的心给搅乱了！……

蕉叶儿　妈，叶儿真的不是你的亲生女儿吗？

盘秀儿　叶儿……

蕉叶儿　娘！……（抱住秀儿痛哭）

梁安生　二哥，当年这孩子身上可是裹着一件灰色棉衣？

船老二　正是！

梁安生　秀儿，蕉叶儿右脚上是否长着一块红色胎记？

盘秀儿　对呀！……你是怎么知道的？

梁安生　秀儿，在我申请回来之时，一位首长托我为他在白层寻找孩子。

盘秀儿　一位首长叫你回来替他找孩子？

梁安生　对！这位首长的爱人当年是一名红军护士，她在长征途中生下一个女儿。但是，在渡盘江时为了抢救伤员，不得不忍痛将自己刚生下的孩子用军装包裹，遗弃在江边的一棵香蕉树下。

盘秀儿　啊！

梁安生　十五年来，这位母亲只能记得孩子脚上印记，和灰色的军装上留下的泪痕。

盘秀儿　啊！……这么说，这孩子不是我生的了？

蕉叶儿　娘！……

幺　姑
二　嫂　　不、不是的……

盘秀儿　他陈运江也不是我养的野男人了？

陈运江　秀儿！……

三　姨
四　婆　　秀儿，这些都是误会。

盘秀儿　哈哈哈……误会？是啊！十五年一场误会。嘿嘿嘿……习惯了。十五年都生活在误会里，这一旦误会没了，我还真不知道往后的日子该怎么过了。

梁安生　秀儿，我代表党向你致敬！（向盘秀儿深深一鞠躬）

盘秀儿　这是干什么？

梁安生　秀儿，你为革命保护了我们红军战士、哺育革命后代，你可是一位功臣啊！

众　人　是啊，秀儿你可是一位革命的大功臣啊！

〔盘秀儿摇了摇头，苦笑凄然。

盘秀儿　（唱）休道我为了革命，
　　　　　　　　休夸我是个功臣。
　　　　　　　　粗手大脚头脑笨，
　　　　　　　　一个盘江屋里人。
　　　　　　　　不识文字不知礼，
　　　　　　　　但畏天地敬鬼神。
　　　　　　　　救了一个残，
　　　　　　　　捡了一个婴，
　　　　　　　　凭着天良，
　　　　　　　　尽些本分，
　　　　　　　　不敢亏心！

梁安生　（唱）一番话万种情惭感交并，
　　　　　　　　到此时才懂你良苦用心。

———京剧《布依女人》 〉〉〉〉〉

　　　　　秀儿，原谅我吧！

陈运江　大队长，这么说你没有在外面成家，是我误会你了。

梁安生　（唱）十五年长思念夜不安寝，

　　　　　　　望秀儿还念在夫妻之情。

陈运江　秀儿！……

蕉叶儿　妈妈！……

　　　　〔梁欲跪，秀儿挽起。

盘秀儿　安生哪！

　　　　（唱）你历尽苦与难鸟归故林，

　　　　　　　不枉我朝朝暮暮喋喋不休苦喊魂。

　　　　　　　十五年抱委屈一忍再忍，

　　　　　　　忍断了肠、忍曲了心，

　　　　　　　欲喊不能、欲哭却禁，

　　　　　　　咬碎牙齿和泪吞。

　　　　　　　喜今朝满天云雾一扫尽，

　　　　　　　且让我痛痛快快、伤伤心心、敞开胸怀、无顾无忌，

　　　　　　　长长地哭几声！

　　　　　叶儿！

蕉叶儿　妈妈！

盘秀儿　运江！

陈运江　秀儿姐！

盘秀儿　安生！

梁安生　秀儿！

　　　　〔四人相拥而泣。

老叔公　（唱）这真是一天浓雾风吹尽，

众　人　（唱）风过浪平水自清。

老叔公　（唱）生离死别又相聚，

众　人　（唱）应当重结一次婚！

船老二　对！当年未入洞房，今天重拜花堂！

众　人　对！重拜花堂入洞房！

　　　　〔众人起哄地给秀儿罩上盖头。

船老二　新郎背新娘！

　　　　〔梁安生背起盘秀儿。

　　　　〔陈运江吹响铜号。

船老二　"踩路"啰！……"过筛"啰！……"抱柴"啰！……"纳粮"啰！……

　　　　〔梁安生兴奋地与盘秀儿舞着、蹈着。

　　　　〔定格。静场有顷。

　　　　〔陈运江以铜号吹奏出布依民歌《好花红》曲调。

　　　　〔剧终。

昆 剧

附 录

精品剧目·昆剧

班　昭

编剧　罗怀臻

人物

班　昭　　　班　固
马　续　　　傻　姐
曹　寿　　　范　伦

————昆剧《班昭》 〉〉〉〉〉

序

〔幕启。

〔东汉皇宫前。老年班昭由傻姐扶着,走出宫门,走下台阶。

〔幕内唱:【正宫·梁归燕】白发萧萧出宫门,

　　　　寻旧友,

　　　　访故人。

　　　　遥向蓬莱忆前情,

　　　　对孤影,

　　　　独悲欣。

班　昭　傻姐,今夕何年?

傻　姐　永宁二年。

班　昭　你我入宫几载?

傻　姐　四十年了。

班　昭　人都老了吧?

傻　姐　不老,小姐年方七十一,傻姐青春六十八。

班　昭　傻姐,你我这是要到哪里去呀?

傻　姐　哪里也不去,晒太阳。

班　昭　真是这样无事可做?

傻　姐　无事可做了。

班　昭　晒太阳……

　　　〔班昭坐在石阶上遐想。

傻　姐　(感慨着)为著《汉书》入宫廷,独对寒灯四十春。而今书成人衰老，一片冰心忆故人！

〔马续、曹寿上场，分别朗诵司马迁《报任安书》、司马相如《上林赋》。

傻　姐　看哪，就是他们两个，大师兄马续，二师兄曹寿。那一年，《汉书》尚未解禁，他们还在小姐长兄班固先生门下读书。小姐她才十四岁，十四岁呀……

〔傻姐、班昭隐下。

第一场

〔字幕：汉明帝永平十一年。是年，班昭十四岁。

〔班氏草堂。马续、曹寿的读书声延续着。

〔幕内音：上计轩辕，下至于兹。为表十，本纪十二……置酒于灏天之台，张乐于郊葛之寓，撞千石之钟，立万石之虡……

〔班固病容扶杖上。

班　固　二位贤契，你们在读谁家文章？

马　续　禀先生，弟子在读司马迁《报任安书》。

曹　寿　禀先生，弟子在读司马相如《上林赋》。

班　固　一个在读司马迁，一个在读司马相如。依你们看，前朝两位司马，哪一位更值得后人推崇？

马　续　弟子以为，《史记》为天地立心，乃千秋大作，太史公更值得推崇。

曹　寿　师兄所言甚是。不过，司马相如锦绣辞赋，也曾占尽一代风流。

班　固　说得是。司马长卿一支妙笔并非常人可比，而那太史公的浩然正气更是千古无匹！（病痛）

马　续
曹　寿　先生珍重！

〔太监范伦上。

范　伦　这是班固先生家吗？

班　固　公公是……

范　伦　你是班固先生吧？我是太后身边的，来给先生道喜。

班　固　寂寞寒儒，喜在何处？公公请坐。

范　伦　先生有个小妹，叫班昭吧？今年一十四岁？

班　固　正是。

范　伦　令妹可了不得，竟敢给皇太后上书。

班　固　上书？班昭上书？

范　伦　班固先生！

　　　　（念）小班昭上书朝廷，

　　　　　　　陈利弊开启书禁。

　　　　　　　皇太后纳言恩准，

　　　　　　　赦免你修史罪名。

　　　　　　　加封个兰台令史，

　　　　　　　再赏赐下，这百两黄金。

　　　　这下，你们班氏两代人没修完的《汉书》，可望修齐了。

班　固　公公怎讲？

范　伦　皇太后开启了书禁，你的《汉书》可以继续编写了！

班　固　（唱）【南吕·太师引】

　　　　　　　降皇恩重开书禁，

　　　　　　　全赖我小妹上书到宫廷！

　　　　　　　续《史记》蒙冤戴罪，

　　　　　　　修《汉书》罹遭狱刑。

　　　　　　　数十年如临如履，

　　　　　　　两代人舍家舍命。

　　　　　　　喜今日雾散天晴，

　　　　　　　不由我书生涕泪湿衣襟。

　　　　　　　多谢皇太后，多谢公公！

范　伦　班先生先别忙着谢，太后还有事呢。

班　固　公公但请吩咐。

范　伦　听说班先生从前写过一篇《两都赋》，文采斑斓，气势如虹。太后激赏先生的文笔，命先生再作一篇《长秋宫圣德颂》。

班　固　《长秋宫圣德颂》？

范　伦　对，长秋宫乃是太后住的地方，再过数月便是太后的四十大寿，这篇赋可是要在庆典上用的。

班　固　这……

范　伦　死学问要做，活文章也要写，要不然的话皇太后干吗准你修史，又赏你个官做？

班　固　容我三思。

范　伦　行，不过到时我可是亲自来取。说了半天的话，这主角还没登场呢，我倒是想见见这位小才女是个什么样儿。

班　固　马续，去叫惠班。

马　续　惠班！惠班！

　　　　〔傻姐活蹦乱跳地上。

傻　姐　来啦……见过先生！见过大师兄、二师兄！见过这位不长胡子的公公！

范　伦　她就是班昭呀？

班　固　此乃小妹身边侍读的傻丫头。

范　伦　我说呢。

傻　姐　丫头就丫头呗，还傻丫头。

马　续　傻姐，小姐呢？

傻　姐　你问我小姐呀，我不说。

马　续　为何？

傻　姐　我傻呀！

曹　寿　快去将小姐请来，公公要见她。

傻　姐　公公要见我家小姐呀？啊呀，这可糟了！（唱）【铧锹儿】

———昆剧《班昭》

     暗自儿心中叫苦，

     欲隐瞒阵阵慌忄。

     你问询小姐去处，

      她正读书。

班　固　在何处，读何书？

傻　姐　（接唱）潜入库房，

      偷阅禁书。

班　固　惠班好大胆！

傻　姐　（接唱）莫高声，

      啊呀犯糊涂，

      小姐有吩咐，

      祸从口出。

    小姐要我保密，我怎么全说出去了，我可真是个傻丫头呀！

范　伦　无妨，太后已解除书禁，你家小姐她不犯法了。

傻　姐　真的，不犯法了？我得告诉小姐去！告诉小姐！小姐——（下）

班　固　公公同去书房一看？

范　伦　不了，下回吧，我宫里还有事。班先生，班大人我就告辞了！

班　固　曹寿，代我送公公。

曹　寿　公公请。

    〔曹寿送范伦。班固、马续下。

曹　寿　公公慢走，公公，《圣德颂》何时来取？

范　伦　说来就来。

曹　寿　只怕……

范　伦　怎么了？

曹　寿　公公有所不知，先生体弱多病，只怕顾得《汉书》，顾不得辞赋……

范　伦　（打量他）你叫什么？

曹　寿　学生曹寿。

范　伦　曹寿……我瞧你要机灵有机灵，要人样儿有人样儿，这事该怎么办，你就多用着点儿心吧。

〔范伦意味深长地下。曹寿独伫着，若有所得。

第二场

〔班氏书房。少女班昭睡卧书城。幕内傻姐叫唤声：小姐。

班　昭　（慵懒地）谁在叫唤？（唱）【中吕·粉蝶儿】

心旷神怡，

卧书房醉人香气。

每日乐此不疲，

谁知我小小秘密。

〔班固内声：惠班，开门来！

〔班昭躲藏。班固上，傻姐、马续、曹寿跟上。

傻　姐　小姐，别躲了，听朝廷的公公说，小姐没事的！

班　固　是啊，惠班，你给皇太后的书信已获恩准，《汉书》解禁了！

班　昭　（探出头）真的么？

傻　姐　小姐怎么到书柜上去了！

班　固　快下来！

班　昭　（跃跃欲试地）我不敢……

马　续　大师兄扶你下来！

曹　寿　二师兄扶你下来！

班　昭　好，那我就跳！

〔班昭跳下，马续、曹寿接住。

班　昭　（调皮地左右依靠着）哈哈……

马　续　（关切地）摔着没有？

曹　寿　（逗着她）你呀，吓了我一跳！

傻　姐　其实啊，小姐想试试你们俩，哪个真疼她！

———昆剧《班昭》 〉〉〉〉〉

班　昭　傻姐！（追打）

班　固　好了，不要闹了。惠班，快告诉兄长，你是如何想到给皇太后上书的？

班　昭　我不是班彪的女儿、班固的妹妹么！（唱）【迎仙客】转【石榴花】
　　　　　　我既是班氏女，
　　　　　　便要做有心人，
　　　　　　岂不知孰为重孰为轻？
　　　　　　那日偶入书房，
　　　　　　见满目断简心不平，
　　　　　　愤然上书到宫廷，
　　　　　　欣喜《汉书》又开禁。
　　　　　　修残补缺存书稿，
　　　　　　阅史临篇添长进。
　　　　　　从此后，兄长著书，小妹烹茗，
　　　　　　两师兄左右相帮衬——

傻　姐　还有我呢？

班　昭　（接唱）还有你傻丫头烧火填薪。

曹　寿　（接唱）愿早日书成。

马　续　（接唱）愿早日书成。

班　固　哈哈……（咳喘）

马　续
曹　寿　（同）先生！！

班　昭　兄长。

班　固　（环顾他们）惠班，你和傻丫头去烧些茶来，我与你二位师兄有话要讲。

〔班昭招呼傻姐下。

班　固　（唱）【红绣鞋】
　　　　　　二贤契错投门下，

　　　　　　师徒们亲似一家，

　　　　　　同嚼粗饭咽苦茶。

　　　　　　可叹我妻孥早丧少根芽。

　　　　　　每忧患多病身，

　　　　　　择妹婿完婚嫁，

　　　　　　倘若天不假年——

　　　　　　这《汉书》后继之人便是他！

　　　　　　你们哪个愿意？

马　续　（唱）【快活三】太匆忙，怎思量？

曹　寿　（接唱）怎思量，太匆忙。

马　续　（接唱）刹时追问无主张，

曹　寿　（接唱）刹时无主张……

马　续　（唱）【朝天子】

　　　　　　那惠班貌庄，

　　　　　　那惠班心强，

　　　　　　那惠班海棠花模样。

　　　　　　虽朝夕相依傍，

　　　　　　却怎敢奢望配成双？

曹　寿　（接唱）那惠班貌庄，

　　　　　　那惠班心强，

　　　　　　那惠班海棠花模样。

　　　　　　虽朝夕心向往，

　　　　　　却怎敢《汉书》信口来承当？

马　续　（接唱）思量……

曹　寿　（接唱）思量……

马　续　想我马续，何德何能，敢配班昭，敢接书稿？

曹　寿　想我曹寿，才高八斗，若娶班昭，也算风流！

马　续　纵不能娶她为妻，我也要终身呵护于她，终身追随先生。

———— 昆剧《班昭》 >>>>>

曹　寿　才女为妻，虽然荣耀，怎奈《汉书》，实在繁重。

马　续　（接唱）欲待推托却惆怅……

曹　寿　（接唱）欲待应允又迷惘……

马　续　回禀先生，弟子不配。

曹　寿　回禀先生，弟子不敢。

班　固　（缓和地）你们的心思我已知晓，你们暂且出去，待我问过惠班再讲。

马　续
曹　寿　（同）遵命。

班　固　慢，我若问明白了，你们待怎样？

马　续
曹　寿　（相互一视，同）但凭先生做主。

班　固　好，去吧。

马　续
曹　寿　（同）是。

〔马续、曹寿下。班昭捧茶上。

班　昭　兄长，两位师兄怎么走了？

班　固　（斟酌着）惠班，你看两位师兄如何？

班　昭　（不经意地）两位师兄，好啊。

班　固　两位师兄好在哪里？

班　昭　大师兄温良敦厚，二师兄机敏风流，各有千秋。

班　固　（点头）倒也评说得当。

班　昭　不过，大师兄若有二师兄的才气，二师兄若有大师兄的敦厚，那就更好了。

班　固　说得不错。惠班，倘若兄长让你在两位师兄中择一夫婿，你中意哪个？

班　昭　兄长在说笑话？

班　固　姑妄言之吧。

班　昭　既然不当真，我也就无妨一试。（稍一偏头）我要二师兄！

班　固　为什么？

班　昭　二师兄有才气呀！

班　固　那便曹寿。

班　昭　不，我要大师兄。

班　固　又为什么？

班　昭　大师兄重人品！

班　固　那便马续。

班　昭　不要，不要，我还是要二师兄吧。

班　固　你怎么又变了？

班　昭　重人品的可敬却不可爱，有才气的虽然可爱却不可靠。我也不晓得喜欢哪个，不喜欢哪个。也罢，兄长替我做主吧。

班　固　此话当真？

班　昭　那个自然。

〔班固郑重其事地将马续、曹寿的名字分写在两片竹简上。

班　固　惠班，你自己选吧。

班　昭　（惊异）兄长不是说笑的么？

班　固　兄长哪里是在说笑，我是要为《汉书》找一个继承人哪！难道你还不懂吗？

班　昭　我还小啊！

班　固　只怕兄长的来日不多了！

班　昭　兄长当真要嫁小妹？

班　固　不是马续，便是曹寿。

班　昭　这！（唱）【四边静】
　　　　　　望着那两片竹简，
　　　　　　战兢兢不敢向前。
　　　　　　共谁良缘，
　　　　　　须臾怎分辨？
　　　　　　信手一片，

——昆剧《班昭》 >>>>>

　　　　我明日怎相见？

班　固　惠班！

班　昭　兄长！

　　　　（接唱）看兄长情切切流泪眼，
　　　　　　　这也不是嫁妹，
　　　　　　　是把班昭嫁书简。

班　固　班氏一门，《汉书》为大。你就答应了吧！

班　昭　班氏一门，《汉书》为大。

班　固　惠班，兄长我求你了！

班　昭　兄长……

　　　〔班昭无奈择简。

　　　〔幕内唱：（班昭《女诫》）
　　　　　　　得之一人兮，
　　　　　　　是谓永毕；
　　　　　　　失之一人兮，
　　　　　　　是谓永讫……

第三场

　　　〔字幕：班昭与曹寿成婚之后。

　　　〔班家庭院，马续背竹简上。

马　续　傻姐！

傻　姐　花儿？给我的？

马　续　这是给先生治病的草药。

傻　姐　我说呢，大师兄会送花给我。

马　续　好了，快拿去给先生熬药，小心熬干了。

傻　姐　知道。

　　　〔傻姐下。

马　续　（唱）【新水令】
　　　　　　　有谁知百年姻缘，
　　　　　　　早铸上两片竹简。
　　　　　　　道尽祝愿，
　　　　　　　道尽祝愿，
　　　　　　　留些儿酸酸甜甜在心间。
　　　　〔班昭捧茶上，马续欲回避。
班　昭　大师兄请用茶。
马　续　先生的病好些了吗？
班　昭　愈见沉重。
马　续　师弟很用功吧？
班　昭　倒还勤奋。
马　续　这就好，这就好……有师弟辅助先生，《汉书》更有望了。
班　昭　大师兄，兄长夸你制的竹简，比皇家书院的还好呢！
马　续　先生夸我了？不敢当啊。
班　昭　（望着他，生出隐隐的歉疚）大师兄，你消瘦了，你为何不在兄长身边治学，而要独自揽下这些杂事啊？
马　续　师弟的学问比我好，如今又成了先生的妹婿，师弟做的事情先生是格外的放心。只要能为《汉书》出力，我也就心满意足了。我去看看先生去……
　　　　〔马续背起竹简快步下。
　　　　〔曹寿抱《圣德颂》匆匆上。
班　昭　夫君。
曹　寿　惠班。
班　昭　你到哪里去？
曹　寿　你还记得太后命先生作赋的事么？
班　昭　记得。
曹　寿　范公公已然催过几次了。我知道，先生只顾埋头著书，顾不得这

———昆剧《班昭》 〉〉〉〉〉

篇辞赋，所以暗地里代他作好了。明日就是太后寿诞，我要赶快送进宫去。

班　昭　回来，兄长病势沉重，你该守在他身边才是呀！

曹　寿　若是得罪太后，只恐先生不得善终！作好这篇赋，也是报答太后的恩情。惠班，你听听我作的《圣德颂》，气势如何？（朗诵）"懿德巍巍兮，福被四海；圣德淑茂兮，光耀九州……"怎么，作得不好？

班　昭　作得好，作得太好了。我来问你，我们成亲之后，你终日埋首，苦心思谋，不是为了《汉书》，而是作了这篇辞赋？

曹　寿　是啊，我这也都是为着先生呀！我这就进宫去，亲手交与皇太后。（不由分说，急急就下）

班　昭　（望着他背影，久久回不过神来）天哪，我就是嫁了他……

〔傻姐内声：小姐，先生他不行了！

班　昭　兄长——（急返下）

〔暗转。

〔班氏书房。班昭、马续、傻姐围着气息奄奄的班固。

班　固　曹寿，曹寿……

马　续　师弟他呢？

班　昭　他请郎中去了……

班　固　我要把书稿托付于曹寿。曹寿他到底哪里去了？你说，你讲，你快讲呀！

班　昭　（唱）【折桂令】

　　　　　一刹时意乱如麻，
　　　　　泪若泉涌，
　　　　　心似刀扎。
　　　　　那人儿远在天涯，
　　　　　怀揣着美赋，
　　　　　疾走着官衙。

　　　　　他怎知兄长牵挂，

　　　　　一声声呼唤着他。

　　　　曹寿，罢！

　　　　（接唱）我只得情急之中把书稿，

　　　　　　权且担下！

　　　　小妹班昭愿接《汉书》。

班　固　惠班，你……

班　昭　我乃班彪之女、班固之妹，传接《汉书》，义不容辞。

班　固　可你乃一女子？

班　昭　著书立说，女子何妨？

班　固　论才学，小妹并不输于曹寿，然治学之苦，你又岂能耐得？

班　昭　父兄耐得，班昭因何耐不得？况有大师兄相助，小妹断不负这《汉书》！

班　固　为何偏偏不提曹寿？

班　昭　夫妻又何分彼此……

班　固　早知如此，我又何必择婿。（挣扎起）惠班，你来看……这满屋的书稿，都是父兄两代的心血，而今它就要交付于你了。要知道，司马迁生前虽遭厄运，死后却被奉为史圣。司马迁死后，朝廷明令不准续写《史记》。父亲在世，曾暗自编修《史记后传》，为此锒铛入狱；父亲死后，兄长改《后传》为《汉书》，又几番沉浮；幸得小妹上书太后，史稿才得以重见天日啊！（唱）【得胜令】

　　　　这《汉书》承继着《史记》创新篇，

　　　　起高祖迄王莽二百二十九年。

　　　　录旧事举一代，

　　　　世代永相延。

　　　　薪传，

　　　　史书无间断。

　　　　薪传，

————昆剧《班昭》 >>>>>

　　　　一朝朝一代代鞠躬尽瘁荜路蓝缕

　　　　点心灯醮心血，

　　　　写下我华夏煌煌一部大通典，

　　　　噫吁兮，一部大通典！（亢奋异常）

　　惠班，向书稿起誓吧！

班　昭　（郑重跪下）我班昭，五岁习《诗经》，七岁读《论语》，九岁熟诵《史记》，十岁而作篆书。自幼目睹家事变迁，领略史家悲喜，而今情势所迫，承继史稿，一息尚存，修行不辍，有生之年，定当完成《汉书》。天地为证！

班　固　如此，我便放心了，放心了……

班　昭　兄长……

　　〔班固逝。

　　〔曹寿急上。

曹　寿　皇太后……《圣德颂》……

马　续　惠班……先生……

　　〔范伦内声：太后懿旨下。"兹因曹寿文采卓群，辞赋斑斓，《长秋宫圣德颂》命为国赋，曹寿官授内廷秘书，入住东观阁。"

曹　寿　我要做官了，我就这样做官了……

班　昭　兄长……

曹　寿　曹寿谢恩，太后千岁，千千岁！

第四场

　　〔字幕：十数年后。是年，班昭三十岁。

　　〔班氏书房，风雨之夜。班昭披衣著述，傻姐一旁酣睡。

班　昭　傻姐，去温一壶茶来，傻姐……这丫头又睡着了。（解衣盖她，感到寒意）好清冷的长夜！（唱）【山坡羊】

　　　　这夜儿无端惆怅，

　　　　　这夜儿无依无傍，

　　　　　这夜儿清冷生寒，

　　　　　这夜儿惹起愁千丈。

　　　　　我殷殷望，

　　　　　前后两迷茫。

　　　　　亡兄夜夜魂魄在，

　　　　　见夫婿日日不归堂。

　　　啊，心慌，

　　　　　心慌夜更长；

　　　啊，夜长，

　　　　　夜长更凄凉。

傻　姐　（醒来）啊呀，我怎么又睡着了。小姐，天不早，咱们去睡吧。

班　昭　你先去吧，我再坐坐。

傻　姐　坐什么呀，坐这儿写书，还是坐这儿发愣啊？你要是不去，我可要去睡了。

班　昭　傻姐，我要你打听曹寿的消息，你怎么……

傻　姐　我打听了呀！可是，大师兄他不许我讲。

班　昭　为何？

傻　姐　听说二师兄不是入得东观阁，而是后宫。

班　昭　那又怎样呢？

傻　姐　那又怎样？小姐你整日埋头书斋，从不关心外面的事情。听说那皇太后不但喜欢曹寿的文才，更喜欢他的模样，说是要把他养在宫里当什么嬖臣、面首。小姐，什么叫嬖臣、面首呀？

班　昭　不要问了！

傻　姐　不问就不问，发什么火呢……（噘着嘴下）

班　昭　（唱）【急三枪】

　　　　　凌空霹雳炸，

　　　　　当头泰山压；

———昆剧《班昭》 〉〉〉〉〉

  似雷打,

  似电击,

  似天塌!

  直教人羞欲死,

  恨欲煞!

  十数年名分空挂,

  不归家,

  怎地不疑他?

我要面见皇太后,面见曹寿——(欲行急止)且慢!

  (唱)【风入松】

  皇家宫院怎对质,

  未可恶语起喧哗。

  听窗外沥沥暴雨下,

  对孤灯滔滔珠泪洒。

  还须得强掩悲伤,

  吞苦涩,咽落牙。

〔班昭伤心久久。马续捧茶上。

马　续　惠班,夜深了,用些热茶吧。

班　昭　(掩饰地)哦,多谢大师兄。

〔马续犹豫着坐下。

马　续　惠班。

班　昭　大师兄,有事吗?

马　续　没有。

班　昭　歇息去吧。

马　续　就去。(仍坐着)

班　昭　大师兄,你……

马　续　(斟酌地)大师兄有件事情要与你商量。

班　昭　明日不好吗?

马　续　明日我就要走了。

班　昭　大师兄要走？

马　续　惠班，先生的这部书稿，我能做的都做了，余下的就全靠你了。记得先生生前最想写的是部《天文志》，可先生又力不从心，因为要行万里路，要用许多年的时光。如今，先生去了，他留下的这个心愿，理当由我马续去做。你说呢？

班　昭　大师兄所言之《天文志》，实乃不可或缺。只是大师兄一声说走就要上路，你让我……（痛楚）

马　续　韶华易逝，只须趁早。

班　昭　延缓几日不好吗？

马　续　为何还要延缓呢？

班　昭　哪怕一日，就一日。

马　续　难道你没有听到外面的传言吗？

班　昭　（回避地）什么传言？

马　续　传说师弟十余载未归，你我暗地——嗳，捕风捉影，不说也罢！

班　昭　（又一惊）哦？既然如此，大师兄，你走，你快走吧！

马　续　（立起身）明日一早，我便启程。

班　昭　大师兄，你再坐坐。

马　续　还坐？

班　昭　坐，坐嘛！

马　续　我坐，我坐。

班　昭　（为他斟一杯茶）大师兄，你我兄妹都不会饮酒。今夜，小妹以清茶代酒，为大师兄饯行。大师兄，你要干哪！

　　　　〔幕内唱：这一杯清茶呀，

　　　　　　　　不是酒，

　　　　　　　　浓于酒，

　　　　　　　　醉在人心头！

班　昭　（唱）【南越调·小桃红】

———昆剧《班昭》 >>>>>

　　　　　伤心咽下茶一杯，
　　　　　流泪眼怎相对也。
　　　　　这离别泪，
　　　　　和着苦水含着悲。
　　　　　自幼相伴随，
　　　　　你牵在手，驮在背，
　　　　　不是亲兄妹，
　　　　　胜如亲兄妹也。
　　　　　今去也，呵护有谁……
　　　　　既早去，便早回，
　　　　　我这里再捧杯，盼兄归。

马　续　（唱）【下山虎】
　　　　　苦茶别绪，
　　　　　夜雨离愁，
　　　　　道它不是酒，
　　　　　醉在心头。
　　　　　泪也难收，
　　　　　人也难留，
　　　　　从此天涯两悠悠。
　　　　　青卷寒灯你孤守，
　　　　　书稿催你早白头，
　　　　　教七尺也含羞。
　　　　　欲说还休，
　　　　　把壶中残茶都灌下喉，都灌下喉。

班　昭　（取出一方锦帕）大师兄，这是小妹绘的一方锦帕，绣着一对鹣鲽，题着"天长地久"，我想送与未来的嫂嫂。

马　续　不，《汉书》不成，不言婚娶，我早就说过。

班　昭　大师兄的心思，小妹焉能不知。还愿你早日成家，莫误年华。不

然，小妹再不见你大师兄了。大师兄！（唱）【五般宜】

　　　　　　　想着你此一去天高地远，

　　　　　　　想着你在旅途涉水跋山。

马　续　（接唱）想着你鞠躬在灯前，

　　　　　　　想着你听风听雨案边茶边。

班　昭　（接唱）只愁你形单影单，

马　续　（接唱）只愁你朝寒暮寒。

班　昭
马　续　（齐唱）哎呀，道不尽万语千言，

　　　　　　　多珍重，多珍重，莫挂念。

〔马续捧锦帕掩泪下，班昭如失魂魄。

〔曹寿上，此时的他已全然不见当年的倜傥。

曹　寿　（轻声地）惠班。

班　昭　（一惊）你……

曹　寿　是我，我回来看看你。

班　昭　走，你快走！

曹　寿　（坐下）我知道，我对不起你，对不起死去的先生，我今日回来，就只想对你说一句话。

班　昭　说。

曹　寿　惠班，你和大师兄成亲吧。

班　昭　（猝不及防）你说什么……

曹　寿　大师兄比我好，唯有他能帮你完成《汉书》，你就堂堂正正地与大师兄过吧。

班　昭　莫非你也听到了什么？

曹　寿　不，我这是一片诚心。当初先生把你嫁于我就错了。这是休书，你拿去吧。

班　昭　不，你不能这样不明不白休了我，不能！

曹　寿　其实，我只是想做一点赎补。从今以后，你就再不是我的妻子，

　　　　　　我也再不是你的丈夫了。（欲去）

班　昭　回来！这些年你都在哪里，做些什么？你说，说呀！

曹　寿　我还说什么？我只有悔，只有恨，我恨我自己呀！

　　　　（唱）【越调·忆多娇】

　　　　　　恨无穷，悔无边，

　　　　　　重游故地泪满衫。

　　　　　　手抚当年旧书简，

　　　　　　悔恨万千，

　　　　　　悔恨万千，

　　　　　　空教师友心寒。

　　　　　　悔无穷，恨无边，

　　　　　　重逢故人情何堪。

　　　　　　一入宫门十数年，

　　　　　　羞愧难言，

　　　　　　羞愧难言，

　　　　　　断送美好姻缘。

　　　　惠班，你忘了我吧，我不配做个读书人，更不配做你的丈夫……

班　昭　（久久望着他，触动旧情）你抬起头来，告诉我，我若原谅了你，你还能回到书斋，回到我身边，与我一同著书吗？

曹　寿　不，我做不了自己的主，我再也回不到你身边，我已经死了，死了！

班　昭　不，我要你回来，要你留下。你可知我一个人有多难啊，我是多么想念从前的二师兄啊！

曹　寿　二师兄……惠班，你能再叫我一声"二师兄"吗？

班　昭　二师兄！

曹　寿　惠班！（唱）【南吕·哭相思】

　　　　　　一声呼唤回当年，

　　　　　　执手看，情意绵。

　　　　　历历往事成虚幻，

　　　　　　越追悔，越伤感。

　　　　（白）惠班，我要走了，你要善自珍重，你要完成《汉书》啊！

班　昭　不，我不放你走，不让你走！（央求他）

范　伦　（突上）嘿，逮个正着！曹寿，你怎么偷着跑回来了，太后还等着你写赋呢！

曹　寿　不，我再也不为她写赋了！

班　昭　公公，放我夫君回家吧！

范　伦　回家，回哪个家呀？曹寿，你没告诉她？太后她死了。她老人家临终留下遗言，封你夫君为安内侯，让他为太后守陵，为太后写赋，千秋万代地写、写、写下去呀！

　　　　〔曹寿忽然挣脱范伦逃下。

范　伦　侯爷，你可不能闪着！侯爷，咱们还是走吧——（追下）

班　昭　夫君——

　　　　〔傻姐上。

傻　姐　小姐，大师兄不忍与你道别，他走了。

班　昭　傻姐，快与我追赶曹寿去！

傻　姐　小姐，你看！

　　　　〔涛声汹涌，曹寿投水自尽。

班　昭　（哭泣着）还我夫君，还我二师兄……

　　　　〔一声惊雷炸响，地动山摇。

傻　姐　啊，小姐，雷把房顶打着了，着火了！

　　　　〔大火即起。

班　昭　书稿！书稿！我的书稿……

　　　　〔火光熊熊，班昭晕倒。

第五场

〔字幕：二十年后。是年，班昭五十岁。

〔皇家书院，陈设豪华。傻姐已见老态。

傻　姐　（唱）【金菊香】
　　　　　　自那年，大师兄一副行囊把路上，
　　　　　　二师兄撒手沉了江。
　　　　　　一把大火焚书稿，
　　　　　　小姐重重病一场。
　　　　　　万般无奈再上书，
　　　　　　皇家内廷做书房。
　　　　　　转眼二十载，
　　　　　　满头青丝渐染霜。

　　　　奇怪，小姐近来有些变了。你看她，今日题诗，明日作赋，闲来便与皇后妃嫔们酒会应酬。照此下去，《汉书》何时才能完稿？大师兄一走二十年，音讯全无，他在哪里？

〔班昭内笑声……

傻　姐　小姐回来了，我去备茶。

〔傻姐下。班昭微醺上。

班　昭　（唱）【逍遥乐】
　　　　　　奉内事召请，
　　　　　　授业公主，
　　　　　　解惑王孙。
　　　　　　课后邀约频频，
　　　　　　陪赵姬并坐抚琴，
　　　　　　与李妃饮酒论诗文，
　　　　　　都是些闲情雅兴。

　　　　　归来时犹自半醒，

　　　　　下回婉拒，

　　　　　收心、收心！

傻　姐　（捧茶上）小姐回来了。

班　昭　回来了。

傻　姐　书案整齐……

班　昭　你呀，让我稍事歇息。（就势躺下）

傻　姐　你看，又累了。

　　　〔范伦引风尘仆仆的马续上。

范　伦　马先生您这儿请，马先生您瞧，这儿就是内廷书院，皇上可是破例让班昭在这儿修史。

马　续　果然皇家气概。

班　昭　（敏感地）谁在说话？

马　续　惠班？惠班在哪里……

　　　〔班昭、马续扑在一处。

　　　〔幕内唱【相思曲】：又从头……

马　续　惠班！

班　昭　大师兄……

　　　　（接唱）从头看不够。

　　　　　　执手凝眸，

　　　　　　一任双泪流。

班　昭　（接唱）问师兄，

　　　　　　水阔鱼沉何处走，

　　　　　　为甚地，恁消瘦？

马　续　（接唱）问小妹，

　　　　　　孤影空巢怎相守，

　　　　　　为甚地，白了头？

班　昭　（接唱）问师兄，

———— 昆剧《班昭》 >>>>>

音讯无有，

教小妹长短愁。

马　续　（接唱）问小妹，

故人迟归，

误《汉书》，心愧疚。

班　昭　大师兄说哪里话来，大师兄……傻姐，傻姐备茶……（一阵眩晕）

马　续　（急扶）惠班，你……

班　昭　无妨，多饮了几杯酒。

马　续　你也会饮酒了？

班　昭　应酬，应酬。大师兄请坐！

范　伦　（殷勤地）而今的曹大家可不比从前了。上至后宫妃嫔，下至民间女子，谁不知道曹大家写的《女诫》呀？曹大家可是当今的女圣人、活楷模呀！就说这部煌煌大著《汉书》吧，朝廷早就定为国史了，连皇上召见还称一声班女史呢！想想从前的风流皇太后把个《圣德颂》捧上了天，而今的皇后娘娘是慧眼独具，就爱《女诫》。真是各领风骚，风水轮转！

班　昭　（没好声地）范公公，你啰嗦什么！

范　伦　嗳哟，曹大家面前哪有我说话的份儿。我知趣，我闭嘴，我走人。哦，马先生，内廷深院，嫔妃往来，可不是您久呆的地方。我外边候着……

傻　姐　老不死的，真讨厌！

班　昭　大师兄请用茶，此乃皇室贡品！

马　续　惠班，我要先敬你一杯呀！

班　昭　敬我，这却为何？

马　续　听说我走之后，家中一把大火，师弟也死了，你独自一人，修齐《汉书》，一定吃尽了千辛万苦。马续不才，总算带回了《天文志》书稿。而今，你终于实现了先生的遗愿。你说，我敢不敬你吗？

班　昭　慢来，这茶我可不敢饮了。

马　续　为何？

班　昭　大师兄！（唱）【集贤宾】
　　　　　　把腹中苦水对君吐，
　　　　　　二十年寂寞独处，
　　　　　　醒来时唯见这书，唯见这书。
　　　　　　知天命年今已度，
　　　　　　想岁月几多乘除？
　　　　　　日穷常自怜，
　　　　　　书稿暂阙如。

马　续　如此说来，《汉书》尚未告竣？

班　昭　思量当初，不识深浅，谁料《汉书》，如此繁重。

马　续　此话何意？

傻　姐　大师兄还听不懂么，小姐是说写不动了。

班　昭　（自斟自饮着）是啊，写不动了……

马　续　惠班，我看这皇家书院不像是个著书的地方。

班　昭　怎么不像？

马　续　太奢侈、太豪华，到处珠光宝气。

班　昭　哈哈……你当是班氏草堂么？这是皇家书院！不错，是奢侈、是豪华，可它与学问又有何关系？难道非要悬梁刺股、忍饥挨饿，才能做得好文章么？你呀你，还是从前的大师兄呀，哈哈……

马　续　惠班，你变了。

班　昭　我变了，我怎么变了？

马　续　你让我想起了曹寿。

班　昭　曹寿……

马　续　惠班！

————昆剧《班昭》 〉〉〉〉〉

（唱）【上京马】转【梧叶儿】

  惦记书稿二十年，

  天涯羁旅心相牵，

  重逢不识旧人面。

  听着你笑语喧，

  觑着你性悠闲，

  倒叫我一阵一阵地心寒。

  金壶光灿灿，

  玉杯价无边，

  宝器烹清淡，

  无奈味道全变。

班　昭　怎么，大师兄不高兴了？

马　续　惠班，你把书稿交给我吧。

班　昭　交给你？

马　续　让我修齐《汉书》，完成先生遗愿。

班　昭　好，交给你，现在？

马　续　现在。

班　昭　（突然高声）太晚了！

马　续　你……

班　昭　（大笑）哈哈……

马　续　你笑什么？

班　昭　（激动起来）我笑，笑你居然把我比作曹寿；我笑，笑你竟要拿走我的书稿。不，我这不是笑，是哭，哭哇……（果然放声大哭）我这一生，嫁人，人死了；写书，书烧了。我一个女子孤灯寒卷，又有谁来帮过我？就在那一夜，风雨交加，肝肠寸断，我是多想留住你大师兄啊。可你，你也不辞而别，离我而去！就因为我是班家的女儿，我便无所推托，而只能一天天，一月月，一年年，一个十年又一个十年地守在书斋，伏在案前，对着孤灯，一个字，一个字地写、写、写么……说实话，我心已尽了，力已乏了，人已老了，头已白了，我为何不能像常人一样享受几天人生呢？不就是喝几壶茶，饮几杯酒，赴几回宴，偷几日闲么，难道这也过分了吗？大师兄你来得正好，你把书稿拿去，全都拿去！我恨这部书稿，恨死了！

马　续　（颤抖着）好，我拿去，我全都拿去！

傻　姐　大师兄，我也跟你走吧！

班　昭　傻姐，你也要走？

傻　姐　（委屈地）我走！想想我傻姐，也真是傻啊，你们班家著书，与我又有何干呢？我为何一生不嫁就伺候你呢？不就是佩服你的才学、你的志气，看你孤孤单单想帮帮你么？可如今你这一撒手，我这几十年又算什么呀？大师兄，我们走，先生的书稿在哪里，傻姐我就跟到哪里！

班　昭　（忽然又扑过去抢夺书稿）不，你们不能走，这是我的书稿，是我的书稿呀……（号啕大哭）

马　续　（回身走近她）惠班，我知道，你是不会放弃《汉书》的！

班　昭　（抱着他，委屈万分地）大师兄……

马　续　（抚慰着她）惠班，大师兄知道你心里很苦……若是师弟不死，若是我马续有曹寿的才学，我是一定不让你这样辛苦的！你可以怨，可以恨，可你不能悔呀，因为你是班昭，唯有你才能完成先生的遗愿呀！（掏出那方锦帕）惠班，还记得这方锦帕吗？二十年来，我一直带在身边，只要一捧起它，我就想起我那班昭小妹，有它与我为伴，我知足了，知足了……

班　昭　大师兄，我的好兄长……

马　续　惠班，你还是我的好小妹呀！

傻　姐　小姐，傻姐我是不会走的。

班　昭　傻姐！

马　续　惠班，我去找范公公，请他奏明皇上，让我们回到班氏草堂，一同完成《汉书》。

班　　昭　好，我跟你回去，回去。傻姐，你带大师兄去同范公公讲。

傻　　姐　嗳！大师兄，你真好！

〔马续、傻姐下。班昭收拾书简，心潮难平。

班　　昭　（唱）【醋葫芦一拍】

锦衣玉食兮，

消磨得人慵懒；

金堂华宴兮，

消遣得身倦烦；

经坛高会兮，

消损得神思散；

荣名虚衔兮，

消折得心志残。

（唱）【醋葫芦二拍】

悠游岁月兮，

常自嗟叹；

痛心疾首兮，

年复一年；

焦灼于心兮，

其实不安；

每思发奋兮，

一延再延，

一延再延；

最难马续，马续一声喊，

梦惊醒，发全斑！

〔幕内唱：【醋葫芦三拍】最难耐的是寂寞，

最难抛的是荣华。

从来学问欺富贵，

真文章在孤灯下。

〔班昭坐回书案。

〔傻姐踉跄上。

傻　姐　小姐，不好了，皇上不许你回班氏草堂。大师兄为能留在宫中伴你著书，他、他、他……自请了宫刑啊！

班　昭　（惊呼）啊呀！大师兄，小妹我对不起你呀……大师兄！

第六场

〔字幕：又是一个二十年。是年，班昭七十岁。

〔老态龙钟的范伦上。

范　伦　江山还是汉室江山，社稷也还是汉家社稷，转眼已是永宁年了。班昭入宫四十年了。终于，《汉书》完稿，将要成书了。皇上说，这可是我朝继太史公《史记》之后的又一部大典哪！可是，班昭、马续都没在《汉书》上署名，是他们自己不要。后人读《汉书》，就只知班固而不知班昭、马续了。这两个人，也算一辈子。图个什么呢？图个什么哟……（蹒跚着下）

〔景同前场，显出简朴。书稿已撤运一空。

〔一烛残烧，天已大亮。班昭疲倦地靠在马续背上，沉沉大睡。忽然，班昭惊醒，茫然寻顾着。

班　昭　书稿，我的书稿呢？

马　续　朝廷派人都运走了。

班　昭　（失魂落魄地）啊呀天哪！这是我的书稿，我的书稿呀……

马　续　惠班，你静一静。

班　昭　不！我要书稿，我的书稿呀……（呜呜地哭）

马　续　史稿就要成书了，你应该高兴才是呀！

班　昭　（忽然一抹泪）我应该高兴才是！我不哭，不要哭……（又抽噎）可是，我就是想哭……

————昆剧《班昭》 >>>>>

马　　续：惠班，大师兄我要走了。

班　　昭　（一愣）你又要走？

马　　续　是啊，《汉书》修齐，我该走了。

班　　昭　你到哪里去，带着我吗？

马　　续　（看着她，摇摇头）方才范公公来说，皇上要你留下。

班　　昭　那你为何不留下？

马　　续　皇上说，马续的事情做完了，出宫去吧。

班　　昭　（忽然一挥手）我不管，要走一起走，要留一起留。

马　　续　皇上怕后人看不懂《汉书》，要你为《汉书》注解。你就留下吧，也是为了这部《汉书》啊！

班　　昭　那你可要等着我，啊？

马　　续　我等着，等着……

班　　昭　上茶，为大师兄饯行！

　　　　　〔幕内唱：这一杯清茶呀，

　　　　　　　　　不是酒，

　　　　　　　　　浓于酒，

　　　　　　　　　醉在人心头……

班　　昭　（唱）【南吕·梁州第七】

　　　　　　　这一杯酬谢知音，

　　　　　　　好兄长意笃情深，

　　　　　　　小妹心上你最亲！

马　　续　（接唱）百年遭遇，

　　　　　　　生死同心，

　　　　　　　生死同心。

　　　　　　　非关姻缘，

　　　　　　　却是真情。

班　　昭　（接唱）这一杯答谢傻姐姐，

　　　　　　　辛勤伴我一生。

傻　姐　小姐，傻姐我来世也伺候你！
班　昭　（接唱）这一杯祭奠亡灵，
马　续　（接唱）悼师弟九泉冤鬼，
　　　　　　　　慰先生在天仙魂。
班　昭　（接唱）伤心……
马　续　（接唱）欢欣……
班　昭　（接唱）伤心有情总离别；
马　续　（接唱）欢欣离别最多情；
班　昭
马　续　（合唱）且把不尽相思泪，
　　　　　　含笑饮！
　　　〔班昭、傻姐依依送别马续……
　　　〔幕内唱：【正宫·梁归燕】
　　　　　　白发萧萧出官门，
　　　　　　寻旧友，
　　　　　　访故人。
　　　　　　遥向蓬莱忆前情，
　　　　　　对孤影，
　　　　　　独悲欣。

尾　声

　　　〔景同序场。
　　　〔字幕：一年后，班昭七十一岁。
　　　〔班昭仍如序场时姿态，安静地坐着。
傻　姐　大师兄出宫不久，便死了。小姐闻讯，一声不哭。只是强撑着做完了她该做的事情，就每日里坐在这里，想啊、想啊……太阳下山了，当心小姐受寒。小姐，我们回去吧，我们回去吧！！

〔傻姐信手一推，班昭耷下了如霜似雪的头颅。

傻　姐　（哽咽着）小姐也走了……

　　　　〔傻姐伏在班昭膝前，无声抽泣着……

　　　　〔大幕缓重闭合。

　　　　〔剧终。

精品剧目·昆剧

公孙子都

编剧 张 烈

时间

春秋。

人物

子　都　名公孙阏，姬姓之后，郑国战将。

颖考叔　颖谷之考叔，郑国战将。

颖　姝　考叔之妹，郑庄公赐婚，嫁子都为妻。

郑庄公　名寤生，郑国国君。

祭　足　郑国大夫，主刑名、祭祀官员。

许　豜　许国战将。

探　马　郑国军中探报。

朝臣、中军、郑国兵士、许国兵士、内侍、卫士、侍女等

————昆剧《公孙子都》 >>>>>

一

〔公元前712年（郑庄公三十二年）秋七月，郑庄公假周天子命，以颖考叔为帅，公孙子都为副帅，发兵讨伐许国……

〔画角鼙鼓声中幕启。

〔许国郊外。旷野。

〔内唱：【出队子】

　　鼙鼓画角，

　　率貔貅越黄沙衰草。

　　奉主命将许国征讨。

〔合唱声中颖考叔、子都率兵士上。中军举"奉天讨罪"大纛上。

颖考叔　子都将军，此番出征，我去前攻，你作殿后。

子　都　叫俺殿后么？

颖考叔　率兵杀敌，唯军令是从。叫你殿后你就得殿后。

子　都　这……

颖考叔　将士们！随俺前攻杀敌！

〔颖考叔率兵士下。

〔内战鼓、喊杀声起。

〔探马喊："报！"上。

探　马　启禀副帅：许国将领许貅骁勇善战。元帅出战，难分胜负。

子　都　再探！

探　马　得令！（下）

子　都　呀！

（唱）【一枝花】

　　遥见鏖战急，

　　平添心内焦。

　　当在少壮时，

　　为国建功劳。

　　偏遇阻挠，

　　强压心头恼。

　　抖精神立功扬名，

　　战顽枭。

〔许国兵士与郑国兵士交战上。子都迎战许国兵士。

子　都　（唱）【梁州第七】

　　驱战车赛游龙，

　　陡显俺英雄气傲，

　　挥戈矛杀得你鬼哭神嚎。

　　英雄本色志气高，

　　做一个杀敌勇猛，

　　博一个青史名标。

〔颖考叔与许猇打上。子都迎战许猇。许猇败下。

颖考叔　子都，命你殿后，为何前攻？

子　都　元帅出战，胜负未分。子都自当助战。

颖考叔　不遵军令，还敢强辩。班师之时，难道要我报于主公么？（下）

子　都　好恼！

〔许猇率兵上。子都迎战许猇。大开打。子都杀死许猇。

〔许国都城下。

子　都　将士们！随俺攻城！

〔城上矢石骤发。子都率兵士奋力攻城。

〔颖考叔内："子都走开！"夺过"奉天讨罪"大纛，挡开子都，跃上城头。

子　都　颖考叔啊颖考叔,俺骂你这颖谷村夫。校场比武,夺俺帅印;沙场征战,不教建功;俺建功在即,又来争功。你不容俺,俺也容不得你了!(腰间取出弩机,放箭)

〔颖考叔中箭,从城头跌下。

颖考叔　(怒视子都)你……

子　都　(急步上前,扶起颖考叔)考叔,考叔……

颖考叔　俺……错看你了。(死去)

〔内唱:【哭皇天】

呼号,哭号!

雁罪衍惧意心头绕。

〔探马上,暗窥。

〔转暗。

二

〔数日后。

〔郑国郊外。

〔颖考叔之妹颖姝同众乡邻在等待凯旋队伍到来。

颖姝同众乡邻　(合唱)新菊秋蝉,

陌上柳叶黄。

凯歌儿奏出霞光。

担美食,提壶浆,

迎壮归儿男。

〔郑宫大殿。

〔郑庄公同大夫祭足上。

郑庄公　(唱)【端正好】

列仪仗,迎凯旋。

灭许国教列国胆丧,

堪夸雄兵神武将，

霸主显荣光。

〔内侍内喊："启禀主公：军中探马求见！"

郑庄公　宣他进见！

〔探马戴衰苎上。

探　马　军中探马叩见主公。（跪）

郑庄公　起来讲话，你为何身披重孝？

探　马　考叔元帅他……他阵亡了。

郑庄公　考叔他……阵亡了？（一怔）

探　马　元帅之死非敌兵所为。

郑庄公　非敌兵所为又是何人？

探　马　（掏出弩箭，递给郑庄公）主公请看。

郑庄公　弩箭？（惊）

祭　足　莫非是他？

郑庄公　弩箭非远射之物。军中岂人人皆有，年前朕曾赠他此物。——探马，他为何杀死考叔，你与朕一一道来。

探　马　校场比武，先结仇怨……

郑庄公　原借比武，教二人各呈骁勇，为国效力，不料……

探　马　此番出征，元帅又叫将军殿后，不叫前攻。

祭　足　不让子都建功。

探　马　两军交战，胜负难分。子都将军率兵助战，杀死敌将许犾。城破在即时，考叔元帅夺过大旗抢先登上城头。将军盛怒之下一箭射出……

郑庄公　如此说来，于情可原。

祭　足　于情可原，于法不容。

郑庄公　探马，此事除你之外可有他人知晓？

探　马　除我之外无人得知。

郑庄公　如此甚好！谅你一片忠心，朕赐你此剑。（摘佩剑）

——昆剧《公孙子都》

〔探马上前。郑庄公抽剑刺死探马。

郑庄公　来人！

〔二卫士上。

郑庄公　与我厚葬了他。

二卫士　是！（抬探马下）

祭　足　主公莫非要袒护子都？

郑庄公　知我者祭足大夫也！

（唱）【朝天子】

他骁勇善战，

他领兵有方。

是虎将争功起祸殃。

此刻已是失右膀，

怎将左臂伤？

祭　足　主公雄才大略，思虑得是。杀人不予治罪，可也不能教他心安理得哟！

郑庄公　道得是！虽有罪不罚，当教他心知有罪。

〔内钲鸣鼓响。

祭　足　子都凯旋归来了！

郑庄公　传朕旨意，文武百官列队相迎。

〔子都一身衰苎上。

子　都　（唱）【叨叨令】

战兢兢上殿台，

将难告人事心底埋。

但愿得否去泰来，

此一后沫王恩舒壮怀。（上殿，跪）

罪臣子都叩见主公。

郑庄公　自称罪臣，你有何罪？

子　都　身为副帅，未能护保主帅，令主帅阵亡，子都罪莫大焉！

郑庄公　仅此而已，怎称有罪？大胜而归，却有大功。子都，你看着朕的双眼。

子　都　这是为何？

郑庄公　好叫朕盯着你的双眼。

子　都　这又是为何？

郑庄公　见眼如见心哪！

〔子都与郑庄公互望。

子　都　（念）心忐忑不敢望，

郑庄公　（念）他眼神闪烁露惊惶。

子　都　（念）猜不透他心中作何想，

郑庄公　（念）他不肯自递杀人状。

　　　　子都，你看见什么了？

子　都　（念）见主公呈神威在殿堂，

郑庄公　你可知朕要在你的眼中看出什么来么？

子　都　末将不知。（惊恐）

郑庄公　（念）要见你是怀龌龊还是忠良？

子　都　（扑通跪）子都忠心为国，肝脑涂地报效主公。

郑庄公　这就好！这就好呀！

〔内侍内喊："考叔之妹颖姝求见！"

子　都　考叔之妹么？（不觉惶恐）

郑庄公　宣颖姝上殿！

〔颖姝上。

颖　姝　（唱）【滚绣球】

　　　　　　哭哀哀上殿堂，

　　　　　　拭悲泪叩君王。（上殿，跪）

　　　　小女子颖姝叩见主公。

郑庄公　免礼！（扶起颖姝）　你失兄长，国失栋梁，尔等悲苦，朕也伤心哪！

———昆剧《公孙子都》

（唱）【上小楼】

  君臣谊长，

  思念难忘。

  军失良将，

  国失栋梁，

  倍觉哀伤。

祭足大夫，

  设祭招魂，

  追荐亡灵，

  抒正气浩然，

  教臣民得知人君恩义广。

祭　足　操持祭祀，老臣之责。臣定当妥善处之。

郑庄公　颖姝，来来来，朕与你引见一人。（将颖姝携至子都面前）这位就是与你兄长结伴出征的子都将军。

颖　姝　莫非是人称天下第一美男的公孙子都么？

祭　足　是哟！是哟！

颖　姝　（回眸一窥，回头，羞涩自语）果真是位英俊少年。

郑庄公　一个是天下第一美男，一个是颖谷第一美女。郎才女貌，天作之合。颖姝，你嫁与子都吧？

祭　足　（不解，同郑庄公私语）将颖姝嫁与子都？

郑庄公　不好么？

祭　足　一旦颖姝得知子都乃杀兄仇人，夫妻之间将如何相处？

郑庄公　你知其一当知其二。

祭　足　明白了！为消子都疑主公知他杀人之虑，好叫他心安哟！

郑庄公　然也！（转对颖姝）颖姝，你意下如何？

颖　姝　哎呀！不可以不可以的呀！

郑庄公　有何不可？

颖　姝　兄长尸骨未寒，颖姝怎言婚嫁。

郑庄公　哎,逝者已逝,活者当安。考叔有知,也会心慰。此事由朕做主。你先回去吧!

颖　姝　谢主公。喂呀……(哭下)

郑庄公　子都,你不会不愿意吧?

子　都　主公要将颖姝嫁俺么?

(唱)【么篇】

　　　　觉欢喜也惆怅,

　　　　消疑虑转心安。

啊呀!不可!

　　　　见颖姝似见亡魂模样,

　　　　婉言谢绝解愁肠。

主公恩典,末将心领。赐婚之事望主公收回成命。

郑庄公　这是为何?

子　都　考叔阵亡,自觉愧疚。怕颖姝见俺生怨呀!

郑庄公　未见颖姝抱怨你呀!

祭　足　莫非与考叔有甚过节?

子　都　哪有什么过节,倒是情长谊深。

郑庄公　既是情长谊深,抚慰其妹你难辞其责。三日之后,为考叔祭奠招魂,让死者入土为安。为解颖姝丧兄之苦,祭奠之后,择取吉日,与你二人完婚。

子　都　主公……

祭　足　当知圣命难违。

子　都　(无奈)谢主隆恩!

〔转暗。

三

〔三日之后。

——昆剧《公孙子都》

〔从祭坛返回的途中。

〔子都策马上。

子　都　（唱）【泣颜回】

策马上归途，

一腔惶恐暂舒。

祭奠坛前，

佯装泪雨滂沱。

遮人耳目，

假文章权作真事做。

归去兮小驹代步，

求得个高枕安卧。

〔祭足内喊："子都将军慢走！"乘车上。

子　都　（停步）原来是祭足大夫。

祭　足　子都将军，祭奠考叔刚刚完毕，就不见你的踪影，走得可快呀！

子　都　速去速回乃习武之人秉性。

祭　足　祭坛之前，颖姝哭得泪人儿似的，天地为之动容哪！

子　都　痛失兄长，岂不悲伤！

祭　足　你也哭声甚高，只是不该有泪。

子　都　哀哭之时，岂能无泪？

祭　足　你当高兴，连祭足我都为你高兴。

子　都　唔？

祭　足　考叔一死，得益的可是你呀！

子　都　此话从何说起？

祭　足　考叔在时，你当不得主帅，考叔一死么这主帅的位置不日就是你的了。

子　都　若果真如此，子都自觉任重。

祭　足　任重！权重！利重！大丈夫在世谁不图功名利禄哟！

子　都　这倒也是。此乃天赐。

祭　足　自然该是天赐，若是人谋可就坏了。子都将军，我有一事相求。

子　都　何事请讲。

祭　足　方才为考叔入殓，他乃箭中后背而死……

子　都　箭中后背么？

祭　足　该不是被敌兵所杀。

子　都　不是敌兵所杀又是何人？（惶恐）

祭　足　是自己人所为。你一定知晓。

子　都　我若知晓，早当禀告主公。

祭　足　对对，你若知晓，自当早早地禀告主公，知情不报也是有罪。子都将军，你身为副帅，可得相帮老夫查出真凶哟！

（唱）【胜如花】

　　念在下掌刑名，

　　效皋陶公正。

　　功与罪赏罚分明，

　　沐主恩岂敢徇情。

可叹哪！

　　总有那作恶之人，

　　自作聪明心存侥幸，

　　觉天可欺地原冥冥。

其实呀！

　　难得安宁，

　　鬼胎儿暗萦，

　　在人前强装志诚，

　　背地里肉跳心惊，

　　静夜里睡梦难稳。

子　都　你的话俺似懂非懂。

祭　足　你若不懂么考叔大夫在天之灵能懂。

子　都　难道真有鬼魂么？

祭　足　笑话。我这主祭官员，祭坛上为考叔招魂，若无有鬼魂，难道是在人前作戏不成？

子　都　你信鬼，我不信鬼。

祭　足　当信有鬼！常言道：为人不做亏心事，不怕更深鬼叫门。心中有鬼时，鬼将随心生哟！——唉，人哪，一念之贞能成英雄；一念之差成了罪人。从来是一念之贞难，一念之差易哟！

子　都　祭足大夫，你的话可有所指？

祭　足　哪有什么所指哟！人老了，话多了。途中无聊，发此浩叹而已。子都将军，道路尚长，路上难免坑洼，可得小心着走哟！——老夫先行一步了！（下）

〔子都望着祭足远去的背影，陷入思索。

子　都　（唱）【驻马听】

颇费思量，

絮絮言语玄机藏，

难以猜详。

啊呀，

他言虽平淡，

其中杀机暗藏。

思之顿觉心头凉，

不自觉马踟蹰蹄行慢。

路长路短，

难驮我满腹惊与惶。（下）

〔转暗。

四

〔合卺喜庆之夜。

〔子都宅邸。

〔颖姝端坐。男女宾客歌且舞。

众宾客　（唱）【梁州新郎】

　　　　　秉烛华堂，

　　　　　曼舒霓裳，

　　　　　醺醲香溢遍满。

　　　　　杯筹交错，

　　　　　齐贺天赐良缘。

　　　　　也颂王恩浩荡，

　　　　　鸾凤和鸣，

　　　　　合琴瑟天籁遥传。

〔众宾客散去，下。

颖　姝　（唱）【桂枝香】

　　　　　喜烛照人，

　　　　　拭悲泪换出笑容。

　　　　　脱丧服，改着红裙。

　　　　　欢欣中暗藏苦情。

　　　　　兄长啊！

　　　　　今朝喜庆，今朝喜庆，

　　　　　缺你来临，

　　　　　痛煞煞泪湿衣襟。

〔子都上。

子　都　（唱）【耍孩儿】

　　　　　宾朋散后喜堂静，

　　　　　难进的房门还得进房门，（进房）

　　　　　睹容颜隐现亡人身与影。

　　　　　可叹这姻缘错定，

　　　　　偏叫我面对冤孽唤亲亲，（坐）

　　　　　且做个无言枯坐对双灯。

〔子都、颖姝各自无言。

颖　姝　（终于憋不住）大喜之日面带愁容，莫非嫌妾身丑陋么？

子　都　非也！

颖　姝　是为兄长之死？

子　都　然也！

颖　姝　若果真为此，我当敬你一杯。（斟酒，将杯递给子都）

子　都　（接杯，同颖姝四目对视）呀！

　　　　（唱）【步步娇】

　　　　　　恰似见翩翩惊鸿来照影，

颖　姝　（唱）面对着英俊潇洒美后生。

子　都　（唱）不自觉喜不禁。

颖　姝　（唱）他愁云消散起欢欣，

　　　　　　谢君恩，

　　　　　　美姻缘上天排定。

子　都　（唱）早知有今日良缘，

　　　　　　悔当初大丈夫心狠。

颖　姝　夫君。

子　都　娘子。

颖　姝　子都。

子　都　颖姝。（二人沉醉在缠绵缱绻中）

颖　姝　夫君，你可知晓，兄长早有将我嫁你之意。只因将军乃贵胄之后，颖姝乃颖谷细民，恐有高攀之嫌，兄长他一直未曾启齿。

子　都　（惶恐）这这这……是真的么？

颖　姝　谁来骗你。——夫君，我已敬过你了，你就不回敬我么？

子　都　自然要敬。（斟酒）

　　　　（唱）【迎仙客】

　　　　　　愿借此酒，

　　　　　　伴夫妻浓情，

泡淡她的杀兄恨。（将杯递给颖姝，偶视自己杯中）

啊呀！

杯中幻出亡灵，

蓦地心惊。

颖　姝　你这是怎么了？

子　都　不妨事，大概是酒喝多了。——颖姝，我来问你：兄长乃箭中后背而死，你可有所知？

颖　姝　已有所知。

子　都　据传是自己人所为，可有所闻？

颖　姝　有所闻，苦无实证。

子　都　若是寻出你的杀兄仇人……？

颖　姝　我自当恨他！切齿恨他！

子　都　你将他如何处置？

颖　姝　我一个娇弱女子有何办法。如今我的事就是你的事，当由你做主了。

子　都　由我做主么？（一怔）

颖　姝　喜庆之夜不言悲苦之事，你我该喝交心酒了。（斟酒）

子　都　这交心酒么？要喝，要喝！

〔子都、颖姝交杯饮酒。

子　都　（唱）杯儿里，

苦涩中伴有欢欣

今以后怎看承？

夫妻间真事隐去，

甜蜜中假语常云，

处同床却异梦怎度一生？（举酒狂饮）

颖　姝　（阻止）不可以，这是要醉的。

子　都　我就是要寻找一个"醉"字！（醉倒）

〔转暗。

五

〔接上场。

〔烛影朦胧,烟雾弥漫——梦境。

〔子都起立,百无聊赖,推窗望月,寒风袭来,不觉寒战。

〔颖姝取衣给子都披上,含情脉脉。二人相对凝视。

颖　姝　(唱)【皂罗袍】

　　　当防秋深夜寒,

　　　喜凝眸送意,

　　　且添衣裳。

子　都　颖姝,你真好!

颖　姝　你呀!(羞涩)

子　都　(唱)但愿得花间月下共徜徉,(同颖姝相依相携翩翩起舞)

颖　姝　(唱)自应当携手同沐日月光。

子　都　(唱)但愿得流光永驻,日轮不转,

颖　姝　(唱)百年共度,春暖秋寒,

子　都
颖　姝　(合唱)对月盟誓,不了情缘。(沉醉在甜蜜中)

〔传来颖考叔似乎来自空穴中的声音:"子都,俺来了!"颖考叔的幽灵上。

颖考叔　(唱)【快活三】

　　　驾阴云来人寰,

　　　庆新婚贺新郎。

颖　姝　(惊喜,相迎,相携)兄长。

颖考叔　主公恩重,将你赐嫁子都,你有所归,终遂兄长之愿。

子　都　考叔,你到底是人是鬼?

颖考叔　人鬼么只在一念之间。一念之贞是人,一念之差成鬼。来!来!

喝酒！

（唱）【么篇】

  合卺夜欢庆为好，

 休提那往日烦恼。（见子都心神不定，携过子都）

  莫担心冤冤相报，

放心，我非索命来的。祝贺你们了！

  共相守白头偕老。

颖 姝 兄长，我知你非人。我不骇怕，生是我哥哥，死是我哥哥。闻人传言，你是箭中后背而死，真是自己人所为么？

颖考叔 哎，何必问。

颖 姝 要问，不问个明白，妹子心中不安。你讲个明白，有人替你伸冤，为我报仇。

颖考叔 谁来为俺伸冤？谁能替你报仇？

颖 姝 你的妹夫，我的夫君呀！

颖考叔 你指的是他？呵呵……（苦笑）

颖 姝 兄长，你快讲呀！

颖考叔 不讲为好。

子 都 是啊，还是不讲为好。

颖 姝 夫君，你这是为何？你当相帮问他才是的呀！

颖考叔 子都，原来你敢杀人却不敢自认杀人。

颖 姝 杀兄长的……是他？（疑惑）

子 都 也罢！颖姝，瞒得一时瞒不过久远，俺对你实说了吧！是我……事后深为愧悔。俺深深地爱你，知你也深深地爱俺，夫妻之间当无仇恨，你能原谅俺么？

颖 姝 你你你……（垂泪）有道杀兄仇人不共戴天，我能容你，天也难容！

颖考叔 颖姝，你且回避。俺与子都有话要讲。

〔颖姝哭下。

子　　都　　考叔，是你苦苦逼俺。校场比武，夺俺帅印……

颖考叔　　战场上刀光剑影，不死则伤，此举实乃呵护你呀！

子　　都　　叫俺殿后……

颖考叔　　妹子属意，不教你亲冒矢镝。

子　　都　　夺俺大旗，跃上城楼……

颖考叔　　城上矢石骤发，俺甘领矢石，免你受伤哪！

子　　都　　原来是俺大错铸成?!

颖考叔　　不料你射出一箭，子都，你好叫俺伤心哪！

子　　都　　生自可恋，死又何怖？子都悔之已晚。考叔，你杀了我吧！

颖考叔　　俺非子都，岂肯杀人？

子　　都　　也罢！待俺自戮，以洗罪过。（抽佩剑）

颖考叔　　不可！（将剑夺过）

　　　　　　（唱）【好姐姐】
　　　　　　　　对青锋欲语难言，

子　　都　　（唱）何惧那殷红血见。

颖考叔　　（唱）怨未曾把手细语两军前。

子　　都　　（唱）现如今恩与怨齐袭心间。

颖考叔　　（唱）曾羡你临敌阵军功卓显，

子　　都　　（唱）却成了逞凶顽难洗罪衍。
　　　　　　　　莫怨天怨自作孽，

颖考叔
子　　都　　（同唱）两下里惨泪涟涟。

颖考叔　　往事已去，来日方长。子都，前程尚远，你当珍重。只可惜，我却要永远伴随你了。

子　　都　　伴随我么？

颖考叔　　印在你脑里，常在你心中，白日见我，夜夜心惊哪！

　　　　　　〔颖考叔隐去。子都茫然四顾，陷于凄苦中。

　　　　　　〔晨鸡啼鸣，天亮。子都从梦境中醒来。

子　都　原来是场噩梦。

　　　　（唱）【四边静】
　　　　　　心头泪落，
　　　　　　悔在当初，
　　　　　　欲教英名垂千古。
　　　　　　暗箭射出，
　　　　　　一念差惹得一身苦。
　　　　　　深愧悔难有回头路，
　　　　　　领受心诛，
　　　　　　夤夜里偏遇鬼不捉。

　　　　〔内喊："祭足大夫到！"
　　　　〔祭足上。

祭　足　子都听宣：
　　　　〔子都跪。

祭　足　（展开竹简念）"子都将军骁勇善战，战功卓著，策封为兵马大元帅。十日后率兵讨伐郲国！"

子　都　谢主隆恩！（站起）

祭　足　子都将军，王恩浩荡，赐此锦囊，命你在无人之时拆看。（取锦囊递给子都，下）

子　都　（将锦囊拆看，掉出弩箭，惊）弩箭？（颓然坐下）
　　　　〔转暗。

六

　　　　〔约半月后，子都伐郲凯旋之日。
　　　　〔校场，拜帅高台前，旌旗林立……
　　　　〔内侍、卫士引郑庄公、祭足上。

郑庄公　（唱）【新水令】

————昆剧《公孙子都》 〉〉〉〉〉

　　　　　旌旗掩映临帅台，

　　　　　迎凯旋喜见那天淡云开。

　　　　　兴邦赖贤臣，

　　　　　讨伐凭帅才。

　　　　　霸主胸怀，

　　　　　集贤能示国威显风采。

　　　　〔奏凯歌声远来……

　　　　〔内喊："子都元帅凯旋回还！"

　　　　〔子都心力交瘁上。

郑庄公　（上前携过子都）伐许得胜，伐郕奏凯。子都，英雄哪！

子　都　子都愧称英雄。

郑庄公　拜帅台前朕迎候与你，你可知朕的用意？

祭　足　主公心意：今后凡有战事，三军统帅就是你了。

子　都　子都难当其任。

郑庄公　朕赠你锦囊，可曾看过？

子　都　已是拆看。

祭　足　主公用意，是叫你奋勇杀敌，将功折罪。

郑庄公　非也！是想凭它激励你奋勇杀敌，为国建功。

子　都　有罪不罚，感激涕零。敌国已灭，国享太平。子都不敢言功，只知有罪。

　　　　〔颖姝上。

颖　姝　颖姝迎见夫君。

子　都　颖姝！

颖　姝　夫君！

颖　姝
子　都　（合唱）【哭相思】难止喜（苦）泪湿衣襟，

颖　姝　（唱）似将兄长凯旋迎。

子　都　（唱）负疚深，

>　　　　　　　　　未知我乃戴罪身。
>
>　　　　　郕国已灭，主恩已报，俺的心事已了。颖姝，你的心事也该了了。

颖　姝　（喜）找到杀兄仇人了？

子　都　找到了！

颖　姝　他是何人？

子　都　就是你真诚相爱、深信不疑的夫君——公孙子都！

颖　姝　（似遇雷震）是你？我不信，我不信……

子　都　子都罪孽深重！

颖　姝　（唱）【折桂令】

>　　　　眼前事似幻似真，
>　　　　曾与缠绵，同衾共枕。
>　　　　蓦怨那天公弄人，
>
>　　天哪！
>
>　　　　殷勤美男，忽成狰狞。
>　　　　道什么美姻缘上苍赐定，
>　　　　可笑我寻凶顽，
>　　　　与他夜语深沉。
>　　　　归路已尽，天可怜悯？
>　　　　现成了柳絮飞花，柳絮飞花，
>　　　　虚飘飘孑然一身。（步上高台，跃下，死去）

子　都　颖姝……（惨呼）

郑庄公　子都，大丈夫莫被儿女情所困，当以国事为重。你与我止哭！

子　都　止哭？俺止得住哭么？！（步上拜帅高台，仰望苍穹）

>　　　　（唱）【雁儿落带得胜令】
>
>　　　　凝泪眼望流云，
>　　　　闻鼙鼓耳畔鸣。
>　　　　驱车入敌阵，

浩气惊鬼神。

已往矣！

　　盖世英雄汉，

　　英名化烟尘。

　　功罪谁与论？

　　人生途程远，

　　自叹未自珍。

　　恨不曾马革裹尸壮烈死，

　　也不去人前遮羞度余生。

　　借鲜血洗遗恨，

　　难洗去身后骂名。（跃下高台，死去）

尾　声

〔送葬歌声：魂兮归去兮其行姗姗，
　　　　　　魂兮归去兮风随云旋。
　　　　　　归去兮，归去兮……
〔伴随送葬歌声的远去幕徐徐落。
〔剧终。

精品提名剧目·昆剧

牡丹亭

（上本）

编剧　（明）汤显祖

整理缩编　王仁杰

人物

杜丽娘	柳梦梅
杜　宝	杜　母
春　香	陈最良
二父老	田　夫
牧　童	老　妇
石道姑	老郭驼
李　全	杨　婆
院　公	

——昆剧《牡丹亭（上本）》 >>>>>

第一出　言怀

〔内伴唱：【蝶恋花】

忙处抛人闲处住。

百计思量，

没个为欢处。

白日消磨肠断句，

世间只有情难诉。

玉茗堂前朝复暮，

红烛迎人，

俊得江山助。

但是相思莫相负，

牡丹亭上三生路。

〔柳梦梅上。

柳梦梅　（唱）【真珠帘】

河东旧族，

柳氏名门最。

贫薄把人灰，

且养就这浩然之气。

小生姓柳，名梦梅，表字春卿。原系唐朝柳州司马柳宗元之后，留家岭南。父亲朝散之职，母亲县君之封。（叹介）所恨俺自小孤单，生事微渺。二十过头，志慧聪明，三场得手。只恨未遭时势，不免饥寒。（内唤：卖果子喽！）赖有始祖柳州公，带下郭橐驼，柳州衙舍，栽接花果。橐驼遗下一个驼孙，也跟随俺广州种树，相依过活。忽然半月之前，做下一梦。梦一大花园，在梅树之下，立着一位美人，不长不短，如送如迎。美人说道："柳生啊柳生，遇俺有姻缘之分，发迹之期。"（幕外音：秀才！遇俺方有姻缘之分，发迹之期。）美人！美人！因此改名柳梦梅。正是：梦短梦长俱是梦，年来年去是何年！

第二出　闺塾

〔杜宝、杜母上，春香跟上。

杜　宝　（唱）【满庭芳】

　　　　西蜀名儒，

　　　　南安太守，

　　　　几番廊庙江湖。

　　　　紫袍金带，功业未全无。

杜　母　老爷。

杜　宝　夫人，请坐。一生名宦守南安，莫作寻常太守看。

杜　母　伯道官贫偏少儿，中郎学富女单传。

杜　宝　自家南安太守杜宝，表字子充，乃唐朝杜子美之后。夫人甄氏，单生一女，名唤丽娘，才貌端妍，未议婚配。看起自来淑女，无不知书，故而请一老先生陈最良，教授小女《诗经》。这几日不知怎么样了？春香！

春　香　是。

杜　宝　唤女孩儿。

春　香　有请小姐！

〔杜丽娘上。

杜丽娘　（唱）【绕地游】

　　　　娇莺欲语，

　　　　　　眼见春如许。

　　　　　　寸草心，

　　　　　　怎报的春光一二！（见介）

　　　　爹娘万福。（跪介）

杜　宝　　罢了，儿啊过来。

杜丽娘　　是。

杜　宝　　有道是"玉不琢，不成器；人不学，不知道"。这几日陈先生可曾教授《诗经》？

杜丽娘　　敢问爹爹，为何单学《诗经》？

杜　宝　　哎，《易经》以道阴阳，理义深奥；《书》以道政事，与妇女无干；《春秋》、《礼记》又是孤经，则《诗经》开首便是后妃之德，正合我女儿。

杜丽娘　　是。

杜　母　　老爷！女儿啊，（唱）【玉抱肚】

　　　　　　怎念遍的孔子诗书，

　　　　　　但略识周公礼数。

　　　　　　不枉了银娘玉姐只做个纺砖儿，

　　　　　　谢女班姬女校书。

杜　宝　　哎！夫人！（唱）【尾声】

　　　　　　说与你夫人爱女休禽犊，

　　　　　　馆明师茶饭须清楚。

　　　　　　儿啊！

　　　　　　你看俺治国齐家、也则是数卷书。

　　　〔杜宝、杜母同下。

　　　〔陈最良上。

陈最良　　"吟余改抹前春句，饭后寻思午晌茶。"我陈最良在杜衙设帐，教授小姐《毛诗》，适才早膳已过，我且把《毛诗》潜玩一番。"关关雎鸠，在河之洲。窈窕淑女，君子……"

〔陈最良跌,春香笑。杜丽娘制止,上前。

杜丽娘　先生。

陈最良　女学生,昨日上的《毛诗》,可温习否?

杜丽娘　温习了。

陈最良　好,你且背来。

〔春香捡书与陈闹。陈制止。

春　香　(学陈最良介)坐下。

〔陈最良惊"嗯?"

陈最良　女学生,背来!

杜丽娘　(念书介)"关关雎鸠,在河之洲。窈窕淑女,君子好逑。"

〔陈最良专心看书,春香悄跑过去,拍桌闹介。

春　香　你也背来!

陈最良　(受惊的,自然反应)"关关雎鸠,在河之洲。窈窕淑女,君子好逑。"嗯!(怒看春香,春香退回)

杜丽娘　先生,则待讲解。

陈最良　听讲。"关关雎鸠",雎鸠是只鸟,"关关"鸟声也。

春　香　先生,那鸟儿是怎样叫的?

〔陈最良做鸠声。

〔春香学鸠声诨介。

陈最良　叫得好叫得响。(坐)此鸟性喜幽静,在河之洲。

春　香　喔,我晓得了。不是昨日是前日,唯,不是今年是去年,俺衙内关着一只斑鸠儿,被小姐一放,它就一飞飞到何知洲衙内去了。

陈最良　胡说,不许打搅。"窈窕淑女",是个幽闲女子,有那等君子要好好去求她。

春　香　啊,先生,那君子为何要好好的求她呀?

陈最良　多讲。取纸笔过来模字。

春　香　是。啊呀,先生,春香领出恭签。

陈最良　你来得几时,就要出恭?!

春　　香　急得紧了么！

陈最良　去去就来！

春　　香　晓得。（下）

杜丽娘　敢问师母尊年？

陈最良　目下平头六十。

杜丽娘　学生待绣对鞋儿上寿，请个样儿。

陈最良　生受你。依《孟子》上样儿，做个"不知足而为屦"罢了。

〔春香上。

春　　香　（笑介）交签！小姐，小姐。你只管在此读书。原来那边有座大花园，桃红柳绿，好耍子哩。

陈最良　哎也，春香，不攻书，花园去。待我取荆条来。

春　　香　先生，你要荆条做什么？（唱）【掉鱼儿】

　　　　　女娘行、那里应文科判衙？

　　　　　只不过识字儿书涂嫩鸦。（起介）

陈最良　古人读书，有囊萤的，趁月亮的。

春　　香　（接唱）待映月，

　　　　　耀蟾蜍眼花；

　　　　　待囊萤，

　　　　　把虫蚁儿活支煞。

陈最良　还有悬梁、刺股呢？

春　　香　（接唱）比似你悬了梁，

　　　　　损头发；

　　　　　刺了股，

　　　　　添瘢疤。

　　　　　有甚光华！

〔内叫卖花介。

春　　香　小姐，

　　　　　（接唱）听一声声卖花，

把读书声差。

春　香　小姐我们看花去。

陈最良　去不得！

〔二人拉着杜丽娘争。

陈最良　春香，这等顽劣，伸出手来，我真个要打一下了。（做打介）

春　香　你真个要打我么？喏。（手伸出）

陈最良　伸出手来。

陈最良　太高了！

春　香　啊，太高了？

陈最良　太低了！

春　香　喔，又太低了？

〔陈最良打介。

春　香　哎哟，

　　　　（接唱）你待打我这嫩娃娃，

　　　　　　　桃李门墙，

　　　　　　　险把负荆人吓煞。（抢荆条投地介）

〔春香闹介，陈最良倒地。

陈最良　我要辞馆了！

杜丽娘　死丫头，唐突了先生，快跪下。

陈最良　我要辞馆了！

〔春香跪介。

杜丽娘　跪下！先生念她初犯，容学生责认一遭。

陈最良　嗯，好！你去责认她！

杜丽娘　（唱）【前腔】

　　　　　　　手不许把秋千索拿，

　　　　　　　脚不许把花园路踏。

　　　　　　　则问你几丝头发，

　　　　　　　几条儿背花？敢也怕些些夫人堂上那些家法。

—— 昆剧《牡丹亭（上本）》》》》》

〔春香闹介。

春　香　先生讨饶。

陈最良　起来，下次不可！

春　香　下次不可！

陈最良　你们完了功课，方可回衙，我陪相公闲话去。

杜丽娘
春　香　送先生！

陈最良　关关雎鸠，

杜丽娘
春　香　在河之洲，

陈最良　窈窕淑女，

杜丽娘
春　香　君子好逑。

〔陈最良下。

杜丽娘　春香，方才说的花园在哪里？

〔春香不语，丽娘赔笑。

春　香　喏，喏。这不是大花园么？

杜丽娘　可有景致？

春　香　有景致，有亭台六七座，秋千一两架，绕的流觞曲水，面对太湖山石。奇花异草，委实秀丽得紧。

杜丽娘　真有这等一个所在，且回衙去。

第三出　劝农

二父老　俺等乃是南安府清乐乡中父老。恭喜本府杜太爷，管治三年，慈祥端正，弊绝风清。极是地方有福。现今亲自各乡劝农，不免官亭伺候。

〔杜宝引众上。

杜　宝　（唱）【排歌】

红杏深花，菖蒲浅芽。（合唱重句）

合　　　　　春畴渐暖年华。

　　　　　　竹篱茅舍酒旗儿叉，

　　　　　　雨过炊烟一缕斜。（二父老接介）

　　　　　　提壶叫，布谷喳。

　　　　　　行看几日免排衙。

　　　　　　休头踏，省喧哗，

　　　　　　怕惊他林外野人家。（二父老见介）

众　　　迎接杜老爷！

杜　宝　父老，知我春游之意么？（唱）【八声甘州】

　　　　　　我怕人户们抛荒力不加。还怕，

　　　　　　有那无头官事，误了你好生涯。

　　　〔内唱：闾阎缭绕接山巅，

　　　　　　春草青青万顷田。

　　　〔净扮田夫上。

田　夫　（唱）【孝白歌】

　　　　　　泥滑喇，脚支沙，

　　　　　　短耙长犁滑律的拏。

　　　　　　夜雨撒菰麻，

　　　　　　天晴出粪渣，

　　　　　　香风簁鲊。

杜　宝　歌的好。赏酒，插花。

　　　〔田夫插花赏酒，笑介。

合　　　官里醉流霞，

　　　　　风前笑插花，

　　　　　把农夫们俊煞。

　　　〔田夫下。

　　　〔丑扮牧童拿笛上。

合　　　【前腔】春鞭打，笛儿吵，

——昆剧《牡丹亭（上本）》〉〉〉〉〉

    倒牛背斜阳闪暮鸦。（笛指门子介）

    他一样小腰报，

    一般双髻髽（zha），

    能骑大马。

杜　宝　赏酒，插花。

  〔牧童插花饮酒下。

合　　官里醉流霞，

    风前笑插花，

    把牧童们俊煞。

  〔牧童下。

  〔老旦、丑持筐采茶上。

老旦
丑　　（唱）【前腔】

    乘谷雨，采新茶，

    一旗半枪金缕芽。

    学士雪炊他，

    书生困想他，

    竹烟新瓦。

    乘谷雨，采新茶，

    一旗半枪金缕芽。

杜　宝　父老，余花余酒，父老们领去，给散小乡村，也见本官下乡劝农之意。

  〔前各众插花上。

杜　宝　（唱）【清江引】

    黄堂春游韵潇洒，

    身骑五花马。

    村务里有光华，

    花酒藏风雅。

647

你德政碑随路打。

杜　宝　　带马。（下）

第四出　惊梦

〔春香上。

春　香　（唱）【一江风】
　　　　　　　小春香，
　　　　　　　一种在人奴上，
　　　　　　　画阁里从娇养。
　　　　　　　侍娘行，
　　　　　　　弄粉调朱贴翠拈花，
　　　　　　　惯向妆台傍。

这几日，老爷下乡劝农，陈先生告假回家，小姐欲去游园，命我扫除花径，恐被老夫人知道，责怪于我。却由她去，待我请小姐出来，有请小姐！

〔杜丽娘上。

杜丽娘　（唱）【绕地游】
　　　　　　　梦回莺啭，
　　　　　　　乱煞年光遍。
　　　　　　　人立小庭深院。

春　香　（取镜台衣服上）云髻罢梳还对镜，罗衣欲换更添香。请小姐梳妆。

杜丽娘　（唱）【步步娇】
　　　　　　　袅晴丝吹来闲庭院，
　　　　　　　摇漾春如线。
　　　　　　　停半晌、整花钿。
　　　　　　　没揣菱花，

　　　　　　偷人半面，

　　　　　　迤逗的彩云偏。（行介）

　　　　　　我步香闺怎便把全身现！

春　香　小姐，今日穿插的好。

杜丽娘　（唱）【醉扶归】

　　　　　　你道翠生生出落的裙衫儿茜，

　　　　　　艳晶晶花簪八宝填，

　　　　　　可知我一生儿爱好是天然。（伴唱重句）

　　　　　　恰三春好处无人见。

　　　　　　不提防沉鱼落雁鸟惊喧，

　　　　　　则怕的羞花闭月花愁颤。

　　　　春香，不到园林，怎知春色如许！

　　　　（唱）【皂罗袍】

　　　　　　原来姹紫嫣红开遍，

　　　　　　似这般都付与断井颓垣。

　　　　　　良辰美景奈何天，

　　　　　　赏心乐事谁家院！

合　　　　朝飞暮卷，

　　　　　　云霞翠轩；

　　　　　　雨丝风片，

　　　　　　烟波画船——

　　　　　　锦屏人忒看的这韶光贱！

春　香　小姐，这是青山。

杜丽娘　（唱）【好姐姐】

　　　　　　遍青山（春香夹白：这是杜鹃花）啼红了杜鹃，（春香夹白：那是荼蘼）

　　　　　　荼蘼外烟丝醉软。（春香夹白：是花都开，那牡丹花还早哩！）

那牡丹虽好，

他春归怎占的先！

春　　香　　闲凝眄，

生生燕语明如剪，

听呖呖莺声溜的圆。

小姐，你身子乏了，歇息片时，俺瞧老夫人再来。（下）

杜丽娘　去去就来。

〔春香内声：晓得。

杜丽娘　（叹介）蓦地游春转，小试宜春面。春呵春，得和你两留连，春去如何遣？咳，恁般天气，好困人也。（唱）【山坡羊】

没乱里春情难遣，

蓦地里怀人幽怨。

则为俺生小婵娟，

拣名门一例、一例里神仙眷。

甚良缘，

把青春抛的远！

俺的睡情谁见？

则索因循腼腆。

想幽梦谁边，

和春光暗流转？

迁延，

这衷怀那处言！

淹煎，

泼残生，

除问天！（睡介）

〔梦生介。

〔柳梦梅持柳枝上。

柳梦梅　莺逢日暖歌声滑，人遇风情笑口开。一径落花随水入，今朝阮肇

————昆剧《牡丹亭（上本）》 〉〉〉〉〉

到天台。小生顺路跟着杜小姐回来，怎生不见？（回看介）呀，姐姐，姐姐！

〔杜丽娘做惊起介、想见介。

柳梦梅　姐姐，小生哪一处不曾寻到，却在这里！（杜丽娘做斜视不语介）小生恰好在花园内，折得垂柳半枝。姐姐，你既淹通诗书，可作诗一首，以赏此柳枝乎？

杜丽娘　（做惊喜，欲言又止介）（背想）那生素昧平生，因何到此？

柳梦梅　（笑介）小姐，咱爱煞你哩！（唱）【山桃红】

则为你如花美眷，

似水流年，

是答儿闲寻遍。

在幽闺自怜。

姐姐，和你那答儿讲话去。

〔杜丽娘做含笑不行。生做牵衣介。

杜丽娘　（低问）秀才，哪里去？去怎的？

柳梦梅　（低答，接唱）

转过这芍药栏前，

紧靠着湖山石边。

咱和你把领扣松，

衣带宽，

袖梢儿揾着牙儿苫也，

则待你忍耐温存一晌眠。

〔杜丽娘作羞，生前抱，杜丽娘推介。

合　　　是那处曾相见，

相看俨然，

早难道好处相逢无一言？

〔柳梦梅强抱杜丽娘下。

〔花神上。

花　神　（唱）【鲍老催】

　　　　　　单则是混阳蒸变，

　　　　　　看他似虫儿般蠢动把风情扇。

　　　　　　一般儿娇凝翠绽魂儿颤。

　　　　　　这是景上缘。

　　　　　　想内成，因中见。

　　　　　　淫邪展污了花台殿。

　　　　　　他梦酣春透了怎留连？

　　　　　　拈花闪碎的红如片。

　　　〔花神下。

　　　〔柳梦梅、杜丽娘携手上。

柳梦梅　（唱）【山桃红】

　　　　　　这一霎天留人便，

　　　　　　草藉花眠。（杜丽娘低头介）

　　　　　　则把云鬟点，

　　　　　　红松翠偏。

　　　　　　见了你紧相偎，

　　　　　　慢厮连，

　　　　　　恨不得肉儿般团成片也，

　　　　　　逗的个日下胭脂雨上鲜。

　合　　　是那处曾相见，

　　　　　　相看俨然，

　　　　　　早难道好处相逢无一言？

柳梦梅　姐姐，你身子乏了，将息片时，小生去也。啊呀妙吓，行来春色三分雨。

杜丽娘　秀才！

柳梦梅　在！睡去巫山一片云。（下）

杜丽娘　（做惊醒介）秀才，秀才！（又做痴睡介）

春　香　小姐，薰了被窝睡吧。

第五出　慈戒

〔杜母上。

杜　母　昨日胜今日，今年老去年。可怜小儿女，长自绣窗前。几日不到女孩儿房中，午晌去瞧她，只见情思无聊，独眠香阁。问知他在后花园回来，身子困倦。她年幼不知：凡少年女子，最不宜艳妆戏游空冷无人之处。这都是春香贱材引逗了她去。春香哪里？

〔春香上。

春　香　闺中图一睡，堂上有千呼。奶奶，这夜分时节，还未安睡么？

杜　母　小姐在哪里？

春　香　陪过夫人到香阁中，自言自语，淹淹春睡去了。敢在做梦也。

杜　母　你这贱材，引逗小姐后花园去。倘有疏虞，怎生是了！

春　香　以后再不敢了。

杜　母　听俺吩咐：（唱）【征胡兵】
　　　　　女孩儿只合香闺坐，
　　　　　拈花剪朵？
　　　　　更昼长闲不过，
　　　　　琴书外自有好腾那。
　　　　　去花园怎么？

春　香　去花园自然是玩耍。

杜　母　你这丫头还敢犟嘴，看我家法伺候。

春　香　夫人休闪了手，听春香诉来。

杜　母　快讲。

春　香　便是那日，小姐游园回来，说是有个秀才，手执柳枝要她题诗，小姐说与秀才素昧平生，也不与他题了。

杜　母　不题罢了，后来呢？

春　香　后来那秀才一拍手，把小姐端端正正抱到牡丹亭上去了。

杜　母　啊，去怎的？

春　香　春香哪里知道。

杜　母　到底去做什么？

春　香　是小姐做梦。

杜　母　是做梦。真个是见了鬼了，等我请紫阳宫石道姑与女儿诵经驱邪。

春　香　小姐不在房中，也不知往哪里去了。

第六出　寻梦

〔杜丽娘上。

杜丽娘　（唱）【懒画眉】

最撩人春色是今年。

少什么低就高来粉画垣。

原来春心无处不飞悬。（绊介）

哎！

睡荼蘼抓住裙衩线，

恰便是花似人心向好处牵。

昨日所梦，池亭俨然，只图旧梦重来，其奈新愁一段。寻思展转，竟夜无眠，咱待乘此空闲，背却春香，悄向花园寻看。

（唱）【忒忒令】

那一答可是湖山石边，

这一答似牡丹亭畔。

嵌雕栏芍药芽儿浅，

一丝丝垂杨线，

一丢丢榆荚钱，

线儿春甚金钱吊转！

记得梦里书生手执柳枝要奴题咏,强我欢会之时,好不话长也!

(唱)【尹令】

　　咱不是前生爱眷,

　　又素乏平生半面。

　　则道来生出现,

　　乍便今生梦见。

　　生就个书生,

　　恰恰生生抱咱去眠。

合　【品令】挨过雕栏,

　　转过秋千,

　　掯着裙花展。

　　敢席着地,

　　怕天瞧见。

　　好一会分明,

　　美满幽香不可言。

秀才,秀才!梦到正好时节,甚花片儿掉将下来也,将奴惊醒!咳,寻来寻去,都不见了。那牡丹亭,芍药栏,怎生这般凄凉冷落,杳无人迹?好生伤心也!(泪介)呀,无人之处,忽见大梅树一株,梅子磊磊可爱。梅树依依可人,我杜丽娘死后,得葬于此,幸矣。

(唱)【江儿水】

　　偶然间心似缱,

　　在梅树边。

　　似这等花花草草由人恋,

　　生生死死随人愿,

　　便酸酸楚楚无人怨。

合　　生生死死随人愿,

　　便酸酸楚楚无人怨。

杜丽娘　　　待打并香魂一片，

　　　　　　阴雨梅天，

　　　　　　哎呀人儿啊！

合　　　　　守的个梅根相见。（倦坐介）

第七出　道觋

〔石道姑上。幕后猫叫。

石道姑　叫，叫啥子嘛！你有本事到外头去找，跟我叫有啥子用嘛，讨厌！（唱）【风入松】

　　　　人间嫁娶苦奔忙，

　　　　只为有阴阳。

　　　　问天天从来不具人身相，

　　　　只得来道扮男妆，

　　　　屈指有四旬之上。

　　　　当人生，梦一场。

　　贫道乃紫阳宫石道姑的便是。我俗家原不姓石，只因我生为石女，为人所弃，故号"石姑姑"。你一石，他一姑，我这个石姑姑，还真有一点小名气。常言说得好，天生我材必有用。可我的母亲说，我的闺女啊，人家女儿都有个"上和下睦"，偏你石二姐就没得个"夫唱妇随"。说完就请了个伶牙俐齿的媒人，把我许给了一个大鼻子的男人。想我成婚的那一天，开道的旌旗招展，吹打的鼓乐齐鸣，挑担的成群结队，随轿的结队成群，新郎倌骑着高头马，头插大红花，时不时还斜着眼睛看奴家，看得我心里七上八下，硬是低着头不敢正眼瞧他。那时节，拉的拉，扯的扯，推的推，揉的揉，前呼后拥入洞房。姐妹们叠被的叠被，铺床的铺床。好容易挨到二更时分，新郎挑帘匆忙，灯影下褪尽了这几件乃服衣裳，我回头一看，吓得我是哭爹又叫娘。洞房花烛夜，我也只好实话实说，我的新郎啊，奴家我是个中看不中用的新娘。一句话不要紧，气得他七窍生烟，火冒三丈。我劝他说：新郎啊，你不要动气，你纳妾偏房香火旺，你我结发夫妻莫相忘。不久这个大鼻子新郎，果然讨了个偏房，做小的备受宠幸，我为正的反倒苦守空房。我也不怪他喧宾夺主，不如出了家，倒落个六根清净。他们都说，女人苦，女人苦！他们哪里晓得我这个女人中的石女真比黄连还要苦。方才杜夫人派人传话，说小姐到花园中耍了一下，碰到啥子鬼啊魅的，说让我去作作法驱驱邪。嘿嘿，我要是把小姐的病看好了，今年的香火钱，我就不用愁了。好，说走就走。嗯？不对头！炉子上的红烧蹄膀烧糊喽。（下）

第八出　写真

杜丽娘　（照镜）我杜丽娘往日艳冶轻盈，奈何一瘦至此！若不趁此时自行描画，留在人间，谁知我杜丽娘有如此美貌乎！"三分春色描来易，一段伤心画出难。"（描画）记得梦里书生手执柳枝来赠我。此莫非他日所适之夫姓柳？故有此警报耳。偶成一诗，暗藏春色，题于帧首之上？（题字）"近睹分明似俨然，远观自在若飞仙。他年得傍蟾宫客，不在梅边在柳边。"

第九出　诀谒

〔柳梦梅上。

柳梦梅　（唱）【杏花天】
　　　　虽然是饱学名儒，
　　　　腹中饥，
　　　　峥嵘胀气。

梦魂中紫阁丹墀（chi），

猛抬头、破屋半间而已。

我柳梦梅在广州学里，也是个数一数二的秀才。如今藏身荒圃，寄口髯奴。思之、思之，惶愧、惶愧。不如外县傍州，寻觅活计。老园公哪里？

〔郭驼上。〕

郭　驼　来哉，来哉！相公，读书辛苦。

柳梦梅　老园公，正待与你商量一事。我读书过了二十岁，并无发迹之期。思想起来，前路多长，岂能郁郁居此。我要离家而去，园中果树，都判与伊。

郭　驼　相公——（唱）【桂花锁南枝】

俺橐驼风味，

种园家世。（揖介）

不能够展脚伸腰，

也和你鞠躬尽力。

相公，你把果园贴给我到哪里去啊？

柳梦梅　坐食三餐，不如干谒些许。

郭　驼　怎生叫干谒些许？

柳梦梅　混名打秋风哩！

郭　驼　咳，相公！你这是走后门、通路子啊！

（接唱）你费工夫去撞府穿州，

不如依本分登科及第。

柳梦梅　你说打秋风不好？"茂陵刘郎秋风客"，到大来还做了皇帝。

郭　驼　相公，不要攀今吊古的。

柳梦梅　俺干谒之兴甚浓，你休得阻挡。

郭　驼　相公、相公！那么，也整理些衣衫再去。（唱）【尾声】

把破衫衿彻骨捶挑洗。

柳梦梅　（接唱）学干谒黄门一布衣。

郭　　驼　相公,（接唱）【尾声】

　　　　　　则要你衣锦还乡俺还见的你。

郭　　驼　相公。

柳梦梅　老园公。

第十出　牝贼

〔李全、杨婆引众人上。〕

李　　全　（唱）【北点绛唇】

　　　　　　世扰膻风,

　　　　　　家传杂种。

杨　　婆　（接唱）刀兵动,

李　　全　（接唱）这贼英雄,

　　　　　　比不的穿墙洞。

杨　　婆　（唱）【番卜算】

　　　　　　百战惹雌雄,

　　　　　　血映燕支重,

　　　　　　一枝枪洒落花风,

　　　　　　点点梨花弄。

李　　全　（念）汉儿学得胡儿语,

　　　　　　又替胡儿骂汉人。

　　　　　自家李全是也。本贯楚州人氏。身有万夫不当之勇。南朝不用,去而为盗。

杨　　婆　以五百人出没江淮之间,是正无归著。

李　　全　所幸大金皇帝,已封俺为溜金王。央我骚扰淮扬,看机进取,奈我多勇少谋。所喜妻子杨氏娘娘,能使一条犁花枪,万人无敌。夫妻上阵,是大有威风。只是我家娘子有些吃醋,凡是掳来的妇人,都要归她帐下。我是一点办法都没得。你看,就是军士们,

　　　　　也要畏惧她三分。

李　全　娘娘，你可知大金皇帝，已封俺为溜金王？

杨　婆　甚的叫溜金王？

李　全　溜者顺也。

杨　婆　他为甚的要封你啊？

李　全　要俺骚扰淮扬三年。待等兵粮齐集，一举渡江，灭了赵宋，到那时，嘿嘿。

杨　婆　怎么样啊？

李　全　我还要做皇帝哩！

杨　婆　有这等事！恭喜，恭喜了。

李　全　啊哟，同喜！同喜。

杨　婆　那我就借此号令，招兵买马喽。

李　全　好！

　合　　招兵买马！（唱）【六幺令】
　　　　　如雷喧哄，
　　　　　紧辕门画鼓冬冬。
　　　　　哨尖儿飞过海云东。
　　　　　好男女，坐当中，
　　　　　淮扬草木都惊动。（重句）
　　　（唱）【前腔】
　　　　　聚粮收众。
　　　　　选高蹄战马青骢。
　　　　　闪盔缨斜簇玉钗红。
　　　　　好男女，坐当中，
　　　　　淮扬草木都惊动。（重句）

———— 昆剧《牡丹亭（上本）》 >>>>>

第十一出　闹殇

〔春香上。

春　香　我家小姐自游园之后，伤春病到深秋。虽有石姑姑日夜调理，也不见好转。看今夜风雨萧条，只怕小姐是挨不到明日了。（哭下）

〔杜丽娘上。

杜丽娘　（唱）【集贤宾】海天悠，

问冰蟾何处涌？

甚西风吹梦无踪！

人去难逢，

心坎里别是一般疼痛。（杜丽娘闷介）

〔春香上。

春　香　（惊介）奶奶快来，小姐昏厥了。

〔杜母上。

杜　母　儿啊怎么样了？

杜丽娘　（泣介，拜跌介）（唱）【啭林莺】

从小来觑的千金重，

不孝女孝顺无终。

娘呵，此乃天之数也。

杜　母　儿啊！不要说这样话来。

　合　　（接唱）恨西风，

一霎无端碎绿摧红。

杜　母　（唱）【前腔】并无儿、荡得个娇香种，

绕娘前笑颜欢容。

但成人索把俺高堂送。

恨天涯老运孤穷。

恨西风，

一霎无端碎绿摧红。

杜丽娘　娘啊，听女孩儿一言。这后园中有梅树一株，儿心所爱。但葬我梅树之下。

杜　母　这是怎的来？

杜丽娘　（唱）【玉莺儿】
　　　　做不得病婵娟桂窟里长生，
　　　　则分的粉骷髅向梅花古洞。

　合　　恨苍穹，
　　　　妒花风雨，
　　　　偏在月明中。

杜　母　待我告知老爷，广做道场也。（下）

杜丽娘　（又醒）春香，咱可有回生之日么？（叹介）

春　香　小姐不要说这样伤心话来。

杜丽娘　春香，你要好生奉侍老爷、奶奶。

春　香　春香知道。

杜丽娘　春香，我记起一事来，我那春容，题诗在上，外观不雅，葬我之后，盛个紫檀匣儿，藏在太湖石底。

春　香　小姐，待我去禀过老爷夫人，但是姓柳姓梅的秀才，招选一个，与小姐同生共死，岂不美哉。

杜丽娘　只怕等不及了，哎哟！（昏）

　　　　〔杜母、杜宝上。

杜　宝
杜　母　（唱）【忆莺儿】
　　　　鼓三咚，愁万重，
　　　　冷雨幽窗灯不红，
　　　　侍儿传言女病凶。
　　　　啊呀儿哪！我儿醒来！

杜丽娘　爹爹，娘啊！

―――昆剧《牡丹亭（上本）》 >>>>>

（唱）【尾声】

　　怕树头树底不到的五更风，

　　和俺小坟边立断肠碑一统。

爹爹，今夜是中秋。

杜　　宝	是中秋。
杜丽娘	禁了这一夜雨。

爹爹、母亲！儿去也！

怎能够月落重生灯再红！

杜　　宝 杜　　母	我儿！我儿！

〔内柳梦梅声：姐姐。

杜丽娘	秀才，秀才。
春　　香	小姐，小姐！
杜　　宝	我的儿也，呀。

〔杜母闷倒，春香惊叫介。

春　　香	老爷，痛杀奶奶也。
杜　　宝	夫人！夫人醒来！

〔院公上。

院　　公	禀老爷，朝报高升。
杜　　宝	（杜宝看报介）呈上来。吏部一本，奉圣旨：金寇南窥，南安知府杜宝，可升安抚使，镇守淮扬。即刻起程，不得有误，钦此。（叹介）夫人，朝旨催人北往，女丧不便西归。院子，请陈先生，石道姑。
院　　公	是。

〔陈最良上。

陈最良	小姐！彭殇真一壑，
石道姑	吊贺每同堂。（见介）
杜　　宝	陈先生，小女长谢你了。

陈最良　（哭介）痛伤小姐仙逝，陈最良一发失所。

　　　　〔众哭介。

杜　宝　陈先生，本官奉旨，即日起程。因小女遗言，就葬在后花园梅树之下，起座"梅花庵观"，安置小女神位。就请石道姑焚修看守。

石道姑　老道姑愿为小姐添香换水。

杜　母　就烦劳石道姑。

杜　宝　陈先生，老道姑，（唱）【意不尽】

　　　　　　咱女坟儿三尺暮云高，

　　　　　　老夫妻一言相靠。

　　　　　　不敢望时时看守，

　　　　　　则清明寒食一碗饭儿浇。

　　　　〔合唱：魂归冥漠魄归泉，

　　　　　　使汝悠悠十八年。

　　　　　　一叫一回肠一断，

　　　　　　如今重说恨绵绵！恨绵绵！

精品提名剧目·昆剧

牡丹亭

（下本）

剧本　（明）汤显祖

整理缩编　王仁杰

人物

胡判官　　　鬼　吏
杜丽娘　　　花　神
柳梦梅　　　石道姑
杜　母　　　春　香
杜　宝　　　报　子
陈最良　　　李　全
杨　婆

———— 昆剧《牡丹亭（下本）》 〉〉〉〉〉

第一出 冥判

〔内伴唱：【蝶恋花】

　　　　忙处抛人闲处住。

　　　　百计思量，

　　　　没个为欢处。

　　　　白日消磨肠断句，

　　　　世间只有情难诉。

　　　　玉茗堂前朝复暮，

　　　　红烛迎人，

　　　　俊得江山助。

　　　　但是相思莫相负，

　　　　牡丹亭上三生路。

〔净扮判官，众鬼上。

胡判官　（唱）【北点绛唇】

　　　　十地宣差，

　　　　一天封拜。

　　　　阎浮界，

　　　　阳世栽埋，

　　　　又把俺这里门楗迈。

我乃十地阎罗王殿下一个胡判官是也，玉帝见下官正直聪明，着某权管十地狱印信。今日走马上任，好不洒乐人也。掌案的，那枉死城中，还有几名鬼犯，未曾发落？

鬼　吏　禀爷，还有女囚一名，未曾发落。
胡判官　好，带女犯。
〔鬼带杜丽娘上。
〔内，女声合唱：
天台有路难逢俺，
地狱无情欲恨谁！
鬼　吏　女犯进！
杜丽娘　叩见判爷！
胡判官　抬起头来（杜丽娘抬头）呀！
（唱）【天下乐】
猛见了荡地惊天一个女俊才，
哈也么哈，缘何到这里来。
因甚的病患来，（重句）
是谁家嫡支派，
这颜色不像似在那泉台。
鬼　吏　啊！判爷，这一女子长得倒也标致，不如留在府内，做位夫人吧！嘻嘻。
胡判官　尔待怎讲？
众　　做位夫人吧！
胡判官　呀呀呸！这是有天条的，擅要囚妇者，斩！
众　　嘻嘻。
胡判官　还不下站！那一女子，姓甚名谁，因何而死，你要与我从实的招来。
杜丽娘　判爷呀，小女子杜丽娘，则为在南安府后花园梅树之下，梦见一秀才，执柳一枝，要奴题咏，留连婉转，甚是多情，醒来伤感而亡。
胡判官　咦！荒唐啊荒唐，想世人哪有一梦而亡之理？（唱）【鹊踏枝】
一溜溜一个女婴孩，

梦儿里能宁耐!

谁曾挂圆梦招牌,

谁和你拆字道白?

哈也么哈,那秀才何在?

梦魂中曾见着个谁来?

还不快招!

众　　　快招!快招!

杜丽娘　不曾见谁,则见花片儿掉将下来,把奴惊醒。

胡判官　哦!落花惊醒?来!传南安府后花园花神过来!

鬼　吏　南安府后花园花神哪里?

〔花神上。

〔女声幕后唱:

红雨数番春落魄,

山香一曲女消魂。

胡判官　花神,这一女鬼说在后花园一梦,落花惊醒而亡,可有此事?

花　神　是也,他与秀才梦的缠绵,落花惊醒,这女子慕色而亡。

胡判官　哦!慕色而亡,那就将她贬到燕莺队里去吧!

花　神　启判爷,此女犯乃梦中之罪,且他父亲为官清正,可以耽饶。

胡判官　她父亲是谁?

花　神　她父亲杜宝,今升淮扬安抚使。

胡判官　喔!原来是位千金小姐哩。也罢!看在杜老先生份上,奏过天庭,再行议处。

众　神　多谢恩官!

胡判官　哆!休得无礼。

杜丽娘　就烦恩官查查女犯的丈夫姓柳还是姓梅?

胡判官　看她如此多情,不免与她查来,姻缘簿伺候。(做背查介)柳梦梅,妻杜丽娘,前系幽欢,后成明配,相会在红梅观中,嗨!真有这等奇事。闪开了,杜丽娘,你那梦中之人,他叫柳梦梅。

杜丽娘　柳梦梅？

胡判官　正是，他与你确有姻缘之分。

杜丽娘　确有姻缘之分，望恩官成全与我。

胡判官　这个……

众　　　判爷！成全了吧！

胡判官　好一个痴情女子，实实难得，想俺判爷生前也是个多情之人。也罢！我这里赐你游魂路引一纸，放你出柱死城，随风游戏，跟寻此人去罢！

杜丽娘　多谢恩官！

第二出　玩真

〔柳梦梅上。

柳梦梅　（唱）【金珑璁】

　　　　惊春谁似我？

　　　　客途中都不问其他。

小生柳梦梅，自别岭南，孤身取试长安道。不意途中染病，腰折南安断桥西道，幸遇陈最良相救，养伤于梅花观中。这几日春怀郁闷，无处忘忧！

〔石道姑上。

石道姑　（唱）【一落索】

　　　　无奈女冠何，

　　　　识得书生破，

　　　　知他何处梦儿多？

　　　　每日价欠伸千个。

柳梦梅　老姑姑！

石道姑　哟，柳秀才！柳秀才，身子可好些了么？

柳梦梅　日来病患较些，闷坐不过，偌大梅花观，少甚园亭消遣。

―――昆剧《牡丹亭（下本）》 〉〉〉〉〉

石道姑　你不晓得我们这梅花观后面有好大好大的一个大花园，虽然亭楼凋谢，不过还有好多闲花野草点缀，你可以去耍一下，只是一条，不许伤心。

柳梦梅　伤心，怎说伤心也！

石道姑　我有事，不陪你耍了，你要早去早回。（下）

柳梦梅　姑姑请便。既有后花园，待我迤逦而去。（行介）呀，这是西廊了。（行介）好个葱翠篱门，怎么倒了半架。（到介）呀，好一座园子也。（唱）【好事近】

　　　　则见风月暗消磨，
　　　　画墙西正南侧左。（跌介）
　　　　苍苔滑擦，
　　　　倚逗着断垣低垛，
　　　　因何蝴蝶门儿落合？

呀！偌大梅花观，乃女冠之流，怎起的这座大园子？（唱）【绵缠道】断烟中见水阁摧残，画船抛躲，冷秋千尚挂下裙拖。似这般狼籍呵！敢断肠人远，伤心事多？待不关情么，恰湖山石畔留着你打磨陀。呀，这里有个小匣儿。待把左侧一峰靠着，不知什么东西，待我拾起来看。是个小轴儿。（开匣看画介）原来是尊观音佛像。缘何尘埋于此，待我捧到书馆，焚香顶礼，也强如埋在此中，有理啊有理。呀，是观音佛像，怎一对小脚儿？看帧首之上，还有小字数行。（看介）待我看来。（念介）"近睹分明似俨然，远观自在若飞仙。他年得傍蟾宫客，不在梅边在柳边。"哦。原来是人间女子行乐图，缘何"不在梅边在柳边"？哈哈，真乃奇哉怪事也！看这小娘子面熟得很，曾在哪里会过一次，怎么一时再也想不起？呀！我想起来了，记得去春时，曾得一梦，梦一大花园，在梅树之下，立着一位小娘子，不长不短，如迎如送，喏喏喏就是她，她说：柳生吓，柳生，与俺有姻缘之分，发迹之期！（内女声：秀才，与俺有姻缘之分，发迹之期！）小娘子，可

671

是你说的，是也不是，是也不是呀！（唱）【莺啼序】

　　他青梅在手诗细哦，

　　逗春心一点蹉跎。

　　小生待画饼充饥，

　　姐姐似望梅止渴。

　　她未曾开半点幺荷，

　　好含笑处朱唇淡抹。

哈哈哈！待我来狠狠叫她几声，喂！美人！小娘子！姐姐！我那嫡嫡亲亲的姐姐吓！（唱）【簇御林】

　　向真真啼血你知么？

莫怪小生，我叫，

　　叫的你喷嚏一似天花唾。

咦！下来了！

　　她动凌波。（夹白：请坐下）

　　盈盈欲下，

呀吓！

　　全不见些影儿挪。

小娘子，小生孤单在此，少不得将小娘子画像，做个伴侣儿，早晚玩之、拜之、叫之、赞之。（唱）【尾声】

　　则被你有影无形看杀我。

（风声）风来了！风来了！小娘子，这里有风，请小娘子到里面去，小娘子是客，自然小娘子先请，小生么，喏喏喏随后。请哪，请哪！

第三出　忆女

〔杜母上。

杜　母　（唱）【玩仙灯】

地老天昏，

没处把老娘安顿。

思量起举目无亲，

招魂有尽。（哭介）

自从女儿亡过，俺皮骨空存，肝肠痛尽。算来一去三年，又是生辰之日。心香奉佛，泪烛浇天。

春　香　夫人，就此望空顶礼。

杜　母　杜安抚之妻甄氏，敬为亡女生辰，顶礼佛爷。愿得杜丽娘皈依佛力，早早升天。

春　香　小姐，春香祭你来了！（拜介）（唱）【香罗常】

名香叩玉真，

受恩无尽，

赏春香还是你旧罗裙。

小姐临去之时，吩咐春香，长唤一声，小姐，小姐！

叫的一声声小姐可曾闻也？

你可还向这旧宅里重生何处身。

杜　母　（哭介）（接唱）

俺的丽娘人儿也，

你怎抛下的万里无儿白发亲！

第四出　幽媾

〔杜丽娘作鬼声，掩袖上。

杜丽娘　（唱）【水红花】

则下得望乡台如梦俏魂灵，

夜荧荧，墓门人静。

原来是赚花阴小犬吠春星。

冷冥冥，梨花春影。

呀！转过牡丹亭、芍药栏，都荒废尽。爹娘去了三年也，伤感煞断垣荒径，望中何处也鬼灯青，兀的有人声也。（泣介）呀，这是书斋后园，怎做了梅花庵观？原来是石姑姑在此住持，一坛斋意度俺升天，姑姑啊，我也生受你了。好一阵香也！梅花啊，似俺杜丽娘半开而谢，好伤情也！（内叫：姐姐，俺的美人哪）呀！那边厢有沉吟叫唤之声，听怎来。（内：姐姐呀）谁叫谁也？

（唱）【醉归迟】

生和死，孤寒命。

有情人叫不出情人应。

为什么不唱出你可人名姓？

似俺孤魂独趁，

待谁来叫唤俺一声。

不分明，

无倒断，

再消停。（飘然而下）

〔柳梦梅上。

柳梦梅 （展画玩介）呀，看这小娘子，眼注微波，神含欲语。真乃落霞与孤鹜齐飞，秋水共长天一色。待我再将她的诗句朗诵一番。（念诗介）他年得傍蟾宫客，不在梅边在柳边。

柳梦梅 俺的姐姐，俺的美人哪！

杜丽娘 （听打悲介）（唱）【朝天懒】

呀！

是他叫唤的伤情咱泪雨麻，

把我残诗句没争差。（柳叫：姐姐）

难道还未睡么？（瞧介）

我待敲弹翠竹窗棂下。（悲介）

待展香魂去近他。

〔柳梦梅又叫介。杜丽娘敲翠竹介。

―――昆剧《牡丹亭（下本）》 〉〉〉〉〉

柳梦梅　呀，户外敲竹之声，不知是风是人？

杜丽娘　有人。

柳梦梅　这时候有人，敢是老姑姑送茶来？免送了。

杜丽娘　不是。

柳梦梅　不是？哦！待我启门而看。（开门看介）

　　　　呀！（唱）【玩仙灯】

　　　　　何处一娇娃，

　　　　　艳非常使人惊诧！

　　〔杜丽娘作笑闪入。

　　〔柳梦梅急掩门。

杜丽娘　（敛衽整容见介）秀才万福！

柳梦梅　小娘子到来，敢问尊前何处，因何贪夜至此？

杜丽娘　秀才，猜来。

柳梦梅　秀才生性痴钝，猜不来，还是小娘子你自说吧！

杜丽娘　你要我说么？

柳梦梅　小娘子家下有谁？

杜丽娘　秀才！（唱）【宜春令】

　　　　　斜阳外，芳草涯，

　　　　　再无人有伶仃的爹妈。

　　　　　奴年二八，

　　　　　没包弹风藏叶里花。

　　　　　为春归惹动嗟呀，

　　　　　瞥见你风神俊雅。

　　　　　无他，

　　　　　待和你剪烛临风，

　　　　　西窗闲话。

柳梦梅　呀，人间有此艳色！（回介）请问小娘子贪夜下顾小生，敢是梦也？

杜丽娘　（笑介）不是梦，当真哩。还怕秀才未肯容纳。

柳梦梅　则怕未真，果然小娘子见爱，小生喜出望外。何敢却乎？

杜丽娘　奴家真个盼着你了。

柳梦梅　（唱）【滴滴金】

　　　　　　俺惊魂化，

　　　　　　睡醒时凉月些些。

　　　　　　陡地荣华，

　　　　　　敢则是梦中巫峡？

　　　　　　亏杀你走花阴不害些儿怕，

　　　　　　点苍苔不溜些儿滑，

　　　　　　背萱亲不受些儿吓，

　　　　　　认书生不著些儿差。

　　　　　　你看斗儿斜，花儿亚，

　　　　　　如此夜深花睡罢。

杜丽娘　妾有一言相恳！

柳梦梅　（笑介）贤卿有话，但说何妨。

杜丽娘　妾千金之躯，一旦付与郎矣，勿负奴心。每夜得共枕席，平生之愿足矣。

柳梦梅　（笑介）啊呀呀，贤卿有心恋于小生，小生岂敢负于贤卿乎？

杜丽娘　还有一言，未至鸡鸣，放奴回去，秀才休送，以避晓风。

柳梦梅　是，是。这都领命。望贤卿逐夜而来。

杜丽娘　秀才，（唱）【意不尽】

　　　　　　且和俺点勘春风这第一花。

第五出　移镇

〔杜宝引杜母、春香上。

杜　宝　（唱）【夜游朝】

西风扬子津头树,

望长淮渺渺愁予。

俺杜宝,因边兵寇淮事,奉圣旨刻日渡淮,夫人,你我移镇淮安,就此上船也。

〔众上船介。

杜　宝　呀! 又是一江秋色也。(唱)【长拍】

天意秋初,

天意秋初,

金风微度,

城阙外画桥烟树。

看初收泼火,

嫩凉生,

微雨沾裾。

移画舸浸蓬壶。

报潮生风气肃,

浪花飞吐,

点点白鸥飞近渡。

风定也,落日摇帆映绿蒲,

白云秋窣的鸣箫鼓。

何处菱歌,

唤起江湖?

〔末扮报子跑马上。

报　子　(唱)【不是路】

马上传呼,

慢橹停船看羽书。

怎的来那淮安府,

李全将次逞狂图。

星飞调度凭安抚。

　　　　　则怕这水路里耽延，

　　　　　还望走旱途。

杜　宝　夫人，（接唱）

　　　　　吾当走马红亭路；

　　　　　你转船归去、转船归去。

　　　〔丑扮报子上。

报　子　（唱）【前腔】

　　　　　万骑胡奴，

　　　　　他要堙断长淮五湖。

　　　　　休迟误。

　　　　　怕围城缓急要降胡。

　　　夫人，扬州定然有警，你可改走临安，就此告辞！带马！（下）

杜　母　老爷保重！

　　　〔杜宝下。

第六出　冥誓

　　　〔石道姑上。

石道姑　（念）世事难拼一个信，

　　　　　　　人情常带三分疑。

　　　杜老爷为小姐创下这座梅花观，着俺看守三年。也不晓得陈教授这老狗才，在哪里引下岭南柳秀才，在这里养病。前晚我从他房门前经过，只听见这个里头唧唧哝哝，唧唧哝哝，好像是女娃娃的声息。敢是哪一个小道姑守不住了，瞒着我勾引柳秀才，这个柳秀才，也只好逆来顺受。今晚我定要查个水落石出！

　　　〔杜丽娘上。

杜丽娘　（叹介）奴家和柳郎幽期，除是人不知，鬼都知道。（泣介）前日我为柳郎而死，今日我为柳郎而生。夫妻分缘，去来明白。今宵

——昆剧《牡丹亭（下本）》 》》》》

不说，只管人鬼混缠到甚时节？只怕说时，柳郎那一惊啊，也避不得了。

柳梦梅　（作揖介）姐姐你今夜来的恁早哩。
杜丽娘　盼不到月儿上也。
柳梦梅　姐姐！
杜丽娘　秀才有此心，何不请媒相聘？也免得奴家为你担慌受怕。
柳梦梅　明早敬造尊庭，拜见令尊令堂，方好问亲于姐姐。
杜丽娘　到俺家来，只好见奴家。要见俺爹娘还早。
柳梦梅　怎地来？
　　　　〔石道姑上，拍门介。
石道姑　开门，开门！
柳梦梅　外面是哪一个？
石道姑　地方巡警查户口。
柳梦梅　不要胡说，你到底是哪个？
石道姑　哈哈，柳秀才，我是石姑姑与你送茶来喽。
柳梦梅　原来是石姑姑，姑姑夜深了，不用。
石道姑　秀才，你房内有客？
柳梦梅　（惊介）没，没有。
石道姑　还是一个女客！
柳梦梅　没有！
石道姑　我都听见了，开门！开门！快点！
柳梦梅　来了！来了！
石道姑　开门哟！（石道姑进介）没得！（抓柳的手）还是没得！
柳梦梅　哈哈，我说柳秀才啊，坐到，坐到，我与你讲话。哎，（按柳坐）你坐到，坐到！
石道姑　柳秀才！
柳梦梅　姑姑你到此做什么？
石道姑　柳秀才，我就跟你实话实说了。前两天我在你房门外经过，听见

679

　　　　　　里面唧唧哝哝唧唧哝哝，好像女娃娃的声息，我还以为是小道姑与你……

柳梦梅　姑姑，没有，没有！

石道姑　对头，没得，没得，我晓得没得！柳秀才，我说你一个人在书房里头寂不寂寞？（摸手介被杜拦阻）柳秀才，我说你一个人到底寂不寂寞啥？

柳梦梅　姑姑，夜深了请回吧。

石道姑　啥子，屁股还没有坐热就叫我走。

柳梦梅　请走吧。

石道姑　走，好我走！有啥子了不起?!

柳梦梅　姑姑走好。

石道姑　我说柳秀才你一个人，我和你再摆摆龙门阵啥！

柳梦梅　不用了，姑姑，你走吧。

石道姑　我不走！

柳梦梅　姑姑请走吧！

石道姑　哼，我硬是不走！

　　　　〔石道姑出门，柳关门。

石道姑　呀，怎么走到门外来了？柳秀才，我也自尊自重自爱！呀，分明刚才有女娃娃声音怎么没得？唉，老喽，老喽，老糊涂喽！

柳梦梅　姐姐你从哪里来？……敢是天上来，还是人间？是人间，且说于贵表尊名，是仙还是花月之妖？你倒说个明白呀……

　　　　〔杜丽娘欲说又止介。

柳梦梅　姐姐，你千不说，万不说。直恁的书生不酬决，更向谁边说？

杜丽娘　待要说，如何说？秀才，受了盟香说。

柳梦梅　你要小生发愿，定为正妻，好！便与姐姐拈香去。（二人同拜）

　　　　（唱）【滴溜子】

　　　　　　神天的，神天的，盟香满爇。

　　　　　　柳梦梅，柳梦梅，南安郡舍，

———— 昆剧《牡丹亭（下本）》 》》》》

     遇了这佳人提挈，做夫妻。

     生同室，死同穴。

     口心不齐，

     寿随香灭。（旦泣介）

合   做夫妻。

     生同室，死同穴。

     口不心齐，

     寿随香灭。

    怎生掉下泪来？

杜丽娘 秀才，可知道奴家便是画中人也。

柳梦梅 啊，原来姐姐就是画中人！（合掌谢画介）小生烧的香到哩。姐姐，你好歹要说个明白呀。

杜丽娘 秀才，我乃南安府杜太守之女，小字丽娘，年方二八，尚未婚配。

柳梦梅 丽娘姐姐，俺的人哪！

杜丽娘 衙内，奴家还未是人。

柳梦梅 不是人，难道是鬼？

杜丽娘 是鬼也。

    〔柳惊介。

杜丽娘 秀才，秀才！

柳梦梅 姐姐，因何得回阳世而会小生？

杜丽娘 （唱）【啄木犯】

     你后生儿醮定俺前生业。

     你许了俺为妻真切，

     少不得冷骨头着疼热。

柳梦梅 你是俺妻，俺也不怕你了。既然姐姐虽死犹生，敢问姐姐仙坟何处？

杜丽娘 记取太湖石梅树一株。

柳梦梅 哦！梅树！

杜丽娘　（唱）【斗双鸡】

　　　　　　花根木节，

　　　　　　有一个透人间路穴。

　　　　　　俺冷香肌早偎的半热。

柳梦梅　（叫）姐姐，姐姐！

杜丽娘　秀才。

柳梦梅　不烦姐姐再三，只是俺独力难成。

杜丽娘　可与石姑姑计议而行。

柳梦梅　哦！姑姑。

杜丽娘　（唱）【登小楼】

　　　　　　咨嗟、你为人为彻。

　　　　　　俺砌笼棺勾有三尺叠，

　　　　　　你点刚锹和俺一谜掘。

　　　　　　就里阴风泻泻，

　　　　　　则隔的阳世些些。（内鸡鸣介）

　　　　【耍鲍老】

　　　　　　俺丁丁列列，

　　　　　　吐出在丁香舌。

　　　　　　你拆了俺丁香结，

　　　　　　须粉碎俺丁香节。

　　　　　　休残慢，须急节。

　　　　　　俺的幽情难尽说。

　　　　　　则这一剪风动灵衣去了也。

　　　（内起风介）去了也。（急下）

柳梦梅　姐姐，姐姐！（惊痴介）敢是梦也？待俺来回想一番。她名字杜丽娘，年华二八，死后葬于后花园梅树之下，分明是人道交感，有精有血。怎生杜小姐颠倒自己说是鬼？

　　　〔杜丽娘又上介〕

柳梦梅　姐姐怎生去而复转？

杜丽娘　奴家还有叮咛。你既以俺为妻，可急视之，不宜自误。如若不然，妾若不得复生，必痛恨君于九泉之下矣。（跪介）

（唱）【尾声】柳衙内你便是俺再生爷。（柳跪扶起介）

柳梦梅　姐姐，姐姐……

第七出　围释

〔李全引众上。

李　全　（念）淮城久攻不下，

叫人心急如麻。

〔杨婆上。

杨　婆　啊呀喂，不好了，大王！你可晓得大金家已与南朝在谈判，说不定还要讲和了。

李　全　有这等事？那我们还围的什么城哪。

杨　婆　就是啊！

〔内摆鼓介，贴扮报子上。

报　子　报，报，报！前日放去的秀才，从淮城中单马飞来。道有紧急，投见大王。

杨　婆　哈哈，这个老末才来得正好，定是杜安抚又派他前来走书，听他讲些什么，把老末才押上来。

李　全　押上来。

〔陈最良上。

陈最良　（唱）【缕缕金】

无之奈，可如何！

书生承将令，

强喽啰。（内喊介，惊跌介）

一声金炮响，

将人跌蹉。

陈最良　（见介）万死一生生员陈最良拜见大王殿下，娘娘殿下。

李　全　秀才，你前日被擒，本大王不杀于你，放你回宋营，劝说杜宝投降，此番前来，可是杜安抚来献城池？

陈最良　城池不为稀罕，献一座王位于大王。

李　全　寡人早已为王了。

陈最良　正是官上加官，职上添职。杜安抚还有书信呈上。

杨　婆　起来起来！大王看信啊。

李　全　（笑介）这书劝我降宋，这是不可能的。

陈最良　里面还有。

杨　婆　还有？你怎么不早说啊！

李　全　"奏呈尊阃夫人。"（笑介）杜安抚也畏敬娘娘哩。

杨　婆　你念我听。

李　全　（念书介）"通家生杜宝敛衽杨老娘娘帐前：远闻金主封贵夫为溜金王，并无封号及于夫人。此何体也？杜宝久已保奏大宋，敕封娘娘为讨金娘娘之位。"不错，倒先替娘娘讨了个恩典哩。

杨　婆　嗯，秀才，封我做讨金娘娘，难道要叫我征讨大金家不成？

陈最良　非也，非也！只要娘娘降顺宋朝，今后但是要金子，都来宋朝取用。故名讨金，讨金娘娘。

杨　婆　照你这个意思，秀才，我冠儿上的金子，成色要高，一定要九九九九金的。

陈最良　遵命。

李　全　我说，你只讨金讨金，把我这溜金王，溜到哪里去？

杨　婆　你不如也做了讨金王罢。秀才，来来！我主意定了。（脱下帽子）就照这个样子，打一个纯金的给我！不要忘了，九九九九金的！

陈最良　是，遵命！（笑下）

杨　婆　我说兄弟姐妹们，我们不围城了，统统到南朝去讨金喽！

———— 昆剧《牡丹亭（下本）》 >>>>>

合 （唱）【尾声】

　　讨金王，

　　溜金王，

　　去向南朝讨金忙。

第八出　秘议

〔石道姑上。

石道姑　天下少信掉书子，

　　世外有情持素人。

　　想这座梅花观，是杜老爷为杜小姐而建。杜老爷临走之时，吩咐陈最良看管。三年来，从来不见踪影，倒是我天天与小姐添香换水，你看！是何等的庄严，何等的清净。想起小姐生前是爱花而亡，今日特地采得残梅半枝，放在小姐座前净瓶中供养。

〔柳梦梅上。

柳梦梅　（喊）姑姑！

石道姑　啊呀！柳秀才！

柳梦梅　老姑姑，小生自到仙居，未曾瞻礼宝殿，今日愿求一观。

石道姑　啊呀！请都请不到，（行到介）来来来，跟我走！

〔内钟鸣，柳梦梅拜介。

柳梦梅　好一座宝殿也！

石道姑　这是东岳夫人，那是南斗真妃，都拜一拜。（柳见供桌）这座就不用拜了。

柳梦梅　姑姑，这牌位上写着"杜小姐神王"。是哪一位女王？

石道姑　不是什么女王。是杜小姐牌位，还没得人题主哩！

柳梦梅　哪一位杜小姐？

石道姑　喏！（唱）【五更转】

　　你说这红梅院，

因何置？

是杜参知前所为。

丽娘原是他香闺女，

十八而亡，

因此上攒瘗。

他爷呵，

升任急，失题主，空牌位。

好墓田，留下有碑记。

偏他没头主儿，

年年寒食。

柳梦梅 （哭介）如此说来，杜小姐是俺娇妻啊。
石道姑 你说什么？
柳梦梅 杜小姐是俺娇妻啊！
石道姑 （惊介）此话当真？
柳梦梅 千真万真。
石道姑 你们既是夫妻，你可知她几时生，又是几时死的？
柳梦梅 姑姑——（唱）【前腔】

俺未知她生，

焉知死？

死多年，

生此时。

这是俺朝闻夕死了可人矣。（接唱）

则怕俺未能事人，

焉能事鬼？

便是这红梅院，

做楚阳台，

偏倍了你。

石道姑 秀才，我看你今天是碰着鬼了。

——昆剧《牡丹亭（下本）》 >>>>>

柳梦梅　你不信么，取笔来，待我点的它主儿会动。

石道姑　你能点它的主儿会动，好，我现成有笔在此，我看你点。

柳梦梅　好！（点介）看俺点石为人，靠夫做主。

石道姑　（惊介）小姐吓！秀才，既然你们是夫妻，还要守孝三年。

柳梦梅　我还要请她起来。姑姑，你也帮我一锹啊！

石道姑　禁声！你是宋书生不懂大明律！大明律写得明明白白：开棺见尸，不分首从砍脑壳。

柳梦梅　这个不妨，是小姐自家主见。

石道姑　是小姐自家主见，我也不敢，要砍脑壳的，我不敢。

柳梦梅　姑姑！（唱）【前腔】

　　　　　是泉下人，央及你，

　　　　　个中人，谁似伊。（跪求）

石道姑　既是小姐自家主见，也要让我选个好时辰，（算介）明日乙酉，是个时辰，柳秀才，姑姑我就帮你开棺。

柳梦梅　多谢姑姑！

第九出　回生

〔石道姑、柳梦梅上。

柳梦梅　姑姑。

石道姑　柳秀才。

柳梦梅　嘘，轻一点。

石道姑　柳秀才，你是宋书生，不晓得大明律，大明律上写得明明白白，凡掘坟开棺者，不分首从，都要砍脑壳的。

柳梦梅　不妨事，这是小姐自家主见。

石道姑　既是小姐自家主见，好，老娘我豁出去了，为了小姐，也为了你，我就帮你掘坟开棺。

柳梦梅　多谢姑姑！则记的太湖石边，是俺拾画之处，依稀似梦恍惚如亡，怎生是好？

石道姑　你莫着急，找到了老梅树下就对头了。

柳梦梅
石道姑　巡山使者，南斗真妃，当山土地，东岳夫人，显圣显灵，今日开棺，专为请起杜丽娘，不要死的，要个活的！

杜丽娘　（唱）【金蕉叶】

　　　　　是真是虚？

　　　　　劣梦魂猛然惊遽。

柳梦梅　小姐端然在此，异香袭人，幽姿如故。

杜丽娘　（觑介）你们都是谁？

柳梦梅　小生柳梦梅。

石道姑　我是石姑姑。

柳梦梅　姐姐，可记得这后花园么？

石道姑　还想不想得起来嘛？你把柳枝给她看。

柳梦梅　姐姐，可认得这柳枝么？

　　〔内女声：是那处曾相逢。

杜丽娘　（认介）柳郎，真信人也。

　　〔内女声合唱：

　　　　　天赐燕支一抹腮，

　　　　　随君此去出泉台。

　　〔二人相拥。

石道姑　（猛想起）啊呀！秀才，我们把小姐救了出来，日后此事必然败露，你们何不马上拜堂，即刻成亲，我去雇一只快船，我和小姐一同陪你到临安赶考去，你看如何？

柳梦梅　如此多谢姑姑。（唱）【榴花泣】

　　　　　三生一会，人世两和谐，

　　　　　承合卺，送金杯。

　　　　　伤春便埋，

似中山醉梦三年在。

杜丽娘　柳郎，奴家依然还是女儿身。

柳梦梅　已经数度幽期，玉体岂能无损。

杜丽娘　那是魂，这才是正身陪奉。（唱）【前腔】
　　　　　伴情哥则是游魂，
　　　　　　女儿身依旧含胎。（众扶下）

〔花神上。

〔杜丽娘、柳梦梅、石道姑乘小船上。

柳梦梅　（唱）【急板令】
　　　　　别南安孤帆夜开，
　　　　　　走临安把双飞路排。

杜丽娘　叹从此天涯，
　　　　　从此天涯。
　　　　　叹三年此居，
　　　　　三年此埋。

柳梦梅　（唱）【前腔】似倩女返魂到来，（重句）
　　　　　采芙蓉回生并载。

【尾声】
　　　情根一点是无生债。

杜丽娘　俺和你死里淘生情似海。

柳梦梅　（唱）【北尾】从今后把牡丹亭梦影双描画。

杜丽娘　亏杀你南枝挨暖俺北枝花。

　合　　则普天下做鬼的有情谁似咱！

〔剧终。

精品提名剧目·昆剧

宦门子弟错立身

（根据《永乐大典戏文三种》同名戏改编）

编剧　丛兆桓　若　皓　刘宇宸

人物

恩深　　　都管
寿马　　　金榜
永康　　　茜梅
眼药酸　　傀儡
杂剧人　　茶博士
众差人　　包公
鲁斋郎

————昆剧《宦门子弟错立身》 〉〉〉〉〉

序

〔古朴的打击乐使观众静下来注意台上演出要开始了。

〔副末抱竹竿子上。

恩　深　列位看客,吟唱【鹧鸪天】

（唱）完颜寿马俏郎君,风流慷慨煞惺惺;

痴迷散乐王金榜,走南投北苦追寻,

为路歧恋佳人,金珠散尽学戏文,

贤们雅静看敷演,《宦门子弟错立身》。

〔爨弄起来。

邂　逅

〔都管上。

都　管　寿马哥哥,走哇。

〔寿马上。

寿　马　（唱）【粉蝶儿】

积世簪缨,喜爨弄,疏狂半生,

文赋敢欺杜陵老,

风流不让柳耆卿。

都　管　寿马哥哥别唱了,梁棚到了,咱们赶紧看戏去吧。

〔王金榜"跳判官",变为"天女散花"或"嫦娥奔月"。

都　管　寿马哥哥,您看这洛阳梁棚的百戏杂剧可好啊?

寿　马　果然名不虚传，方才那一女伶，技艺不逊京城教坊，这容貌么，
　　　　亚赛昭君再世。但不知她叫何名字？
都　管　您没看见吗，那上边不是写着王金榜在此坐场么。
寿　马　哦，王金榜，王金榜。
　　　　〔雅乐声起，金榜换嫦娥装扮出场亮相。
　　　　〔勾栏缓缓后移，金榜下前舞长彩绸，伴唱起。
　　　　〔伴唱：哎呀呀……真个是，
　　　　　　　三十三天天上女，
　　　　　　　恰似那七十二洞洞中仙。
　　　　　　　鹊飞顶上，
　　　　　　　你犹如仙子下瑶池；
　　　　　　　兔走身边，
　　　　　　　不啻嫦娥离月殿！
　　　　〔寿马上台拉住长绸，二人四目相对，凝注定格。
　　　　〔伴唱声起，舞台如梦如幻，绚丽非常。
寿　马　姐姐咱实实地爱煞你了！
金　榜　尊姓大名？
寿　马　完颜寿马！
金　榜　完颜……（打量这位女真皇族）
寿　马　寿马！（恭敬地施女真之礼）
金　榜　你乃皇室贵胄俏郎君，我是勾栏乐户卑下人。
寿　马　那又如何？
金　榜　你我不过是逢场作戏。
寿　马　寿马自幼酷爱汉家诗礼杂剧爨弄。
金　榜　果真是风流慷慨惺惺惺。
寿　马　疏狂不羁真性情。
金　榜　好甜的口舌。
寿　马　生香的姻缘。

——昆剧《宦门子弟错立身》

金　榜　（唱）【粉蝶儿】
寿　马

　　　　　天作之缘，

　　　　　两情相牵。

　　　　　乍惊喜，欲语却羞言。

　　　　　最爱初逢两心惓。

　　　　　那撒花心的红影儿，

　　　　　吊将来半天。

〔寿马、王金榜缱绻渐隐。

训　子

永　康　（唱）【梁州令】

　　　　　感吾皇赐职非轻，

　　　　　河南赴任离燕京。

　　　　　为官须把心居正，

　　　　　清如水，明如镜，亮如冰。

老夫完颜永康金世宗殿下为臣，膝下一子，聪明过人，只是迷恋散乐杂剧，是我放心不下，不免到书房查看一番。寿马！啊？哪里去了？

〔寿马内白：都管走哇。上。

寿　马　爹爹来了，孩儿见礼。爹爹请坐。

都　管　参见公爷。

永　康　儿啊，清晨起来做什么去了？

寿　马　孩儿练武驯马，唱唱散乐杂剧。

永　康　嗯。儿啊，想你祖父曾任前朝宰相，辅佐金主，开疆扩土，迁都燕京，功勋盖世，位倾当朝。不幸，海陵王南征惨败，你祖父坐罪免职，郁闷而亡，从此我完颜皇亲，门庭冷落，一蹶不振，是

　　　　　为父苦读十载，才得晋升这河南府同知。你乃宦门之后，当继承父业，不可迷恋散乐杂剧，败坏门风，误了前程。

寿　马　啊爹爹，散乐杂剧化于天下，您不是也喜欢唱戏听曲吗。

永　康　散乐杂剧焉能唱出官宦仕途。老都管，今后你要代我严加看管他用心攻书。

都　管　您就安心坐衙去吧。

永　康　倘有差错……

都　管　拿我是问。

永　康　老夫坐衙去了。

都　管　公爷慢走。

　　　〔永康下，都管送，寿马见父已走，把手中书本扔在桌上。

都　管　从小在府里，阖家见我喜，服侍三代人，办事无人比。哥哥，背诗吧。

寿　马　背诗？烂熟的了，还要背。

都　管　烂熟了才要背。

寿　马　背什么？

都　管　捉只斑鸠河里吃粥。

寿　马　错了，是关关雎鸠。

都　管　对，就是这首，背。

寿　马　关关雎鸠，在河之洲，窈窕金榜，寿马好逑。

都　管　唉，有这词儿吗？蒙我是文盲啊。又王金榜了……

寿　马　老都管，你与我去至勾栏……

都　管　勾栏？（装傻充愣）

寿　马　打唤王金榜。

都　管　金傍？

寿　马　来到书院中！

都　管　（吓一大跳）书院？……干什么？

寿　马　我们说说话。

——昆剧《宦门子弟错立身》 >>>>>

都　管　（故意）有话咱俩说，何必要找她。

寿　马　你呀，会唱戏么？

都　管　不会，我说哥哥儿也！公爷要你读书，你却要唤美女，公爷要是知道只怕……

寿　马　爹爹府衙办事去了，怎会得知？

都　管　没有不透风的墙！

寿　马　除非你告密。

都　管　你别连累我，我不去。

寿　马　你不去？

都　管　我不去。

寿　马　你不去，我就，（无奈相求）老都管，老人家，你办事无人比呀！

都　管　我就爱听这句话。

寿　马　快去！

都　管　看你急的！哥哥，此事要我办，酒肉要你管。

寿　马　好，半斤猪头肉，一瓶老白干。快去。

都　管　哈哈哈哈……

寿　马　金榜，你要快些来哟。

　　　（唱）【前腔】
　　　　　一斑半点，半点一斑，
　　　　　乍惊喜，勾栏遇红颜。
　　　　　最爱初逢两心惓，
　　　　　勾魂灵的倩影儿。
　　　　　恍惚飘眼前。

罢　戏

金　榜　（唱）【梁川令】望断洛水，翘首盼阿谁，
　　　　　那女真哥儿真个是隽爽奇伟，

　　　　　　好叫俺推不开躲不脱，

　　　　　　我的心如醉，

　　　　　　昨夜梦里与他比翼飞，

　　　　　　醒来时梁棚却依旧，

　　　　　　却怎的恁憔悴，

　　　　　　顿然间勾栏懒去，

　　　　　　待怨呵，怨阿谁。

茜　梅　早扮三光，晚拦三慌，金榜，时候不早了，你该扮戏去了。

金　榜　啊，母亲。

茜　梅　儿啊，今日做场你演什么杂剧？

金　榜　母亲，孩儿今日身子不爽，懒去勾栏。

茜　梅　哟，这是从何说起呀，咱王家班全靠你支撑，为了衣饭不能不演哪。

金　榜　母亲，我心神倦怠，无力作场，今日就请母亲替儿一场吧。

茜　梅　叫娘替你，那哪成啊。

金　榜　怎么不成，这山东河南府地谁人不知您东平散乐赵茜梅。

茜　梅　唉，儿啊。

　　　（唱）【紫苏丸】

　　　　　　东平行院幼为伶，

　　　　　　四十年一场梨园梦。

　　　　　　幸孩儿把门户支撑，

　　　　　　也不枉霜雪鬓边生。

金　榜　母亲粉墨登场，风采依然，今日还请母亲……

茜　梅　好了，好了，别说了，今日你爹爹已将招子挂起，你赶快扮戏吧。

金　榜　孩儿身子实实不爽。

茜　梅　你呀，哪里是什么身子不爽，分明是有心病。

金　榜　孩儿无有。

茜　　梅　你的心事瞒不过为娘,是不是还在想那完颜公子呀?儿啊,这事儿为娘见多了,你想那完颜公子是大金朝的皇亲贵胄,咱们可是……

金　　榜　妈呀,那完颜公子可是真心喜爱散乐杂剧。

茜　　梅　管他真心假心,勾栏看客已经满楼了,你可不能临场罢戏呀。

金　　榜　唉……

〔王恩深从外面急急赶回。

恩　　深　(唱)【桂枝香】
　　　　　　家中怎的?
　　　　　　闹吵吵娘儿争执,
　　　　　　忙不迭问个端倪。
　　　　　　休闲争气,
　　　　　　休闲争气,
　　　　　　勾栏乐棚挨楼满,
　　　　　　若不去误看的?!

〔都管急匆匆上。

都　　管　(唱)【桂枝香】
　　　　　　拐弯抹角,
　　　　　　急煎煎寻这路歧。
　　　　梁棚到了,可有东平府散乐王恩深么?

恩　　深　都管爷来了,请进。都管爷,赶么是看杂剧的么?

都　　管　不不不,公爷传唤府中作艺。

恩　　深　赶么是唤官身么?

都　　管　正是。

恩　　深　啊,都管爷,这勾栏看客已然满楼了……

都　　管　你听着!(唱)【桂枝香】
　　　　　　你速叫金榜收拾,
　　　　　　勾栏罢却,

勾栏罢却！

府衙宴宾排筵席，

立马前去莫迟疑！

恩　深　待我收拾砌末就来。

都　管　不要砌末，只是金榜，一人前去，小唱而已。

金　榜　都管爷，果真是同知老爷呼唤么？

都　管　难道骗你不成，去了你就知道了。

茜　梅　都管爷，我儿身子不爽，去不得。

金　榜　妈呀，去又不得，不去又不得……

茜　梅　看看看，你又能唱了。

金　榜　妈——

茜　梅　好好好，那就去吧。

金　榜　爹呀，快去告知看客，今日唤官身，散了场子吧。

茜　梅　金榜，此去谨慎莫纵容，

都　管　公爷排宴画堂中。

金　榜　同知府中看究竟，

众　　　一齐分付与东风。

都　管　金榜走哇。（并下）

课　艺

〔另一时空，寿马心急如焚，都管带金榜上。

寿　马　（唱）【醉落魄】

都管去久传音耗，

至今不到。

都　管　马不停蹄归来报。

金　榜　得见情人，

心下称怀抱。

———昆剧《宦门子弟错立身》

寿　马　姐姐——

金　榜　哥哥——

　　　　〔二人情切上前，老都管当中拦住。

都　管　嗨嗨嗨……别忘了，半斤猪头肉，一瓶老白干。

寿　马　拿些银两，自己去饮。

都　管　我早准备好了……（拿出酒来一旁自饮）

寿　马　姐姐，你一似萧何不赴宴，好难请哟。

金　榜　哥哥，你是"黑瞎子去寻羊"，好难得见。

寿　马　姐姐，九秋不见，可知俺食无味，夜难眠。

金　榜　俺身不由己，只好让它（指心）——先来陪你。

都　管　侯门深似海，没我进不来哟。

寿　马　姐姐，若不着都管请你来书院，只怕要想出人命来。

都　管　别废话了，该干什么干什么吧。

寿　马　啊，都管，你到外面自己饮酒吧。

都　管　哦，有我的特殊任务，明白了，明白了。

寿　马　啊，姐姐，可曾带来掌记。

金　榜　你这皇族哥哥，不读书，要唱曲，只怕老爷知道，不是耍处！

寿　马　爹爹府衙去了，不会知道的。来来来，且把那时尚的传奇教我敷演一番！

金　榜　哥哥当真要学？

寿　马　当真要学，请姐姐不吝赐教。

金　榜　哥哥听了。（唱）【排歌】

　　　　　　戏即人生，

　　　　　　人生如戏。

　　　　　　这本是《负心王魁》，（寿马：负心汉不学）

　　　　　　这本是《秋胡戏妻》，（也不好！）

　　　　　　这本是《崔护觅水》，（觅水？）

都　管　（插白）噢，就是那《人面桃花》吧。

金　榜　（接唱）须记这《马践杨妃》。（太悲了些）

　　　　　　　《卓文君当垆卖酒》，（好，郎才女貌）

　　　　　　　《孟姜女千里送寒衣》。（真情至性）

都　管　哭倒了长城万里。（有些醉意）

金　榜　（唱）【哪吒令】

　　　　　　　这一本，柳耆卿《栾城驿》，

　　　　　　　这一本，张君瑞《西厢记》；

　　　　　　　吕蒙正《风雪破窑记》，

　　　　　　　关云长《独赴单刀会》；

　　　　　　　吕布貂蝉《连环记》，

　　　　　　　刘备策马《跳檀溪》。

　　　　　　　《赵氏孤儿报家仇》，

　　　　　　　《张协状元杀贫女》。

　　　　　　　还有那《包公陈州粜米》；

　　　　　　　为教子《孟母三移》。

　　　　　　　莺莺、燕燕、鸳鸯、胭脂……

　　　　　　　尽是历代好传奇！

都　管　他们假戏真做，我回避喽！（下）

寿　马　（唱）【乐安神】

　　　　　　　一从当日，

　　　　　　　迷恋金榜盼佳期。

　　　　　　　功名抛却又何如？

　　　　　　　不图身富贵，

　　　　　　　情愿为路歧，

　　　　　　　但只求偕比翼！！

金　榜　（唱）【六幺令】

　　　　　　　散乐杂剧千般苦……

寿　马　情愿刮骨舍肉皮！

———昆剧《宦门子弟错立身》 〉〉〉〉〉

金　榜　　　抹土搽灰哥不惧？

寿　马　　　管什么装孤装旦引戏末泥！

金　榜　　　唱念做表艺如海，

寿　马　　　一总的擂鼓撇笛！

金　榜　　　可拼得跳索扑旗？

寿　马　　　但得同欢共乐同鸳被，

　　　　　　哪顾它冲州撞府，

　　　　　　求衣觅食！！

金　榜　（唱）【尾声】

　　　　　　我和你同心意，

　　　　　　愿得百岁镇相随，

　　　　　　尽老今生不暂离！

　　　　　　哥哥爱那戏中人？

寿　马　　　更爱这人中戏。

寿　马
金　榜　（同唱）今日里你化了我，

　　　　　　我化了你。

　　　〔永康上，老都管尾随追出来。

都　管　　　啊，公爷，你回来了。

　　　〔完颜永康一摸门，四人亮相，金、马一惊回首，都管欲高喊，永康指门，永康撞门进去，见二人仓皇无地，双双跪倒，永康大怒。

永　康　奴才！（唱）【锁南枝】

　　　　　　泼禽兽，

　　　　　　没道理！

　　　　　　书院中怎不攻六艺？

　　　　　　指望你背金腰紫，

　　　　　　怎知你不成器！

因甚底，

来这里？

便与我，

说端的。

金　榜　我乃东平散乐王金榜。

寿　马　爹爹，孩儿正在书房攻读，啊……是老都管带她来到书房中。

金　榜　是呀，都管言道：同知府中排宴席，特唤金榜来唱曲。

寿　马　是呀，她说是爹爹召唤来的。

永　康　什么，是我召唤她来的，岂有此理。

都　管　（唱）【锁南枝·换头】

倒霉是奴婢，

代主受责斥，

他俩脱干系。

只怕老爷狠，

打得流尿又滚屁。

莫奈何，

腚撅起。

请公爷：

沙八赤。

〔主动献上板子，撅起屁股准备挨打，金榜、寿马一起跪下。

永　康　速去唤那王恩深前来见我！唉，奴才！我千叮咛万嘱咐，要你读书奋进，不辱祖先，你却如此下作！还不与我起来。

〔家人应声上。

〔王恩深与赵茜梅急上。

恩　深　卑人东平散乐王恩深参见公爷。

茜　梅　卑人东平散乐赵茜梅参见公爷。

永　康　哼！你们养的好女儿！竟敢私闯官府书房，扰乱舍人读书。这洛阳城恐容你们不得，你们今夜便与我收拾行囊，远离西京，不许

　　　　　在本府做场。
茜　梅　大人，这是从何说起。我女年幼无知，还望大人开恩。
恩　深　老虔婆，还不领上你养的好女儿，快快走去。唉！万事不由人计较！
茜　梅　一生都是命安排。
寿　马　金榜。
金　榜　哥哥。
　　　〔金榜出门，寿马追出，茜梅、永康拽拦，掌记甩出，二人各执一端，被永康从中扯断，茜梅拉金榜下，永康拽寿马回书房。
寿　马　爹爹你为何这般无情！
永　康　与我把这个奴才关关关了起来！
　　　〔切光。

叛　逃

　　　〔寿马被锁小房中。
寿　马　真是急煞人也……
　　　（唱）【玉交枝】
　　　　　爹爹忒无情，
　　　　　拆散了鸳侣两分离，
　　　　　乐户人悲泪泣，
　　　　　流落去何地，
　　　　　多情散乐无踪迹，
　　　　　我身陷牢笼心无寄，
　　　　　倒不如寻个短处。
　　　啊，都管，快来，你与我开门来！
　　　〔都管急上。

都　管　哥哥，做什么呀……

寿　马　金榜被赶，我遭禁持，如此这般，我还不如死了的好。

都　管　对，死了没烦恼，那怎么个死法？

寿　马　嘿，这老头怎么不劝我？拿根绳索来！

都　管　上吊呀？你那屋子里没梁。

寿　马　取把刀来！

都　管　抹脖子呀？那可疼呀！

寿　马　那……你给我买些砒霜来。

都　管　砒霜不好买，敌敌畏行吗？

寿　马　什么敌敌畏呀？

都　管　不懂，耗子药行吗？

寿　马　老都管你呀，再不放我出去，我就撞墙，撞……

都　管　不要撞。

寿　马　老人家怎么样，快些放我出去吧。

都　管　别嚷，小声点，我立刻放你逃走。去到外面暂避一时，等公爷消了气，再回来不迟。

寿　马　老都管，你真是我们大宅门中第一个大好人！

都　管　我给你淘换好了银两，备了马匹，你要路途珍重！

寿　马　只是又要连累你了。

都　管　哎，快快随我从后门逃走了吧。

〔寿马向都管施礼，二人洒泪而别。

歧　路

〔音乐凄婉，王恩深挑担，赵茜梅、王金榜相依而上。

茜　梅　（唱）【八声甘州】子规两三声，

　　　　　　　　劝道不如归去，

　　　　　　　　羁旅伤情，

──────昆剧《宦门子弟错立身》 >>>>>

    花残莺老

    虚度几多芳春，

    家乡万里，

    烟水万重，

    奈隔断鳞鸿无处寻，

    一身——似雪里杨花飞轻。

恩　深　儿呀，你在那里看什么？

金　榜　梁棚……

恩　深　梁棚虽好，苦楚太多，不看也罢。

金　榜　唉，都是孩儿之过连累爹娘……（哭泣）

茜　梅　我儿不要难过，好在一家三口相依为命。

恩　深　路歧人命在歧路——

金　榜　山重水远，路径苍茫……

金　榜　（唱）【八声甘州】艰辛——

    登山渡水，

    见夕阳西下，

    玉兔东升。

    看牧童吹笛，

    惊动暮鸦投林，

    残霞散绮，

    新月渐明，

    望隐隐奇峰锁暮云。

三　人　（同唱）冷冷——

    见溪水围绕孤村。

茜　梅　儿啊，不要伤心，要学你爹爹，笑对人生往前看，行头家当一肩担！

恩　深　什么艰难困苦，烦恼心酸，俱装在我这小小的行囊担儿里——
　　　　（吟）收拾起世象百态一担盛。

哈哈哈，走吧！

恩　深　（唱）【解三酲】

奈行程路途劳顿，

到黄昏转添愁闷。

山回路僻人绝影，

不觉长叹两三声。

追　寻

〔马铃响处。

〔音乐声中，寿马骑驴上。自觉行动不便，取下驴屁股，行进中感到驴头有障碍，便取下了驴头，骑一竹竿。干脆扔了竿儿，手执马鞭作趟马介。

〔一路行来见百戏杂陈，兴趣盎然。用坐骑、衣物作为交换，学艺练习，乐不思蜀。

寿　马　看前面百戏杂陈，甚是热闹，不免再去学些技艺，也好寻访金榜下落，就此马上加鞭。……虚实相生。……大姐，可曾见过王金榜。……大哥，这是什么戏？

眼药酸　眼药酸。

寿　马　好戏教与我吧。

眼药酸　钱。……那儿不是还有匹马吗？

傀　儡　做什么？

寿　马　教与我吧。

傀　儡　绝活，不教。——拿钱来。

杂剧人　哟，这不是刚才找王金榜的那个人吗？

寿　马　啊大姐，你可曾见过王金榜？

杂剧人　见过。早就走了。你问她做什么？

寿　马　我乃完颜寿马，为寻金榜来到此地。

杂剧人　你既是大金的皇亲，这又是何苦哇，你呀，回去吧。
寿　马　回去。哦虚实相生？（唱）【越调·斗鹌鹑】
　　　　　　无怨无悔，将一个女子依随，
　　　　　　投东又摸西，
　　　　　　不辨南与北。
　　　　　　典了衣服，
　　　　　　卖了马匹，尖担儿两头坠，
　　　　　　闪得我孤身三不归，
　　　　　　空提溜个老大小荷包，
　　　　　　却道是一文不缀。
　　　　　　想必是三生石上，
　　　　　　多做了风流鬼。（自得其乐，如痴如醉地享受流浪之苦）
　　　　金榜啊金榜，你可知，为了你我浪迹江湖，走街串巷，马儿换了驴儿，驴儿又换成了步儿……饿了讨饭充饥，困了露宿街头。如今我千金散尽，却有了一身技艺，金榜你在哪里呀！
金　榜　（唱）【前腔】
　　　　　　想村醪易醒愁难醒。
　　　　　　暗思未了情——
　　　　　　低唱宫调，欢对月，
　　　　　　劲踏爨弄，喜临风，
　　　　　　哥哥呀，
　　　　　　今宵里孤衾展转，
　　　　　　谁与温存？！
寿　马　（唱）【紫花儿序】
　　　　　　历尽了千山万水，
　　　　　　寻遍了瓦舍席围，
　　　　　　忍冷耽饥。
　　　　　　滚过这乱石堆，

呀！喜见清溪，

忙捧起这长流水，

洗了面皮，

掠得我鬓发伶俐，

着些个吐津儿润了，

腆胸儿迈向城中去。

〔寿马径直走入街市。

念 子

〔完颜永康携都管上。

永　康　一封天子诏，四海状元心。老夫奉诏进京，寿马仍无音讯，叫我怎生放心得下。

都　管　都是您教子太严。常言道：打了不罚，罚了不打，可您为了这"一斑半点"之事，又骂又打又关禁闭，寿马哥哥儿他能不跑吗？

永　康　唉！他怎知老父的心意？我要他锦心绣口，他还我一个曲水流觞；我让他诗礼传家，他却要勾栏作弄。还迷恋那汉家女子王金榜！

都　管　您哪知道啊，寿马哥哥还要把那王金榜娶回府中呢。

永　康　啊，老都管，难道你还不知，大金律法炎汉女真不可通婚。

都　管　是啊，我也是这么说来着。可寿马哥哥说，孟氏太夫人可也是汉家女子啊。

永　康　太夫人乃书香门第，名儒之后，伶伦女子怎能相提并论。

都　管　是啊，可寿马哥哥又说了：路歧伶伦也是人啊！

永　康　住口！堂堂完颜皇亲，怎能与伶伦女子厮混，触犯国法，误了前程？！

都　管　公爷，寿马哥哥他志不在官场，你虽然官大，可这上上下下、大

———昆剧《宦门子弟错立身》 >>>>>

大小小、虚虚实实、真真假假的，做官多累呀。

永　康　这……（瞪都管一眼）

都　管　（忙改口）不对，这做官多好啊！寿马怎么就不明白呢？非得热爱那门子散乐，还愣说艺术怎么怎么高尚，正本一个歪理邪说。这样的儿子您要他干什么，我劝您不要了！

永　康　（不乐意地）嗯——！太夫人问我要孙儿，怎生交代？

都　管　那就别生闷气了，想法子把他找回来，不就结了！

永　康　（认真地）唉，寿马……

都　管　我去找他去。

〔永康无奈叹息下。都管目的达到暗自高兴，随下。

重　逢

〔寿马上。

寿　马　（念）又是秋风萧瑟，金榜仍无踪影。

茶博士　啊哈，茶迎三岛客，汤送五湖宾。列位客官，来喝茶呀，来呀。（见寿马邋遢样儿，将口中官字又改为人）这……人，你也是喝茶的?!

〔寿马不屑鄙视，径自坐下。

茶博士　喝点什么？昨晚上剩下半碗茶根，我给你端来。

寿　马　请问茶博士，散乐名门王金榜可是住在此处！

茶博士　就住在茶坊楼上的客房之中，散了戏刚回来，嗨，你唤她干什么？

寿　马　你与我请她出来。

茶博士　什么？你叫我请她出来。我说喝茶的，王金榜也是你请得来的呀？你也不瞧瞧，您哪这身零碎绸子，你也配!？还想请大角王金榜。你呀，也就远远儿地听上几句蹭戏，就算祖上积了阴德啦！

寿　马　（不急不恼）你说完了？

茶博士　说完了。

寿　马　挖苦够啦？

茶博士　够啦。

寿　马　那就烦劳你，有请王——金——榜！

茶博士　嗨！我说你这人怎么死心眼儿呀？我再告诉你，王金榜不是你请得来的！

寿　马　我不请便罢，一请就来！

茶博士　好，你请你请！

寿　马　你且听我叫她一板：有请散乐名门王金榜——

〔王金榜应声而上。

金　榜　（唱）【四国朝】

　　　　　　何人何人高声唤？

　　　　　　特特来此间。

〔寿马蓦地看见王金榜，心中酸楚，转瞬便故作一副不屑的笑脸。

寿　马　（唱）【前腔】

　　　　　　忽见忽见梦中仙，

　　　　　　默默心暗酸。

　　　　　　怎与她相认相见？……

　　　　　　且说些笑语俏言，

　　　　　　堆一副笑脸。

〔茶博士用动作向王金榜示意，此人刚才的言行。

金　榜　（与茶博士讲）庄家耍判官，好难看的身形。

寿　马　老鼠咬了葫芦藤，小姐好个伶牙俐齿！

金　榜　鹦鹉回言，这鸟也敢来应声儿。

寿　马　耐打鼓儿，我较得你嘴两片。

金　榜　你磕牙比不得杜善夫。

金　榜　（乐了）口气虽大，穿着却像要饭的。

——昆剧《宦门子弟错立身》 >>>>>

寿　马　　小姐，有道是"使钱不问家豪富，风流不在着衣多"。

茶博士　　喝茶的，别逗嗑了，你听着！（唱）【驻云飞】

你是何人她是谁?!

瞧！

姐姐多娇媚，

你却似乞儿。

衣不遮体，

白日街头讨吃食。

夜里弯蜷阶下睡。

寿　马　　（唱）【驻云飞】

龙搁浅滩遭虾戏，

虎落平阳被犬欺。

俺缘何这般狼狈？

全是为追你——

竟不认，

我是谁？

裘袍当了，

千金散尽，

只保这掌记。

金　榜　　你是完颜寿马。

（接唱）【驻云飞】哥哥儿是你？

自离洛汴州，

日夜思念珠泪流。

指望长相守，

尊卑难成就。

覆水难收，

贫富隔鸿沟，

金宋是寇仇。

　　　　既如是，

　　　　这情儿意儿一笔尽都勾，

　　　　一笔勾。

寿　马　既然如此，喏，你敢看着我的眼睛，连说三声：一笔勾！你倒是说呀，讲啊！

金　榜　说就说！一笔勾，一笔勾，一笔——

　　　　〔寿马一把抓住王金榜的手。

金　榜　哥哥！（忘情投入寿马怀中）

茶博士　我什么都没看见，我找她爹娘去了！（下）

金　榜　（娇嗔地）哥哥，你为何落得这般模样？

寿　马　唉！那日你走之后，我被爹爹持禁起来，多蒙老都管帮我逃出府门，一路之上历尽千辛万苦，寻你到此。

心　语

金　榜　哥哥你这是何苦来，少年才俊，自应金戈铁马，叱咤风云。

寿　马　姐姐，今生得卿，吾复何求？

金　榜　你怎生这般儿女柔情？

寿　马　姐姐你可知，铁血男儿也有铁血柔情，姐姐可知我因何爱你？

金　榜　你呀，喜爱新奇，佳人小姐，司空见惯，见着我们冲州撞府的人儿有些野性，自觉有趣。

寿　马　非也，戏外姐姐，玲珑剔透，戏中姐姐，摄魄追魂。

金　榜　过奖了。

寿　马　君不见京城教坊，天下行院，虽然编编写写，唱唱做做，却都是空空洞洞，实在不知何为真戏弄！

金　榜　哥哥所言真戏弄又当如何？

寿　马　戏弄之中，尽是人情事态，也有百种精神，弄戏之时，唱做舞韵之间有个魂灵儿。

———昆剧《宦门子弟错立身》

金　榜　魂灵儿？你可看得见么？

寿　马　姐姐呵气如兰，气上有了心灵，有了悲欢，你那戏文成了精，你那旦色出了神，你那歌唱有韵有律，你那旋舞震荡空溟！天随你笑，地为你颂，人为你疯！那一刻儿，刻骨铭心，虚谎不再，污浊不再，欺瞒不再，矫饰不再；在在是浑然天成，在在是春意勃涌，在在是遍地光明！姐姐，你才是真戏弄。

金　榜　呀！（唱）【大元令】

　　　　天地为炉，

　　　　造化为工；

　　　　阴阳为炭，

　　　　万物为铜。

　　　　这心意儿动，

　　　　这情愫儿萌——

　　　　爱戏人难得似这心纯口正，

　　　　叫我涕泪交融。

　　　　世间荣乐本逡巡，

　　　　何况装旦为作弄。

　　　　问姣容少小心胸，

　　　　阅风尘多少林花谢春红，

　　　　偏有个至真人把情珍重！

　　　　这衷曲凭谁诵——

　　　　万籁惆枕听，

　　　　不觉一梦永。

　　　　恍惚间，

　　　　暮鼓声迥，

　　　　换了晨钟。

〔寿马、王金榜幻觉中双双渐隐。

考　婿

〔茶博士引王恩深、赵茜梅上。

寿　马　啊，老丈……
恩　深　（不悦地）你不是完颜同知家的寿马舍人么？
寿　马　正是。
金　榜　爹呀，寿马哥哥可是千里迢迢来寻我的。
寿　马　我是真心实意来寻金榜的。
茜　梅　怎么，变成这样了？
恩　深　我们不敢高攀哪！
寿　马　噢，想是那日我爹爹对你不公，俺这厢赔礼了！
恩　深　不敢当，不敢当。舍人哥哥，你乃官宦之后，出身高贵，我们路岐人，身份卑微；我们是门不当，这户也不对！
寿　马　我并无门户之见……
恩　深　你那同知爹爹怎能容你执迷散乐，是定来寻你。我们散乐人家，焉敢落个拐带官宦子弟的恶名？你呀，还是与我走去！
金　榜　爹呀，他还没有吃饭呢！
茜　梅　老头子，让他吃了饭再走吧。
恩　深　我哪管得了许多哟！
金　榜　爹呀，寿马哥哥可是私自逃出家门，如今身无分文，你叫他往哪里去呢?！
恩　深　我们乐户人家卖艺为生，留他在此又有何用！
寿　马　啊，老丈，千里途中学得一身技艺，请借戏装一件，待俺敷演一番，便知俺有大用！
茜　梅　好，我给你拿行头去。（下）
金　榜　对呀，爹，寿马哥哥也曾与女儿敷演戏文，你就试试他吧。
茶博士　来，喝口热乎的，润润嗓子，亮它一口。（示意给王恩深听听）

———昆剧《宦门子弟错立身》 〉〉〉〉〉

〔赵茜梅拿衣服给寿马穿上。

茜　梅　老头子要考就快点考吧。

恩　深　我家女儿可是要找个做杂剧的!

寿　马　老丈听了!（唱）【金蕉叶】

　　　　装末躯老赚，

　　　　学那刘耍和。

　　　　小哨儿喉咽韵美，

　　　　嗽咳呵如瓶贮水。

茜　梅　照你这么说，你是嗓音优美，唱做兼能，还能跟刘耍和比个高低?

茶博士　那刘耍和可是京城教坊大色长啊。

恩　深　口说无凭，你会什杂剧?

〔王金榜协助寿马就所述戏文做配合身段，二人配合默契。

寿　马　听了，（唱）【鬼三台】

　　　　我做《朱砂担浮沤记》；

　　　　《关大王单刀会》；

　　　　做《管宁割席》破体儿；

　　　　《相府院》扮张飞；

　　　　《三夺槊》扮尉迟敬德；

　　　　要扮宰相做《伊尹扶汤》；

　　　　学子弟做《螺蛳末泥》。

恩　深　会得倒也不少，不过除了杂剧，我还需找个做院本的。

寿　马　（唱）【调笑令】

　　　　爨体格样，

　　　　全学贾校尉。

　　　　趋抢嘴脸天生会，

　　　　变脸撇嘴，

　　　　立目横眉，

更善于抹土搽灰。

金　榜　停！你这是使的什么身段呀？

寿　马　我将女真舞儿化在戏中。

金　榜　哎呀，好看，真真好看。妈呀，您瞧他将女真舞蹈化入戏中。

茶博士　玃弄和种庄稼一样，杂交才出好品种！

恩　深　我来问你，你到底会做什么院本？

　　　　〔王金榜暗中着急，继续协助寿马做造型，二人达到忘我境界。

寿　马　听了，（唱）【圣药王】

　　　　《针儿线》，

　　　　《打得底》，

　　　　《千字文》，

　　　　《双斗医》，

　　　　《马明王》村里会佳期，

　　　　更做个《风流娘子》两相宜。

恩　深　呵呵，连蚕神马头娘都晓得，却也够用的了。

金　榜　爹呀，既然如此那就别考了。

恩　深　多口！不过我想招一个写掌记的。

金　榜　什么？写掌记？

寿　马　可打咱手背儿上的了！（唱）【麻郎儿】

　　　　一管笔如飞，

　　　　抄掌记更压着御京书会。

　　　　〔寿马挥毫着墨，笔走龙蛇，王金榜拿过掌记欢舞。

恩　深　我要招个擂鼓吹笛的！

寿　马　（唱）【幺篇】

　　　　我舞得、弹得、唱得……

　　　　折莫大擂鼓吹笛，

　　　　折莫大装神弄鬼，

　　　　折莫特翻滚扑旗。

——昆剧《宦门子弟错立身》 〉〉〉〉〉

【天净沙】

　　我是宦门子弟，

　　也做得您行院人家女婿。

　　做院本，

　　生点个《水母砌》，

　　拴一个《少年游》，

　　吃几个吊毛抢背。

〔寿马作鼓舞、旗舞，王金榜配合身段，场面形成高潮，茶博士叫好，王恩深、赵茜梅为之所动。

〔寿马真诚地一跪。

寿　马　拿砌末来。

茜　梅　老头子，你看这孩子一身本领，人品又好。且招他在家，日后再作道理。

恩　深　（对寿马）我招你自招你，只怕你提不得杖鼓行头。

寿　马　老丈，（唱）【前腔】

　　我若得装旦色如鱼得水，

　　背杖鼓有何羞！

　　提行头怕甚的？

恩　深　既然如此，待我收拾行囊，即刻登程，我们一同回转东平。

寿　马　遵命。

茜　梅　孩子，你怎的就跟丈母娘一个命哟！（二人同下）

寿　马　我乐意。

金　榜　我也乐意。

金　榜　（唱）【菊花新】

　　路歧歧路两悠悠，

　　不到天涯未肯休。

　　这地是子弟下场头。

　　挑行囊怎禁生受！！

恩　深　小心了。

〔寿马挑起行装，因未挑过，狼狈不堪，在金榜协助下，渐渐适应，同下。

团　圆

〔都管上。

都　管　哈哈……有请公爷。

　　　　勾栏找到王家班，父子相见恐难堪，

　　　　老奴设下团圆计，定叫公爷往里钻。

永　康　（唱）【菊花新】

　　　　　　新主登基，恩赐金紫双鱼，

　　　　　　公正察访，政廉腐祛，

　　　　　　但愿得，国安泰，岁时丰裕。

都　管　公爷官运亨通，这章宗皇帝登基不久，就拜您个御使大夫，巡察五州八郡，叫官吏如冰洁，使民心似水清，世人无不交口称颂啊！

永　康　新主完颜璟虽属子侄之辈，却是雄才大略，重礼乐，用汉制，勤农桑，真是深得民心。如今又严令查办各路贪官……再看我那寿马孽子不误正业，唉，至今尚无他的下落。

都　管　舍人哥哥总会回来的，公爷您就放心吧。

永　康　家事勉强放下，这国事么，怎不令人日夜忧思。

都　管　还是为山东西路那个大贪官吧？

永　康　如今大金朝海晏河清，他竟依仗亲朋权势，作恶多端，老夫一任钦差，却奈何他不得，怎不令人愤恨？！

都　管　贪官污吏实实可恨，可您别愁出病来呀！何不唤来杂剧散乐消愁解闷可好？

永　康　哪有什么闲心观看散乐杂剧呀。

———昆剧《宦门子弟错立身》 >>>>>

都　　管　　公爷，近日我往街市寻找舍人哥哥，只见瓦肆勾栏，人人争看一出清官戏文叫什么《包待制智斩鲁斋郎》。

永　　康　　哦，包公的清官戏，我倒要看上一看。

都　　管　　我已然传唤来了——

永　　康　　什么，你已经传唤来了？

都　　管　　是啊。

永　　康　　好，叫他们攥弄上来。

都　　管　　攥弄上来呀！

〔王金榜扮包公、寿马扮鲁斋郎，王恩深、赵茜梅扮告状人相继上。杂技扮校尉。

〔音乐声中，开始，坐衙、上堂、告状……

包　　公　　下站可是鲁斋郎？

鲁斋郎　　是又怎么样！

包　　公　　你可知罪？

鲁斋郎　　我有什么罪？我有什么罪！

都　　管　　看，和那个贪官一个德行！

永　　康　　跪下！！可恶。

都　　管　　公爷，看戏，看戏。

包　　公　　（唱）【扑灯蛾】

　　　　　　　　作恶多端鲁斋郎，

　　　　　　　　滔天罪孽一桩桩，

　　　　　　　　公堂伏法休狂妄……

鲁斋郎　　呆会儿你就得把我放！

包　　公　　你好大的本事！

鲁斋郎　　本事么倒也平常，可我做得一手好针线。

永　　康　　什么？好针线？

包　　公　　讲！

鲁斋郎　　大人听了！（滚唱）【针儿线】

　　　　　　大人休将俺小看，

　　　　　　待咱有话里罗里罗连！

　　　　　　俺一向是坑蒙拐骗无人管，

　　　　　　吃喝嫖赌更安然。

　　　　　　只因俺的本事大，

　　　　　　练就一身好针线好针线！

永　康
　　　　　念什么？好针线？
金　榜

鲁斋郎　　哎，那个好针线缝得圆，能把那

　　　　　　里里外外，上上下下，左左右右，我一针一线巧相连，

　　　　　　那年乡巴老儿把我告，冷脸知府把话言，

　　　　　　吩咐衙役把我的皮肉全打烂，

　　　　　　我荷包里忙掏针和线，把老太师的骨肉缝在上边……

　　　　　　知府当堂傻了眼，冷脸立马儿变笑脸，

　　　　　　又道歉是又平反，加倍赔我的医药钱。

　　　　　　大人今日称铁面，不肯把咱来容宽，

　　　　　　可是你纵然把俺大卸八块剁成零碎片，

　　　　　　我也能一针一线里罗里罗连。

　　　　　　连上那：一品蟒袍，二品玉带，三品帅盔，四品乌纱，五品坎肩，六品朝靴，七品牙笏，八品连裆，全须全尾稳稳当当站在你面前！

　　　　　　这才是：古词新编"针儿线"，专克你这"反腐与倡廉"！

永　康
　　　　　（同）狂徒大胆！
金　榜

包　公　　（念）【扑灯蛾】

　　　　　　鲁斋郎你好大胆，公堂敢使你的针儿线。

鲁斋郎　　相府有我的亲娘舅，是杀是放你看着办。

包　公　　鲁斋郎，难道俺就杀你不得么？

———昆剧《宦门子弟错立身》 >>>>>

鲁斋郎　怎么杀呀？你还是想个法子把我给放了吧！

包　公　这个……鲁斋郎改成鱼齐即，这鱼齐即么……

鲁斋郎　鱼齐即与我无关……

包　公　当堂画供，鲁斋郎罪大恶极，难逃法网，王朝马汉与我斩！

　　　　〔众应声，将寿马托举亮相。

永　康　斩得好！院本杂剧演得好！发人深省是老包，（对金榜、寿马）尔等快快洗净粉墨，领取重赏！

金　榜
寿　马　谢大人！（去掉面具）

永　康　啊？怎么是你？

寿　马　爹爹。

永　康　你可是寿马。

寿　马　正是不孝孩儿，完颜寿马！

永　康　儿啊。

寿　马　爹爹。

　　　　〔父子相见抱哭，混牌子，寿马哑叙往事。

恩　深　大人，虽然寿马公子执意要与金榜成亲，可俺这乐户人家怎敢高攀皇亲贵胄，今日完璧归赵，你们父子团圆，以往之事么，还望大人——

永　康　以往之事，休再提起，他二人的亲事么，老父做主，就成全了他们吧。

茜　梅
恩　深　怎么？大人你……

永　康　哈哈哈，亲家翁、亲家母有所不知，当今皇上钦改大金国律法，炎汉女真可以通婚！

众　人　噢，原来如此。

永　康　当今圣上还深爱杂剧院本，要在中都燕京卢沟桥东丽泽门内开办一所"礼乐院"。

众　人　礼乐院……

都　管　就是"国家大剧院"。

永　康　待老夫公务完毕，我们一同进京，那时再保举尔等担任礼乐院教坊色长如何？

众　人　那太好了。

〔老都管一旁拭泪。

寿　马　老都管，大喜的事你怎么哭了？

都　管　你与金榜这段奇缘，太曲折，太感人了。

茜　梅　老头子，这要是编成一出戏演，岂不是好？

恩　深　这写戏文么……

寿　马　我来写。

金　榜　打手背上了。

永　康　戏名么就叫"宦门子弟……"。

众　人　"错立身"！

都　管　理解万岁！

〔音乐起，众唱：炎汉女真结了亲，鸾凤奇缘传后人。
　　　　院本杂剧进教坊，千载古艺华夏魂。
　　　　踏爨歌舞同欢庆，团团圆圆回燕京，
　　　　深谢贤们看敷演，《宦门子弟错立身》！！

〔剧终。